文春文庫

三国志名臣列伝

後漢篇

宮城谷昌光

文藝春秋

三国志名臣列伝　後漢篇◎目次

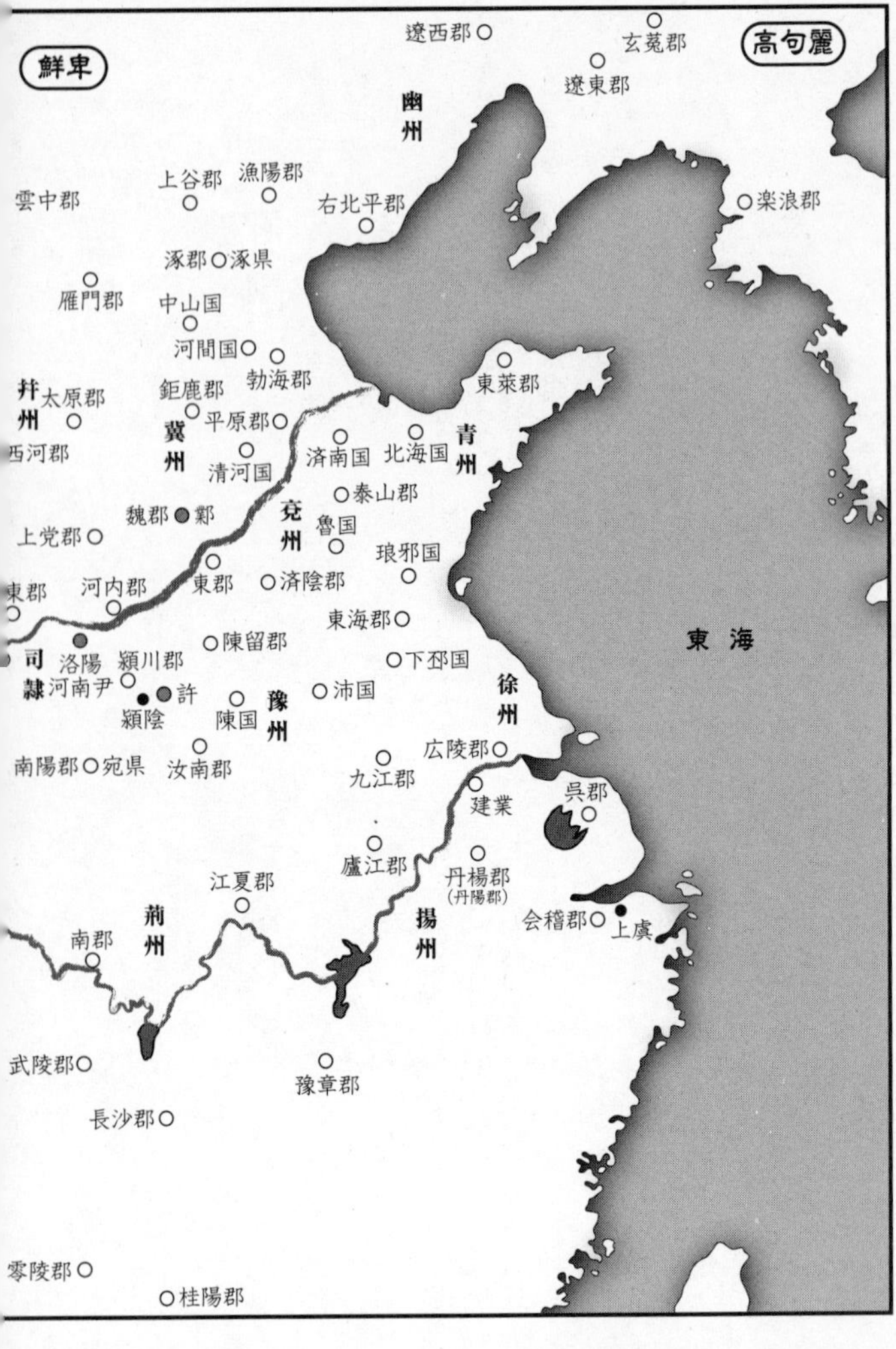
鮮卑
高句麗
遼西郡
玄菟郡
遼東郡
幽州
上谷郡
漁陽郡
雲中郡
右北平郡
楽浪郡
涿郡
涿県
雁門郡
中山国
河間国
勃海郡
東萊郡
并州
太原郡
鉅鹿郡
冀州
平原郡
西河郡
済南国
北海国
青州
清河国
泰山郡
魏郡
鄴
兗州
上党郡
魯国
琅邪国
東郡
河内郡
東郡
済陰郡
東海郡
東海
陳留郡
下邳国
司隷
洛陽
潁川郡
河南尹
許
沛国
潁陰
陳国
豫州
徐州
南陽郡
宛県
汝南郡
九江郡
広陵郡
建業
呉郡
盧江郡
丹楊郡
(丹陽郡)
江夏郡
荊州
揚州
会稽郡
上虞
南郡
武陵郡
豫章郡
長沙郡
零陵郡
桂陽郡

後漢末期の中国

北
五原郡
酒泉郡
朔方郡
張掖郡
涼州
武威郡
北地郡
河水
金城郡
朝那
安定郡
隴西郡
左馮翊
茂陵
漢陽郡
弘
右扶風
長安
京兆尹
武都郡
漢中郡
益州
広漢郡
江
蜀郡
成都
犍為郡
巴郡
越巂郡
牂柯郡

挿画　村上豊

三国志名臣列伝　後漢篇

何^か
進^{しん}

鶏《にわとり》の鳴き声をきいたとたん、何進《かしん》の父母は跳《は》ね起《お》きた。

着替えを終えた父母は、しばらく声をひそめて語りあったあと、父の何真《かしん》が、

「では、往ってくる」

と、低い声でいってから、家の外にでた。

仲秋である。晨風《しんぷう》にわずかではあるが冷えがある。この年は、暑気《しょき》の衰えがゆるやかで、とくに南陽《なんよう》郡においては、初秋まで汗ばむ日がつづいたので、母の興氏《きょうし》は、

「閏月《じゅんげつ》をまちがえている」

と、暦《こよみ》をののしった。とにかく口数の多い人で、口をつつしんでいれば容貌《ようぼう》の冴《さ》えがめだつのに、口うるささが外見の美質を消している。しかしながら、この日にかぎって、興氏は口をつぐんだまま家のなかを歩きまわり、庭にでると、明るくなった天空をながめて肩をゆすり、嘆息をくりかえした。

やがて何真が帰ってきた。興氏は飛びかからんばかりに趨《はし》り寄った。この勢いを

うけとめた何真は、いちどきつく口をむすんでから、強い息とともに、

「まちがいはない。監司《かんし》は女官をともなって亭《てい》で休息なさる。いまから二時《ふたとき》後だそうだ」

と、ことばを吐いた。

「あと二時しかない」

叫ぶようにいった興氏は、ふたりの男子が寝ている部屋に踏みこむや、

「いつまで寝ているの。起きなさい」

と、ふたりを蹴《け》ってから、すでに起きている女子に、

「今日は大事な日だからね。着飾らなくては――」

と、声をやわらげていい、その少女の肩を撫《な》でた。

けだるげに起きたふたりの男子は、いうまでもなく兄弟である。

兄が何進であり、弟が何苗《かびょう》である。

ただしこの兄弟に血のつながりはない。たしかに何進の実父は、宛《えん》県にある肉屋の主《あるじ》の何真であるが、何苗の実父は、同業者でもない朱《しゅ》氏である。ゆえに何苗は、

「朱苗」

というのが正確な氏名である。いつの時代でも、

「連れ子《つこ》」

はめずらしくあるまい。朱苗は母の興氏とともに、妻を喪《うしな》って二年ほど経《た》った何真の家にはいったのである。そのため氏を朱から何にあらためた。

この家の長男であった何進に、突然、弟ができた。その事態に多少とまどい、反発もしたが、継母である興氏の本質には、夫である何真とその子の何進をないがしろにしない愛情があると察知して、心に落ち着きを得た。

——この母と弟とは、なんとかやってゆける。

興氏が家にはいってきたとき、すでに十代であった何進は、そんな感じであった。それから二年後に、興氏は女児を産んだ。何進に妹ができた。より正確にいえば、弟は異父弟《いふてい》、妹は異母妹《いぼまい》ということになる。

この妹には、当然のことながら名があったはずであるが、どこにもみあたらない。名が不明のままでは不都合なので、いちおうここでは、

「何女《かじょ》」

と、しておく。

この何女が十三歳をすぎたころから、興氏はそわそわしはじめた。家業は肉屋なので、ひごろ何真は活発にからだを動かしていて、妻もそれに呼応する働きをみせてきたが、ときどき手足をやすめ、ながながとため息をつき、突然、苛立《いらだ》つようになった。その小さな異状に気づいた何真は、

「どうした。体調が悪いのか」

と、あらたまって問うた。

目をすえて虚空をみつめた興氏は、

「くやしいじゃありませんか。わが女《むすめ》は、県内どころか郡内、いえ、海内《かいだい》でもっとも美しいのです。それなのに、あと数年もすれば、肉屋の女として郡内のたれかに嫁《とつ》がなければならない。掖庭《えきてい》にはいることさえできれば、かならず天子のお目にとまるのに、郡内であの美貌《びぼう》を朽《く》ちさせることになってしまう」

と、いい、いらいらと自分の胸をたたいた。

掖は、わき、あるいは、わきばさむ、と訓《よ》む。

皇帝の住居である宮中には、さまざまな宮殿があるが、掖庭とはそのなかで正殿わきにある宮室で、皇妃と宮女がいる。掖庭を後宮《こうきゅう》といいかえてしまうと正しくはないものの、それに比《ちか》いと想《おも》ってもさしつかえあるまい。

「おまえはそんなことを考えていたのか……」

何真は妻の妄想に仰天《ぎょうてん》するおもいであった。

いまの皇帝は名を、宏《こう》、というが、死後に霊《れい》帝とよばれることになるので、矛盾するようであるが、在位中でも、霊帝としておく。霊帝はまだ若く、十代のなかばをすぎたばかりである。が、すでに皇后がいる。

「宋《そう》皇后」

と、いい、実父の宋酆《そうほう》は執金吾《しつきんご》という朝廷の重職にある。

「卑《ひ》賤《せん》の家に生まれた女が、掖庭にはいれるはずはなく、まして天子の寵愛《ちょうあい》をうけることなど、夢のまた夢だ」

何真はそういって妻の妄想を笑いとばそうとしたが、なぜか心がこわばった。以前きいたことがあるひとつの伝聞《でんぶん》が、心の底でにぶい光を放ったからである。

――仲秋に人口調査がある。

その際、調査官は女官をともなってくる場合がある。つまりかれらは人口調査をしつつ天下の美女を捜しているのである。だからといって、かれらに直訴して、

「どうかわれらの女を観《み》てください」

と、いうわけにはいかない。そう意《おも》いながら何真は、

「世の中には、奇想天外なことがある。肉屋の女が、皇后になるのも、そのひとつよ」

と、いい、逆に妻をおどろかせた。

この日から、何真はひまをみつけては外にでて、調査員である監司についてききこむことにした。やがてかれは、

「のぞみがないこともない」

と、妻の希望をつなぐようにいった。

県あるいは郷《きょう》で推薦される女は、多数ではなく、まずひとりであると想ったほうがよく、しかもその女《むすめ》の実家は、いわゆる名家か権勢家である。肉屋ふぜいが県令や県父老《ふろう》の推挙を得られるはずがない。

「では、だめじゃないか」

興氏はやるせなげにうつむいた。

「たしかに表の門はたたいても開かないが、脇の門を開かせることができる」

監司など朝廷の官吏《かんり》が、ここから遠くない亭で休息をとったことがある。いつかおなじ事態になれば、亭長を介して、女を直接に監司にみせることができる。ただし、そのときが明年になるか十年後になるか、わからない。

「ああ……」

興氏は肩を落としてため息をついた。十年後に好機がおとずれても、女はとうに二十歳をすぎてしまい、選抜の対象にならない。選抜対象は十三歳以上、二十歳以下の女である。

「そうがっかりするな。天の恩恵がわが家にとどけば、すべてが好転する。とどかなければ、いかなる努力も悪あがきとなる」

何真がそう説《と》いてから二年後に、またとない好機がおとずれた。亭長に賄賂《わいろ》を渡して情報を得ていた何真の表情が緊張のあまり、ひきつった。皇帝の使者というべき監司と女官が近くの亭で休息するという。

「その監司というのは、どうせ宦官《かんがん》だろう。宦官は利がないと動かないときいた。宦官を動かすほどの金銭があるのか」

この何真の問いに、黙ってうなずいてみせた興氏は、ふたりの男子を起こしてから、斧《おの》をつかんで水甕《みずがめ》のまえに立った。朝日が射し込むまえの廚房《ちゅうぼう》に足を踏みいれた何進と何苗は、その異様な光景をみて、顔をみあわせた。ふたりがやってきたというけはいを感じてもふりかえらない興氏は、

「さあ――」

と、強い声を発し、斧をもった手を揚《あ》げた。この斧を執《と》れ、ということらしい。要領《ようりょう》を得ないまま、何進がその斧をつかんだ。

「さあ――」

興氏は頤《あご》をしゃくった。眼前には水がはいった甕があるだけである。まさかこの斧で水を汲《く》め、といっているのではあるまい。

「わからないのか。甕を、割れ、といっているんだよ」

興氏の叱声《しっせい》を浴びた何進は、それでもためらった。この甕は、形がよく、しかも興氏が何真の継妻《けいさい》になったとき、調度品とともに実家から運ばれてきた物のひとつ

である。

興氏がふたたび怒声を放ちそうになったので、何進は甕をみつめたまま、

「では、やりますよ」

と、低い声でいい、斧をふりあげた。

直後に、破片と水が飛び散った。それを避けるふうでもなく、歩をすすめた興氏は、割れた甕の底から出現した黄金をつかんだ。

「こういう隠し場所もあるんだよ」

と、いい放った興氏は、両腕をつかって大小の黄金をかかえると、

「今日が、わが家にとって、乾坤一擲《けんこんいってき》の大勝負さ。憶《おぼ》えておきな。かならず勝ってやる」

と、叫ぶようにいうと、奥に趨った。

厨房に残されたふたりは啞然《あぜん》とした。父と母のたくらみを、ふたりはまったく知らない。母が実家からひそかにもってきた黄金が、どのようにつかわれるのか、見当もつかない。

奥にはいった興氏は、衣服に黄金を縫《ぬ》い込《こ》みながら、近くに坐らせた女には、

「いいかい、衣服を脱がされ、裸にされても、じたばたしてはいけないよ。女官はからだのすみずみまで調べるんだ。それから、採用されても、宦官には気をつかい、

金をつかって、上にとりなしてもらい、もちあげてもらうんだよ。わかったね」

と、懇々《こんこん》とさとした。何女が深くうなずいたということは、母のただならぬ気合いに応《こた》えたということであり、けっきょくここでのいいつけを一生忘れなかった。

女を送りだした興氏は、気がぬけたように土間に坐りこんで、涙をながした。そうした母に声をかけるのをためらった何進と何苗は、ようやく父母の渾身《こんしん》のたくらみを察した。

「妹の手をひいてでていった父は、黄金をつかって、妹を掖庭へ入れようとしている」

何進がそうささやくと、瞠目《どうもく》した何苗は、

「そんなにうまくゆくものだろうか」

と、首をかしげた。

「掖庭にはいっている女たちの出自《しゅつじ》は、名家や権門ばかりだ。不公平そのものではないか。また、たとえ妹が掖庭にはいっても、そこが才媛《さいえん》の苑《その》であるかぎり、情操教育をうけていない妹にとって、つらい場になろう」

あえていえば、掖庭とは美女たちが飼い殺しにされる檻《おり》である。何進はそうおもっている。天子に一瞥《いちべつ》もされずに年をかさねてゆくだけであれば、妹の幸せは、そこにはない。父母の欲望の犠牲になるだけであり、父母もむだに財をつかっただけになってしまう。

「たしかになあ。そんなところにはいって苦労するだけなら、はいらないほうがよい。郡内の豪族に嫁いだほうが、何倍も幸せというものだ」

父母の欲望が大きすぎて、滑稽《こっけい》さをおぼえた何苗は、冷笑した。

しかしながら天に目をかけられた者には、まさかとおどろくような奇道《きどう》がひらかれるものである。なんと何女は、兄たちの心配をよそに、掖庭にはいることになったのである。これは何真と興氏という夫妻が用いた賄賂がものをいっただけではあるまい。実際、何女は、七尺一寸《せき》（およそ一メートル六十四センチ）という婉々《えんえん》たるめぐまれた身長で、たしかに際立つほど大柄な美しさをもっていた。この婉々たる容姿がなければ、両親の賭《か》けにつかわれた黄金は、皇帝の使者の懐《ふところ》におさめられただけで、なんの効果もなかったであろう。

「えっ、妹が、掖庭にはいることになった……」

何進と何苗が顔を見合わせて、わが耳を疑っているあいだに、両親はのどが破れるほどの声で快哉《かいさい》を叫んでいた。しかし何女が掖庭にはいっても、両親は賭けに勝ったとはいえまい。百花爛漫《らんまん》の庭園にあっては、皇帝の手によって摘《つ》み取《と》られる花は、わずかしかない。

興氏は鼻を鳴らした。

「あの子は、おまえたちとちがって、ききわけがいいんだ。わたしのいいつけを守っていれば、かならず天子の玉掌《ぎょくしょう》にふれることができる」

掖庭のなかの女官を皇帝がみずから択《えら》んで寵愛するのではなく、実態は、宦官が推挙した女官に皇帝が興味を示す。興氏はそうみている。要するに、皇帝のまなざしを誘導するのは、宦官であり、宦官にとりいらなければ、たとえ絶世の美女でも、むなしくしおれてゆくだけである。

「それに、いまの皇后を、天子は好いていないらしい。うまくゆけば、あの子が皇后になる」

興氏の空想ははてしがない。その空想は、くすんだ日常の現実にとりつけた窓であり、その窓辺に立って未来の光を浴びようとしている興氏を、とがめる気になれなかった何進と何苗は、それぞれほの暗い足もとをみつめるようにふだんの仕事にもどった。

それから三年後に、この家は主を喪った。何真が病死したのである。

「何氏は卑《いや》しい氏ではない。鼻祖《びそ》は周《しゅう》の武王《ぶ》の弟の子だ。誇りをもって生きよ」

臨終の何真は、枕頭《ちんとう》の何進に、そういい遺《のこ》した。

——いまさら鼻祖の話をされても……。

と、何進は内心とまどったが、父を生かしてきたのは、そういう誇りであったのか、とおもい知った。かんたんな葬式を終えたあと、何進は独《ひと》り家の外にでて星空をながめた。暗い気持ちがそのまま夜の天空に映《うつ》るはずであったが、なぜか星が明るくにぎやかに感じられた。

何苗も家の外にでてきた。

「母がまいっている」

「そうだろう。あの件で、財をつかいきって、母にはいまや希望さえ残っていない。あの黄金さえあれば、余生を悠々《ゆうゆう》とすごせたのに、人生の勝負にうってでた。気の強い母でも、もはや負けを認めざるをえない」

掖庭にはいった妹が、それからどうなったのか、まったくわからない。つきあいのある亭長でも、宮中の奥の事情については知りようがない。

「悪夢は人を殺す、ときいたことがある」

と、何苗はさびしげにいった。

「父は、その悪夢に殺されたのか」

「母まで殺されては、たまらないよ」

「そうだな……」

この兄弟はなんとか母をなぐさめたいと話しあった。が、運命とは、皮肉なものである。この翌日に、皇帝の使者が何家に到った。

跪拝《きはい》した何進にむかってこの使者は、

「なんじが何貴人《きじん》の兄の何進であるな。天子のおぼしめしにより、なんじは宮中にはいることとなった。すみやかに支度すべし」

と、いいつけた。

「はっ、うけたまわりました」

何進の理解のとどかないことが生じたというしかないが、とっさにおのれのなかの混乱をかくしたまま、しっかりと答えた。

「ひゃあ——」

何進が出発の準備をするあいだ、母の興氏は浮かれつづけた。むりもない。掖庭にはいった何女は、女官としては最高位の貴人にのぼりつめたのである。ちなみに、貴人の上が皇后であり、貴人の下に、美人《びじん》、宮人《きゅうじん》、采女《さいじょ》がいる。さらにこまかなこ

とをいえば、

「人」

とは、位にある人を指すのが、古式《こしき》にのっとったつかいかたで、たとえば皇帝が人を遣《や》った、とあれば、その使者は身分の高い人をいい、大臣あるいは高官であると想ってよい。

「母さん、やった、やった」

何苗も母の手を執ってはしゃぎつづけた。独り、何進だけが静かであった。宮中生活に堪《た》えうる教養をもっていないという自覚が、何進を不安そのものにした。それに気づいた興氏は、

「宦官とうまくやってゆけば、なんとかなるのが、宮中さ。あの子は、わたしのいいつけを守りぬいたにちがいない。賢い子だ」

と、誇らしげにいった。

翌日、何進は使者とともに宛を発《た》った。見送りにでた興氏は、車中の何進をみあげて、

「苗とわたしを、早く招いておくれよ」

と、強い声でいった。うなずいた何進であるが、

「かならず――」

と、いって弟と継母を安心させることはできなかった。

宮中にはいった何進は、ただちに、

「郎中《ろうちゅう》」

に、任命された。それは宮殿警備の宿直《しゅくちょく》である。心細さは尋常ではなかったが、心の支えは妹の存在であり、宮中にはいってはじめて知ったのだが、妹は皇帝の子を産んだということであった。

――皇后に子がないとすれば……。

妹が産んだ子が、次代の天子となる。肉屋のむすめが、天子の生母となる。そんなことが、あるのか。何進は、これが悪夢ではないことを禱《いの》った。

肉をあつかう業者にすぎなかった何進《かしん》が、おもいがけなく皇帝に辟《め》されて郎中《ろうちゅう》に任命されたのは、霊《れい》帝時代の元号でいえば、熹平《きへい》四年（一七五年）であろう。

この年に、何進の妹の何貴人《かきじん》は、男子を出産した。名は、

「辯《べん》（弁）」

である。

むろん、この年以前に宮中では皇子が生まれていた。が、ことごとく死亡した。

死因は、疾病《しっぺい》だけではなく、毒殺あるいは扼殺《やくさつ》ということもありえた。それだけをみても、皇后と女官の権力闘争は、隠微《いんび》であるだけに、凄惨《せいさん》きわまりないといえる。その場裡《じょうり》に、宦官《かんがん》が暗躍していることはいうまでもない。

何貴人が男子を産んだことを知った霊帝は、すぐさま、

「その子を、史子眇《ししびょう》にあずけよ」

と、命じた。史子眇は道術《どうじゅつ》をおこなう、いわば道人《どうじん》で、邪気を祓《はら》う術を知っているがゆえに、霊帝はわが子の保庇《ほひ》をたのんだのである。宮中にある毒牙がおよばぬところに皇子を置いてしまえば、その子は生きながらえることができる。

——さすがのご処置よ。

と、何進は妹のために喜んだ。その子が成長すれば、すくなくとも王としての領地をさずけられ、妹は王の生母として尊崇《そんすう》される。いや、それだけではない。何進自身も、王の伯父《おじ》となり、臣下の域《いき》を脱することになろう。

——母の賭けは、大当たりになるかもしれない。

そう想《おも》うと、鳥肌《とりはだ》が立った。

だが、何進にかぎらず、宮中にいる者が、皇帝の信頼を高官でもない道人が得ていることに、不審をおぼえなかったことに、注目すべきである。

このころというのは、じつは、

「道教《どうきよう》」の萌芽《ほうが》期である。この時代より、はるかまえ、戦国時代に東方の大国の斉《せい》が大いに盛えていた。それにともない、斉王の志向《しこう》もあって、学問が隆昌《りゆうしよう》し、天下の学者が斉都に集まって自家を立てた。百家の時代である。そのなかのひとつに、道家《どうか》があった。これはのちの道教とはちがい、大衆の力を政治に活《い》かそうとする教本《きようほん》をもち、老荘《ろうそう》思想とは無関係であった。老荘思想、すなわち老子と荘子の思想は、弱者の側に立ち、支配されることを嫌うがゆえに、厭戦《えんせん》思想家や隠者に支持されただけではなく、政府に使役《しえき》される庶民に浸透していった。それでも、宗教的形態は生まれなかった。ところが、神秘的あるいは超人的な力をつかう者が、老荘思想を教義の基《もとい》にすえたことで、この思想は、いわば陰《いん》から陽《よう》に転じた。その教えによって、実利が、庶民の目に映《うつ》るようになったため、信仰心が生じたのである。

新宗教を興《おこ》すには、多くの人々を驚倒《きようとう》させるほどの奇蹟が要《い》る。

その奇蹟を起こした男が、鉅鹿《きよろく》郡にあらわれた。

「張角《ちようかく》」

である。かれは病人に跪拝《きはい》させて、おのれの罪を述べさせ、符《ふ》とよばれる札《ふだ》と聖水を用い、呪文《じゆもん》をとなえて、病人を回復させてしまった。死病から回復した者がいたとすれば、その事実は奇異なことであり、奇蹟と感じた者がおどろきをこめつつ吹聴《ふいちょう》したにちがいない。

ふしぎな力で病気をなおしてゆく張角をあがめる人が急激にふえた。張角にはふたりの弟がいる。張宝《ちょうほう》と張梁《ちょうりょう》である。ふえた信者を、当面《とうめん》、ふたりが督率《とくそつ》したであろうが、信者の激増は組織の改変を余儀なくさせた。

八人の弟子を派遣して、八州の信者を攬《まと》めさせることにした。その八州というのは、青《せい》州、徐《じょ》州、幽《ゆう》州、冀《き》州、荊《けい》州、揚《よう》州、兗《えん》州と豫《よ》州である。

張角が教団をつくったころというのは、霊帝が即位したころにあたり、霊帝の在位年数がふえるにともない、その教団は肥大化していった。何貴人が男子を出産したころには、その教団の衆徒は数十万人となり、またしても組織の改変が必要となった。

「三十六方《ほう》」

というものが設置された。方は信者の集団であり、大方《だいほう》は一万人、小方は六、七千人である。平均して八千人とみれば、三十六方は、二十八万八千人である。これらの集団には、当然のことながら統率者がおり、かれらも、

「方」

と、呼ばれた。やがてその集団は武装することになるので、方は将軍にあたることになる。

この新興教団は独自の法をもっているがゆえに、政府の法には従わない。すると、なりゆきとして反政府色をもった集団ということになる。やがて信者は、自分たちを衛《まも》りつづけるにも限度があり、迫害者になりうる政府を倒してしまえばよいという発想をもち、教団の幹部を突き上げた。

教団が政治批判とその改革の思想をもつというのは、張角の思想にはなかったものであろう。

「朝廷は、どれほどわれらを危険視しているか」

それをさぐらせるために、大方（大将軍）の馬元義《ばげんぎ》を京師《けいし》へひそかに送り、宦官に接触させた。馬元義と交際するようになったのは、中常侍《ちゅうじょうじ》の封諝《ふうしょ》、徐奉《じょほう》などである。この上級の宦官たちは、馬元義を道術をおこなう者とみて、そのまじないなどを喜んだだけであったかもしれないが、やがて馬元義のうしろに巨大な教団があることを知って、息を呑《の》んだ。

「わが教団の衆徒は、いまや五十万に達しようとしております。かれらが全土で起《た》てば、呼応する民衆は、百万どころか、五百万にもなりましょう。往時、百万の赤眉《せきび》の集団が京師を襲い、ときの皇帝を殺したことは、ご存じでしょう。それよりも大きな乱が起こるとすれば、かたがたは天子を衛って斬り死になさるのですか。それともわれらに加担して、あらたな王朝づくりに助力してくださるのか。どちらを選ばれますか」

おそらく馬元義はそのように宦官たちをやんわり恫《おど》したであろう。

「挙兵するのか。それは、いつか」

宦官たちは唇をふるわせながら問うた。

「今年の三月五日です」

今年とは、霊帝の光和《こうわ》七年（一八四年）である。なお、この年は十二月に改元されて、中平《ちゆうへい》元年となる。

「まことか――」

宦官たちは瞠目《どうもく》し、顔を見合わせた。にわかには、信じがたいことである。かれらのとまどいを冷ややかに視《み》た馬元義は、

「かたがたは皇帝に忠誠をささげておられる。ゆえに、この挙兵について、上に密《みっ》訴《そ》なさるかもしれない。すると上から賞されましょう。しかしながら、われらはたれが密訴したか、すぐに知り、その卑劣な者を、かならず殺します。京城の内外に、われらの仲間は多くいます。骸《むくろ》となって川に棄《す》てられる末期《まつご》をお望みであれば、密訴でもなんでもなさるがよい。皇帝の命運も三月のうちには尽きることを、お忘れにならないように」

と、さらに恫した。

——そういえば……。

去年から、京城にある官庁の門などに落書《らくが》きが多くなった。白い土で、

「甲子《こうし》」

と、書かれていた。それをみた官人たちは、

「なんのことやら——」

と、ささやきあって、首をひねった。

去年は癸亥《きがい》で、今年が甲子である。それだけではない。暦《れき》があらためられるのは、甲子の年から、というのが常識で、いまの王朝とはちがう王朝の暦がつかわれることを、その落書きは予言していた、と宦官たちはようやく気づき、心身をふるわせた。

ところが張角を教祖とする団体がどれほど巨大でも、武力の点では、いまの王朝のほうがまさるであろうから、やがてこの教団は潰《つぶ》されるであろう、と考えた者はすくなくあるまい。とくに張角の弟子でありながら、そう考えはじめた者は、おのれの保身をはたそうとすれば教祖を裏切ることになるので、悩みつづけたにちがいない。そういう悶鬱《もんうつ》者のなかで、

——やはり、密訴したほうがよい。

と、決断したのが、済南《せいなん》出身の唐周《とうしゅう》という男であった。かれは人目をはばかり、

た。


密《ひそ》かに上書をおこなった。

　一驚した霊帝は、

「この上書の内容はまことであろうか」

と、三公と司隷校尉《しれいこうい》に密書を読ませ、真偽《しんぎ》をあきらかにするように、調査を命じ
下命をうけたのは鉤盾令《こうじゅんれい》の周斌《しゅうひん》である。かれは宦官であり、王室所有の池や苑囿《えんゆう》の管理者であるが、この場合、検察官となった。

「なんと――」

　調査の指揮をとった周斌は愕然《がくぜん》とした。張角とその教義を信奉《しんぽう》している者が、なんと多いことか。けっきょくかれの調査によって、千余人が誅殺《ちゅうさつ》されることになるが、逮捕された者のなかに、宮中工作をおこなっていた馬元義がいたかどうか、不透明である。

　馬元義は洛陽《らくよう》において車裂《くるまざ》きの刑に処せられた。それはまちがいないが、その処刑が五月であったとすれば、囚虜《しゅうりょ》であった時間が長すぎる。というのは、密告があったのは、どう考えても一月のうちであり、周斌が調査を開始したのが、一月末か二月のはじめである。

　宮中の動きにくわしい馬元義のことであるから、信徒の武装蜂起が皇帝と大臣に知られたと察し、いちはやく都を脱出して、張角に急報を送り、自身は鄴県《ぎょう》までの

がれて、挙兵にとりかかったとみるほうが無理がない。

とにかく、三月五日に全土の信徒が一斉に起つことを、朝廷に知られたうえは、挙兵をはやめるしかないと決断した張角は、昼夜兼行で使者を四方八方に走らせた。これによって、全土の信徒が武器を執《と》り、黄巾《こうきん》をつけて、官府を焼き打ちし、寇掠《こうりゃく》をはじめた。かれらはまえまえから、

「蒼天《そうてん》はすでに死し、黄天《こうてん》まさに立つべし」

と、いいふらしていたので、黄色を尊重したのであろう。ただし、こまかなことをいえば、それは民衆でも知っている五行説《ごぎょう》に適《あ》わない。蒼天の蒼は、青い、ということであるから、木《もく》徳に属する。

「木・火《か》・土《ど》・金《ごん》・水《すい》」

というならびかたを、五行相生《そうしょう》といい、訓《よ》むとすれば、木は火を生じ、火は土を生じ、土は金を生じ、金は水を生じ、水は木を生ずる、となる。

それら五要素には、それぞれ色が付属している。木は青、火は赤、土は黄、金は白、水は黒である。それを知っていれば、青い天が死んだのであれば、赤い天が立つはずなのに、ひとつとばして、土徳の黄天が立つとはどういうことであろうか。

信徒にそのような疑念がなかったとすれば、わかりすぎていることをあえていう必要もない、とおもっていたのではないか。すなわち、

「蒼天というべき木徳の王朝が滅んだあと、赤天というべき火徳の王朝（後漢王朝）になったが、そろそろ黄天というべき土徳の張角の王朝が興るべきである」ということを省略して、あのようにいったと考えたくなる。いまの王朝が攻撃目標であることをあからさまに示すことを避けたのではあるまいか。

さて、永く政府を悩ますことになる黄巾の乱のはじまりである。

――旬日《じゅんじつ》の間に、天下嚮応《きょうおう》し、京師震《ふる》え動《さわ》ぐ。（『後漢書《ごかんじょ》』）

旬は、十干《じっかん》のひとめぐりをいい、十日を意味する。張角の号令がくだってから、十日間に、天下の信徒は民衆をまきこんで叛乱を起こし、そのため洛陽の官民はふるえ騒いだ。

朝廷に各地からの急報があいついだ。

さすがに青ざめた霊帝は、三公九卿《けい》と重臣の意見を容《い》れて、

「首都の防衛を先決とする」

と、命じた。

ここでその大任をまかされて、大将軍に任命されたのが、何進である。

九年まえに郎中にすぎなかった男が、一足飛びにこの重職に就《つ》けるはずがない。当然、かれの昇進には段階があった。

まず郎中から虎賁中郎将《こほんちゅうろうしょう》となった。宿直の衛士の長となったとおもえばよい。つ

いで行政の才能をためされたのか、中央から地方へでて穎川《えいせん》郡の太守となった。これだけでも、驚嘆すべき栄進である。このめざましい立身《りっしん》の裏に、霊帝に寵愛《ちょうあい》されている妹の存在があったことはいうまでもない。もともと霊帝は皇后の宋《そう》氏が好きではなく、そのことは掖庭《えきてい》のすべての女官が知っていて、宋氏が皇后に立てられるときには、

「あの人が、なぜ――」

と、いっせいに不満の声をあげるということがあった。その後も、霊帝の愛情の形態と方向が変わるということはなく、ついに宋氏は皇后の席からおろされた。ちなみに廃替《はいたい》された皇后は、一種の罪人あつかいをされて、暴室《ばくしつ》とよばれる特別な部屋へ送られて、幽閉される。それを知っている宋氏は、そう命じられるまえに、みずから暴室へおもむき、ほどなく憂死《ゆうし》した。それにともない宋氏の父と兄弟は誅殺された。皇帝の外戚《がいせき》であることには、酷烈な陰と陽がある。空《あ》いた皇后の席に即《つ》いたのが、何進の妹であったことによって、この家族には燦々《さんさん》たる陽光があたった。

何進は中央に呼び返されて、皇帝の側近というべき侍中《じちゅう》に任ぜられた。むろん、このときまで、弟と母が宛《えん》県に残っていたわけではない。何進が郎中になって、さほどおくれることなく何苗《かびょう》も官途にのぼったであろう。当然のことながら、居《きょ》を洛陽に移した興《きょう》氏は、

「人生には、勝負どきというものがあるのさ。いのちを賭けるほどの大勝負をしなけりゃ、人がうらやむほどの富貴《ふうき》はつかめない」

と、得意満面であった。

なるほど、多少の狡《ずる》さはあったものの、興氏の果断と行動がなければ、何進と何苗それに何皇后という名は、歴史にあらわれなかったであろう。いや、かれらだけではなく、興氏も皇后の生母ということで、

「舞陽君《ぶようくん》」

という尊称を与えられ、貴族の生活を満喫《まんきつ》することになった。

何進の昇進はつづいた。

侍中から将作大匠《しょうさくだいしょう》となり、さらに河南尹《かなんいん》となったあと、大将軍を拝命して、非常事態にそなえた。

かれは首都防衛の本営を都亭《とてい》に置いた。都亭は城外にある警察署を想えばよいであろう。

「叛徒は都外にだけいるとはかぎりません。むしろ都内にいる賊に用心すべきです」

すぐにそう進言したのは、大将軍府の長史《ちょうし》となった王謙《おうけん》である。かれの祖父も、父も、三公の位に昇ったという名門の出身で、かれ自身が大臣の重職をさずけられ

ないのがふしぎなほどの英才であるが、ひとつに健康面に不安があるという体質で、激務に耐えられない弱さが、栄達をさまたげていたといえるであろう。ちなみにかれの子が、中国文学史上に永々と光を放ちつづける、

「王粲《おうさん》」

という詩人である。

――事務のすべては、この男にまかせておけばよい。

と、王謙を信頼した何進は、おのれの教養のなさ、素姓の卑《いや》しさを自覚し、外戚の威をむやみにふりかざさず、属官の意見をよくきいた。ききすぎるがゆえに、決断が遅い、という欠点が生じたが、それでも信望を高めた。

「なるほど黄巾の賊は、都外と都内にいて、呼応しているというわけか」

都内にいる賊が城門を開いて、攻め寄せてくる賊を迎え入れると、洛陽城は一朝一夕に陥落してしまう。まだ黄巾の軍が八関《かん》に達していないいま、都内にひそんでいる賊をみつけて一掃《いっそう》しておくのが得策《とくさく》である。ちなみに八関とは、首都の洛陽を衛るために設置された要塞で、函谷関《かんこくかん》、大谷関《たいこくかん》、広成関《こうせいかん》、伊闕関《いけつかん》など、八つある。それぞれの要塞に都尉《とい》を置いて、黄巾の軍の進攻にそなえたので、かれらを八関都尉とよんだ。

何進はかなりの人数を割《さ》いて、黄巾の賊に通じている者たちをつきとめさせた。

けっきょく何進は黄巾の軍と戦うことなく、おこなったことといえば都内を鎮《しず》めたことだけであったが、それでも評判は高くなった。

なお、何進の弟の何苗が中央をでて河南尹となるが、兄の後任とみてよいであろう。ついでにいえば、黄巾の乱が勃発した年からかぞえて三年後に、滎陽《けいよう》県で中規模の叛乱があり、賊徒が郡県に襲いかかり、焼き打ちをおこない、ついに中牟《ちゅうぼう》の県令を殺すにいたって、何苗に出撃命令がくだった。何苗はあの興氏から生まれただけに、機転がきき、ぬけめのなさをもっている。命令がくだるまえに兵をととのえていたため、その攻撃は迅速《じんそく》で、またたくまに賊兵を倒し、郡内の騒乱を鎮火させてしまった。

「ほう、苗は、やるではないか」

大いに喜んだ霊帝は、すぐさま褒賞《ほうしょう》の使者を遣《や》り、成皐《せいこう》県で何苗を迎えさせ、褒《ほう》詞《し》をさずけただけではなく、かれを車騎《しゃき》将軍に昇らせると同時に、済陽《せいよう》侯に封《ほう》じた。

そのため何氏の兄弟はそろって王朝の高位に坐ることとなった。

何進《かしん》を主とする大将軍府の事務長官が王謙《おうけん》であるとすれば、次官が陳琳《ちんりん》である。稀代《きたい》の名文家が、何進の下にいたのである。

自尊心が旺《さか》んな王謙と陳琳のような賢臣《けんしん》が、しばしば何進に助言をしたというところに、何進の特異性があったとみてよい。つまり何進は皇后の兄でありながら、王朝の汚濁《おだく》そのものといってよい宦官《かんがん》の存在に眉《まゆ》をひそめ、その権勢のすさまじさに忌憚《きたん》せず、よく下の者の意見をきく清重《せいちょう》な武断派にみえた。

――この人をかつげば、宦官勢力をおさえつけることができる。

ひごろ宦官の横暴をにがにがしくおもっている官人と庶民は、何進をおしたててゆけば、王朝を粛清《しゅくせい》できる、というひそかな希望をもった。中央の政府が正道をとりもどせば、宦官がまき散らしている不条理と悪政が世の中から消える、と庶民もわかっているということである。

しかし皇帝の信頼の篤《あつ》い宦官と戦うことが、いのちがけであることは、みな承知しており、慎重な王謙は宦官嫌いの色をあからさまにしたことはない。それでも、あるとき、

「袁《えん》氏一門に、おもしろい男がいますよ」

と、何進に進言したのは、宦官へのひそかな対抗策であったとはいえなくない。

王謙が推薦したその男は、六年間も父母の喪《も》に服した変わり者である。かれは母の喪に服したあと、さかのぼって父の喪に服し、六年間、墓のそばの小屋ですごした。

「服忌《ふくき》は、三年でよいのに、あの者はなにを考えているのか」

奇異の感に打たれた人々のあきれ顔から放たれた声が、風に馮《の》って、その喪服の男にとどいたであろうに、かれはそ知らぬ顔ですごし、長い服忌を終えた。その後、洛陽《らくよう》にいながら、隠棲《いんせい》して、官途に関心を示さず、おとこだてを気取った。気にいった者たちと、

「奔走《ほんそう》の友」

という交わりをつくった。友の危難をみれば、いつでも駆けつけ、助けあう、というのが奔走の友である。

肉屋の主《あるじ》であった何進は侠客《きょうかく》ともつきあったことがあるので、無頼《ぶらい》を気取って、侠気《きょうき》をみせびらかしている男は、嫌いではない。

「何者か、その男は——」

「袁本初《えんほんしょ》といい、実父は袁逢《えんほう》のようですが、おもてむきは袁成《えんせい》の子ということになっています。喪に服するまえは、濮陽《ぼくよう》県の長をつとめていました」

袁逢は司空《しくう》の位まで昇った。司徒《しと》が首相であるとすれば、司空は副首相である。また、袁成は五官中郎将《ごかんちゅうろうしょう》まですすんだ。とにかく袁氏一門は、三公九卿《けい》を輩出《はいしゅつ》しつづけている。

「そうか、よし、辟《まね》こう」

何進は即断した。袁氏一門とつながりをもつことが、益《えき》にはなるが損にはならないという打算がはたらいたといえなくもない。

「それが、よろしいかと――」

ほくそえんだ王謙はさっそく使者を遣《や》った。だが、本初をあざなとする男、すなわち袁紹《えんしょう》が、服忌を終えてから三公の辟召《へきしょう》をことごとくことわっていることを知っているので、これがうまくゆくかどうか、なかば疑っていた。ところが、

「おっ、大将軍のお辟きか」

と、いった袁紹は、ためらうことなく腰をあげたのである。何進であれば、仕えてもよい。この気取り屋でむずかしい男がそうおもったことは、憶《おぼ》えておくべきであろう。

「あ、きたのか」

王謙がいぶかるほど早く、袁紹は大将軍府にきて、掾《えん》つまり属官となった。ちなみに何進の掾となって、のちに天下に名が知られた者は袁紹だけではない。袁紹より長く生きて、高度な文化圏を形成した劉表《りゅうひょう》もいた。また河内《かだい》の太守となって群雄のひとりとなる王匡《おうきょう》もいた。

さらに何進は、逢紀《ほうき》、何顒《かぎょう》、荀攸《じゅんゆう》らも登用した。

逢紀はあとで袁紹に絶大に信用され、軍事をまかされることになるが、そのきっ

かけは、大将軍府でのつきあいにあったとみてよい。

何顒は、その清名《せいめい》において、最高峰にあったと想《おも》ってよいであろう。

逸話にあるかれの進退は颯爽《さっそう》としている。

南陽《なんよう》郡出身のかれは、若いころに洛陽で学び、太学《たいがく》で名を顕《あら》わした。友人のひとりに虞《ぐ》偉《い》高《こう》という者がいたが、かれには父の仇がいた。仇討ちをはたせぬまま重病となったかれは、臨終で泣き、

「われは父の仇を討てぬまま、死ぬのか」

と、見舞いにきた何顒にむかって血を吐くようにいった。

その悲痛さに打たれた何顒は、

――友の魂を、われが鎮《しず》めてやりたい。

と、強くおもい、虞偉高にかわって仇を捜し、ついにみつけだした。すみやかに仇討ちをおこなった何顒は、その首を友の墓前にすえ、墓に酒をそそいで祀《まつ》った。

やがて、宦官に睨《にら》まれたかれは、逮捕されるまえに逃亡し、姓名を変えて汝南《じょなん》郡にかくれた。その後、潜伏地を移し、逃げのびた。そういう何顒を敬慕したひとりが袁紹であり、さっそく奔走の友となった。

黄巾《こうきん》の乱は、何顒のような宦官を批判する者たちを赦《ゆる》すきっかけをつくった。王朝としては、はやく内憂《ないゆう》をおさめて、外患《がいかん》に当たろうとしたのである。なお、『後

漢書《かんじょ》』の「党錮《とうこ》伝」によると、何顒は司空府に辟召されたとあり、大将軍府の名がみあたらない。とはいえ、何顒が何進に仕えなかった、とはいい切れない。

荀攸は、何進が海内《かいだい》の名士二十余人を召した際に、それに応じた。のちに策謀の人として広く知られることになる。

黄巾の乱が勃発した年から四年後の中平《ちゅうへい》五年（一八八年）に、望気《ぼうき》者がおだやかならぬ予言をした。朝廷の内外には、占いをおこなう者がすくなくない。気をみて占う者を望気者という。

「京師《けいし》にまもなく大兵《たいへい》が起こり、両宮《りょうきゅう》に流血がかならずあります」

そういう予言である。兵は兵士のことでもあるが、戦争という意味でとらえるほうがふつうである。両宮とは、いうまでもなくふたつの宮殿で、洛陽宮殿には北宮と南宮があるので、それを指しているとみるか、皇帝と皇后を両宮とみなすか、いずれにせよ宮城内が血の海になるということである。

何進の下にいる司馬《しば》の許涼《きょりょう》と仮司馬《かしば》の伍宕《ごとう》は、

「そういうおぞましい事態を避けるためには、天子が兵の将となり、四方を威圧しなければなりません」

と、進言した。天子がみずから武をもって未来の邪気を祓《はら》う。

――なるほど、それがよい。

うなずいた何進はさっそく霊帝《れい》に謁見《えっけん》して、望気者の予言と除払《じょふつ》の方法を説《と》いた。おどろいた霊帝は、

「ただちに四方の兵を発せしめよ。兵が集合すれば、われが閲《えつ》するであろう」

と、詔《しょう》を下した。

やがて地方の兵が続々と京師にのぼってきた。平楽観《へいらくかん》の下で整列した兵は、歩兵と騎兵をあわせて数万である。霊帝が閲兵式に臨《のぞ》むために建てさせた巨大な壇は、高さが十丈《じょう》（およそ二十三メートル）もある華蓋《はながさ》で飾り、それより低い壇も造って九丈（およそ二十一メートル）の華蓋を建て、そこに何進を置いた。それらの華蓋は虚飾《きよしょく》そのものといってよいが、地方の兵を驚嘆させる効果はあった。

霊帝はみずから甲《よろい》をつけ、

「われは無上《むじょう》将軍である」

と、いい、馬に乗って、陣を三巡した。これが本来の邪気を払う儀礼であった。なお、天子がみずから軍を率いる場合、自身を上将軍と称するのが、古来、きまりであるが、それよりも上という意味をこめて、無上、としたのであろう。それはさておき、平楽観の下に集合した兵は、霊帝直属の常備軍として残され、この軍を督《とく》率《そつ》する元帥《げんすい》に、

「蹇碩《けんせき》」

という宦官が任ぜられた。おそらく、

「あの元帥を、大将軍が兼任するのではなかったのか」

と、不満の声を揚げた者が、何進の下にはすくなからずいたであろう。霊帝の信頼は、何進より蹇碩のほうが大きかったということである。何進は蹇碩の下という位序《いじょ》になった。ちなみに何進の献言《けんげん》によって新設されたこの軍は、西園《せいえん》軍、と呼ばれ、八人の校尉《こうい》が置かれた。かれらを西園八校尉という。そのなかに、のちに天下を争う袁紹と曹操《そうそう》がいた。

とにかく何進に従う者、与《くみ》する者に、俊英《しゅんえい》が増えた。かれらがそろって宦官嫌いであるところに問題が生じた。宦官にとっての問題である。蹇碩は兵権を掌握したとはいえ、何進を中心とする勢力を脅威に感じざるをえない。もともと宦官とは、皇帝の私人にすぎず、政治にかかわりないところで働く召使いであった。その私人たちが、理不尽に廃替《はいたい》された皇太子に同情し、武器を執《と》って、その皇太子を皇帝の位におしあげるという壮挙《そうきょ》を成すということがかつてあった。それ以後、かれらは貴要《きよう》の地位を与えられ、公人化した。しかしながらかれらは、政治をおこなう者がもっていなければならぬ平衡《へいこう》感覚をもちあわせておらず、皇帝に仕えているかぎり、皇帝の意向にそうことだけをこころがけていればよい、という信念で行動した。王朝とは、皇帝の私物ではない、ということがかれらにはわからなかった。まして官民の安寧《あんねい》と幸福などについて考えたこともなかったであろう。そういうかれらが大小の政柄《せいへい》に手をかけて、悪臭をまきちらしていることに、多くの官民は迷惑していた。しかしかれらの関心はそこにはなく、いったん入手した権力を失いたくないという意《おも》いばかりが強く、敵となる者をことごとく墜陥《ついかん》させてきた。ここにきて、かれらは、

――何進が最大の敵になりうる。

と、感じるようになった。

なかでも蹇碩は何進を恐れ忌《い》み、反宦官勢力を霧散《むさん》させてしまう策をほかの宦官たちに諮《はか》り、ひとつの案を捻出《ねんしゅつ》した。

「いま西方では、辺章《へんしょう》、韓遂《かんすい》という梟雄《きょうゆう》が、寇擾《こうじょう》をくりかえしている。かれらを討伐するために大将軍を征《ゆ》かせるというのはどうか」

妙案である。さっそくかれらは霊帝に献言をおこなって許諾《きょだく》を得た。

――これで何進を追い払える。

皇帝の命令にさからえないとなれば、何進は帝都をでるしかない。しかし、何進は宦官たちの策をきりかえした。

「擾乱《じょうらん》があるのは、西方ばかりではありません。東方にある擾乱のほうが、都にとっては危険です。そこで西園の中軍校尉である袁紹をおつかわしになり、徐《じょ》州と兗《えん》

州の賊を蕩平《とうへい》すべきです。わたしは袁紹の帰還後、すみやかに西方平定にむかうでありましょう」

このように何進は上奏した。帝都をはなれることを遅延《ちえん》させる策である。何進の下に智慧《ちえ》者がいるあかしである。

これによって蹇碩らのたくらみは、なかばくじかれた。だが、

——何進を追い払えないのなら、殺すまでだ。

と、蹇碩は考えはじめたのであるから、この男は執念深い。奥の手がある。

皇帝は後継について悩んでおられる、ということをかれは知っていた。霊帝には、ふたりの男子がいる。ひとりは、さきに述べたように何皇后が産んだ劉辯《りゅうべん》である。いまひとりは、王美人《おうびじん》が産んだ劉協《りゅうきょう》である。ちなみに王美人という淑徳をもった才媛《さいえん》は、つねづね何皇后の凶悪さを恐れていたので、みごもったあと、薬を飲んでその子を堕《おろ》そうとした。しかしその薬が効《き》かなかったため、子を産むことになった。はたしてこの事実が何皇后の怒りを買い、王美人は毒殺されてしまった。

「なんということをするか——」

さすがに霊帝は嚇怒《かくど》した。皇后を廃する、とさえいった。が、それを諫止《かんし》したのは、何皇后を支えてきた宦官たちである。皇后になって気象の烈しさをむきだしにするようになった何皇后ではあるが、自身を護ってくれる宦官への手当てを忘れな

かった。その手が、ここでは効いたのである。しかしながら、

「あの皇后に、この子ありか」

と、霊帝は十代のなかばにさしかかった劉辯をみて、不快げにつぶやいた。劉辯は人を感心させたことがない軽佻《けいちょう》な性格であった。

「辯が人主《じんしゅ》となるのはむりであろう」

つい霊帝は蹇碩にこぼした。すかさず蹇碩は、

「まだ陛下は皇太子をお決めになっておられません。どうか、すみやかに董侯《とうこう》を後嗣《し》とお定めください」

と、嘆願した。董侯とは、霊帝の生母である董太后《たいこう》に養われている劉協をいう。皇帝が次代の天子を定めると、王朝の勢力図が一変する。皇太子の親族と養育者それに与党が権柄《けんぺい》をつかみ、敵対者は皇帝の意向にさからう者として一掃《いっそう》することができる。

――何皇后を暴室《ばくしつ》へ送り、何進と何苗《かびょう》を獄にたたきこんでやる。

霊帝が蹇碩の進言を容《い》れてくれさえすれば、それはすぐに可能なのである。だが、霊帝は、

「そうするであろう」

とは、いわなかった。すでに何皇后への愛情は冷《さ》めているが、いまの王朝の実質

的な運営者が何進であると認識している以上、この形体を崩したくない。とくにいまは東西で擾乱が勃発しており、武力で王室と政府を防衛する必要があり、そのためには何進の存在が不可欠なのである。

この霊帝の優柔《ゆうじゅう》さをみて、ひそかに舌打ちをした蹇碩であるが、

——かならず陛下は、董侯を皇太子になさるであろう。

と、確信した。そのときまでの辛抱《しんぼう》である。が、この辛抱は長いものにならなかった。

翌年の中平六年（一八九年）の四月に、突然、霊帝の病が篤くなった。この年の霊帝の年齢は三十四である。ちなみにここまで、この王朝の累代《るいだい》の皇帝は、初代の光武《こうぶ》帝をのぞいて、長寿の人がいない。

「陛下がご危篤であると——」

禁中にいた蹇碩はおどろいて、南宮の嘉徳《かとく》殿へ趨《はし》った。そのとき、まだ霊帝の意識は失われておらず、蹇碩の声に反応した。

「陛下はいまだに皇太子をお定めになっておられません。皇太子は、董侯でよろしいのですな」

「それでよい。協を、たのむ」

おう、これぞ、ご遺詔《いしょう》となる、と心中で叫んだ蹇碩は、霊帝の崩御《ほうぎょ》をみとどける

と、

——董侯を擁立するまえに、何進を始末してやる。

と、暗殺のための手配《てくば》りをはじめた。皇帝の死去を知れば、かならず何進は参内《さんだい》する。それをみとどけて門を閉じてしまえば、何進を助ける者はおらず、暗殺に失敗することはけっしてない。

「さあ、こい、何進。なんじの首を、何皇后にとどけてやる」

準備を完了した蹇碩は、何進の参内を待った。だが、完璧とみえるこの暗殺計画に、ひとつ疎漏《そろう》があった。それは、何進を出迎えるためにつかわした司馬の潘隠《はんいん》が、何進とは旧知の仲であることであった。ただし出迎えの使者は、潘隠ひとりではない。そのなかで、潘隠が声をだして、

「この参内は、危険です」

と、何進に告げるわけにはいかない。そこにかれの苦悩があった。

宮門の外で、何進の馬車をみた。潘隠は馬車をおりて何進を待った。すぐに潘隠に気づいた何進は、

「やあ、お出迎えか。痛みいる。帝のご崩御は、まことであったか」

と、車中から声をかけた。

「ご遺骸は、嘉徳殿にあります」

そういいながら、何進の車に近づいた潘隠は、めくばせをした。こうするしか、危険をさとらせる手はない。何進は鈍感な男ではない。そのめくばせをみのがさなかった。

——宮中では、虎が口をあけて待っている。

蹇碩をはじめとする宦官たちの陰謀《いんぼう》を察知した何進は、

「忘れ物があったことを憶いだした。参内は、すこし遅れる」

と、蹇碩の使者にいい、馬車のむきをかえさせただけではなく、儳道《ざんどう》をゆけ、と御者《ぎょしゃ》に命じた。儳道は、わき道あるいは近道であると想えばよい。宮門の内にひそんでいる兵が、何進が引き返したことを知り、追撃を開始することを想定し、用心したのである。

軍営に帰着した何進は、すぐに兵を集め、

「宦官どもがよからぬ事をたくらみ、詔をいつわって、われらに兵をむけようとしている。帝が崩御なさったいま、まことの詔は、皇后からくだされる。みなも、たばかられてはならぬ」

と、いいきかせて、動揺をおさえ、兵を百郡邸《ひゃくぐんてい》へ移して、防戦の態勢をとらせた。

百郡邸は洛陽にある一画で、そこに百余ある郡国が中央政府と折衝《せっしょう》にあたるための邸宅を置いていた。

「何進め、逃げ帰ったのか」

蹇碩は歯がみをしてくやしがったが、宮中の兵を門外にだして、何進の駐屯地を襲わせることはしなかった。しなかったというより、できなかった。何進麾下《きか》の兵のほうが多いのである。その後、何進が病と称して参内しなくなったことが、宦官たちに脅威となった。そのため、

「皇太子は協とせよ」

という霊帝の遺詔をきいた蹇碩は、そのことを吹聴できなくなった。たとえその遺言《ゆいごん》の内容にいつわりがなくても、立皇太子の決定を最終的におこなうのは、何皇后である。この皇后の凶悪さを知っている蹇碩は、おのれの保身を考えれば、とてもその事実を何皇后に報告できなかった。そのため、何皇后は当然のごとく、自分の子である辯を帝位にのぼらせた。ちなみにこの皇帝は、史書には、

「少帝《しょうてい》」

と、記《しる》される。

妹が産んだ子が皇帝となったと知った何進は、ようやく武装を解《と》き、参内した。太傅《たいふ》の袁隗《えんかい》とともに、若い皇帝を輔佐《ほさ》することになった。袁隗はいまや袁氏一門の棟梁《とうりょう》であり、袁紹の叔父にあたる。つまり何進は、袁氏一門に昵近《じっきん》することになったということである。

――それにしても……。

何進の憤慨《ふんがい》はおさまらない。蹇碩ら宦官の陰険さは、どうであろう。何進は官に就《つ》いてから宦官たちには気をつかってきたつもりである。蹇碩にも悪感情をもったことはない。ところが蹇碩らは自分を殺そうとした。ただし証拠はない。かれらはそ知らぬ顔で宮中を闊歩《かっぽ》している。

――あやつらは、いつ毒牙《どくが》をわれにむけるかわからぬ。

それゆえ用心をおこたらぬつもりであるが、それでも不安はある。こんなときに客のひとりである張津《ちょうしん》が、

「いっそ、天下国家のために、患毒《かんどく》というべきすべての宦官を除いたらいかがですか。これは、袁本初どのの考えでもあります」

と、進言をおこなった。

――宮中からすべての宦官を排除するのか。

至難の事業といってよい。だが病み衰えつつあるこの王朝の患部を切除しなければ、健康をとりもどせないことは、自明の理といえるであろう。

――たれもやらないのなら、われがやるしかあるまい。

宦官との全面戦争を想定した何進は、ひそかに与党を構築しはじめた。袁逢の嫡子である袁術《えんじゅつ》を厚遇したのも、ひとつの準備である。

一方、不安は、蹇碩にもある。

どうしても何進を殺さなければ安心できないので、中常侍《ちゅうじょうじ》の趙忠《ちょうちゅう》たちに書翰《しょかん》を送った。

「大将軍の兄弟は国政をにぎり、朝廷で専権《せんけん》をふるっております。かれらは天下の党人とともに、先帝の側近を誅殺《ちゅうさつ》するために、われらを掃滅《そうめつ》しようと謀《はか》っておりま す。わたしが禁兵をつかさどっているので、かれらは事を起こさず、静かにしているだけです。いま禁中の小門を閉じて、かれらを捕らえ、誅殺すべきです」

この書翰を読んだ中常侍のひとりが郭勝《かくしょう》であった。かれは何進とおなじ南陽郡の出身ということもあって、早くから何皇后と何進に同情があり、ふたりのために働いてきた。それゆえ、すぐに、

「この計画に馮《の》れば、われらに災難がおよびます」

と、趙忠にいい、蹇碩に協力しないことをとり決めた。そのあと、蹇碩の書翰を、何進にみせたのである。

「これぞ、陰謀の証拠である」

ただちに何進は、黄門令《こうもんれい》をつかって蹇碩を捕らえさせ、誅殺させた。同時に、蹇碩が掌握していた屯兵をおのれの麾下に移した。

——だが、まだ安心はできない。

と、強く意ったのは、何進ではなく袁紹であった。私欲のかたまりである宦官たちのなかから、第二、第三の蹇碩《きようじん》がでてくるであろう。すると、いつなんどき宮門が閉ざされ、宮中にいる何進に凶刃がおよぶかもしれない。それを恐れた袁紹は、

「かるがるしく宮中に出入りなさってはなりません」

と、諫言《かんげん》を呈し、いまここで宦官を廃絶しなければ、かならずのちにかれらは禍《わざわ》いをなします、と訴えた。過去に、どれほど多くの賢臣と名臣が宦官に殺されたか。王朝運営にとってそれが甚大な損害となった。宦官の横暴が、皇帝の悪政のしるしとして残ってしまう。かれらは皇帝の玉顔に泥をぬっているのである。宦官が在るかぎり、これからも同様な汚名と損失が生じ、やがて王朝は立ちゆかなくなる。大《たい》廈《か》を支える柱をかじりつづける鼠《ねずみ》どもを駆除するのは、いましかあるまい。

「いかにも、そうである」

深くうなずいた何進は、太后となった妹のもとへゆき、宦官誅滅《ちゆうめつ》の認可を得ようとした。ところが母の舞陽《ぶよう》君と弟の何苗は、そんな乱暴なことをしてはなるまいよ、とあわてて何太后に会って、

「大将軍の進言を、けっして容れてはなりません」

と、釘《くぎ》をさした。何太后が、貴人《きじん》から皇后になれたのも、宦官の陰助があったからではないか。これが効いて、何太后は何進の奏上を容認しなかった。

——困った。

何進の当惑をみた袁紹が、一案を供した。地方の有力者に、兵を率いて上京するようにいいつけ、かれらがそろって宦官誅滅を太后に訴えるようにさせればよい。いわば、武力で何太后を脅迫するのである。

「それしかないか……」

この案を採用した何進は、四方へ使者を送った。このことが、国内の群雄を起《た》たせるきっかけとなった。こういうあわただしさのなかで、何進がなすべき事業の本《ほん》筋《すじ》を冷静にみきわめていた主簿《しゅぼ》の陳琳は、

「宦官を一掃することなどは、洪炉《こうろ》（溶鉱炉《ようこうろ》）で毛髪を燎《や》くようなものではありませんか」

と、述べ、宦官を誅殺するためにわざわざ地方の雄を京師に招くまでもなく、もしも都下に大軍が集まれば、そのなかで最強の者が、何進をしのぐことになるので、その計画はとりやめるべきであると諫言を呈した。が、すでに使者を四方に派遣した何進は、この諫《いさ》めをしりぞけた。

何進と袁紹の企ては順調に進捗《しんちょく》したといってよいであろう。

内と外から脅迫をうけたかたちの何太后は、ついにほとんどすべての宦官を罷免《ひめん》して、宮門の外にだした。この小康状態に変化がなければ、のちの大惨事は生じな

かったであろう。太后の処置を知った何進は、これで宦官を誅殺するまでもない、と考えた。ところが、またしても母の舞陽君が宦官に同情して、何太后のもとへゆき、宦官を禁中にもどさせてしまった。よけいなことをしたというしかない。

そんなおりに何太后に謁見した何進は、袁紹の強行断行の意見に背中を押され、宦官誅殺後の人事について言上した。それを盗み聞いた張譲《ちょうじょう》ら宦官は窮鼠《きゅうそ》と化し、ほかの日に、にせの詔をつかって何進を召して、尚方監《しょうほうかん》（宮中の器物を作成する職）の渠穆《きょぼく》に暗殺させた。

何進の死は、中平六年（一八九年）の八月である。

ちなみにこの直後に生ずる大乱を、何進の孫である何晏《かあん》は母とともにのがれ、やがて曹操に育てられることになる。

なにはともあれ、何進は王朝の大改革が成就する一歩手前で逝《い》った。かれはすべての宦官が王朝の害になるとは考えておらず、その良否を峻別《しゅんべつ》してから、粛清を断行したいとおもっていたにちがいない。袁紹とちがって、宦官に助けられたというおもいは、軽くはなかった。それゆえひそかな懊悩《おうのう》が長くつづいたであろう。だが、かれの意いに反して、かれは宦官を忌み嫌う勢力にかつがれて、清流《せいりゅう》の希望の星となった。

朱_{しゅ}儁_{しゅん}

往時、劉邦《りゅうほう》と天下を争った項羽《こうう》は、会稽郡《かいけいぐん》で挙兵した。

秦《しん》の時代の会稽郡は、呉《ご》県に郡府があり、さほど広大な郡ではなかった。

ところが秦王朝が滅亡して、劉邦の漢《かん》王朝が樹《た》つと、会稽郡は南隣の閩中《びんちゅう》郡を併《へい》呑《どん》するかたちで、南へ大きくひろがり、その南部はいまの台湾《たいわん》北部の緯度《いど》とおなじになった。またその面積は、揚《よう》州全体の三分の一という大きさになった。

しかしながら農業にとって肥沃《ひよく》の地というわけではなく、県の数は北部から中部にかけて多く、南部になると県はわずかしかない。こういう人口にかたよりのある郡が、後漢の時代になると、ふたつに分けられた。人口の多い北部が、

「呉郡」

となって、郡府は呉県に置かれた。中部と南部がそのまま会稽郡となり、郡府は、山陰《さんいん》県に設置された。この県はいまの杭州《こうしゅう》湾の南岸域にあり、湾から遠くない地にほかの県もならんであった。山陰県の東隣にあったのが、

「上虞県《じょうぐ》」

である。朱儁《しゅしゅん》はこの県で生まれた。

かれは幼いころに父を喪《うしな》った。母の手で育てられた。家業は繒《きぬ》の行商である。店を構えているわけではないので、母は繒を背負って売りにゆく人、いわば、

「負販者《ふはんしゃ》」

であった。ただし山陰県で大量に繒を買い入れる場合は、驢馬《ろば》をつかった。驢馬の飼育はおもに朱儁がおこない、できるかぎり母の手助けをした。それをみている近所の人々は、

「親孝行の子よ」

と、感心し、称《ほ》めた。

後漢という時代は、人の美質のなかで、

「孝心《こうしん》」

を至上とした。能力よりも徳を重視し、その徳の基《もとい》は、父母によく尽くす心とこないにあるとした。官吏《かんり》の採用にも、その基準が適用された。これは、目上の人に礼儀正しく、人におもいやりのある者に政治をさせようとする狙いであり、べつのいいかたをすれば、政治を冷《ひ》えないようにさせる制度である。

どれほど頭の良い臣がそろっていても、真の正邪をみぬけなかった。そういう時

代が、後漢のまえにあったから、その反省のもとに、頭脳よりも心を尊重する国家がつくられた。

親孝行を奨励《しょうれい》する風潮が悪いはずはなく、たしかにその制度にそって名臣が輩《はい》出《しゅつ》した。しかしながら、ろくに学問もしない名家の子弟が、親孝行である、と推薦され、官途について顕貴《けんき》な位にのぼり、悪政をおこなうという弊害《へいがい》も生じたのである。

だが、学問をしたくても、家の事情でそれがかなわない者たちは、学識を偏重《へんちょう》しない王朝の志向に、救いを感じていた。

儒教《じゅきょう》においては、十五歳を、

「志学《しがく》」

と、いい、孔子《こうし》とおなじようにこの歳から学問に志《こころざ》すべきだとしている。朱儁の母は、

――この子は、賢い。

と、おもっていたので、

「さいわいなことに、わが家は貧困というわけではありません。それゆえ、おまえが学問をしたいのなら、止めはしませんが、他の郡に遊学するのはこまります。山陰県にお住みの先生に就《つ》いて学んでください」

と、いった。行商とはいいながら、この母には商才があり、ちょっとした財を築いた。そういう母をみながら、孝行の手を休めなかった朱儁は、十代のなかばになっても、さほど就学《しゅうがく》に関心はない。もともと江水《こうすい》より南にあって、陽射しの強い地に生まれ育った者に、学問で身を立てようと志す者はすくない。かつての項羽をもちだすまでもなく、この地は男気《おとこぎ》を育てる熱をふくんでいる。朱儁はこの地の温度を足の裏に感じながら育ったといってよい。母への孝行も、儒教色の濃い古い倫理と通念によるものであるというより、寡婦《かふ》となった弱い女を助けたいという念慮《ねんりょ》がおこなわせたものであろう。

かれはほどほど学問をした。

学習に不真面目《ふまじめ》であったわけではない。小規模ながら商売に直面しつづけてきた若い心は、利を計算し、先を読むことを習癖《しゅうへき》とし、機をみることに長《た》けざるをえない。いわば要領《ようりよう》がよいので、学習においても、むだなことをせず、教義の本質を理解するのが早かった。しかしながら功利を嫌う性は、生まれつきのものであるらしく、大儲けをして富豪になりたい、とは毛頭おもわなかった。

——財は適当にあるのがよい。

成人に近づいて、すこし銭が自由になると、郷里にあって困窮している者をみつけては、

「つかってくれ、返すにはおよばない」

と、ひそかに銭を渡し、本人はいつも銭をもたなかった。

「懐《ふところ》は空《から》にかぎる」

そううそぶいている朱儁のかくれた善行に気づいた者が、郷里の長老に、

「朱儁には、陰徳《いんとく》があり、しかもあいかわらず親孝行です」

と、感動をこめて告げた。

長老たちの声が県の上層にとどくしくみがあるのは、この王朝にかぎったことではない。県長はその声をきいて、

「上から、孝心の篤《あつ》い者を、吏に採用せよ、とやかましくいってきている。ちょうどよい。朱儁を採用しよう」

と、決断し、成人となった朱儁を辟《まね》いた。ちなみに県の長官を令《れい》というのがふつうであるが、上虞県の人口が一万以下なので、長、という。県の人口の多少は、そういう名称によってもわかる。

「おまえが県吏に――」

母は手放しで喜んだ。家業は順調であり、いまや数人の使用人がおり、朱儁の手がなくてもやってゆける。

「人と争って、怨みを買うようなことをしては、なりませんよ。おまえには突飛《とっぴ》な

ところがあるので、それをおさえ、県の偉いかたがたにけっして迷惑をかけてはなりません」

母はそういいきかせて朱儁を送りだした。なお、成人となった朱儁は、

「公偉《こうい》」

というあざなを用いることにした。

――われには突飛なところがあるのか。

朱儁は苦笑しつつ家をでた。自分では気づかなかった性癖《せいへき》である。たしかに常識を軽蔑する心のくせをもってはいるが、人に迷惑をかけるような常識はずれのことを自分がするとはおもわれない。

――母はわれのどこを観《み》ているのか。

ひそかに嗤《わら》った朱儁を、県長が待っていた。

「なんじは、文字を書けるのか」

県長の最初の問いがこれであった。親孝行で名が高くても、無学の者はすくなくない。

「書けます」

「では本名とあざな、それに里名を書いてみよ」

この時代、すでに紙が発明されている。しかし紙は高価なので、ためし書きなど

にはつかわれない。朱儁のまえには、木片が置かれた。

朱儁はゆっくりと筆を動かした。その筆の動きと手つきを凝視していた県長は、

――物怖《ものお》じせず、集中力と胆力がある。

と、すぐにみきわめた。木片をみせられた県長は、

「良い文字を書く」

と、称めた。文字に力強さと誠直さがあった。県庁で上にいる者は、いやなくせをもった属吏を好まない。文字をみただけで、朱儁の性質にひねくれたところがないと察した県長は、かれを、

「門下書佐《もんかしょさ》」

に、任じた。いわゆる書記官に任命したのである。朱儁は性向に棘《とげ》がなく、目上の者にさからうようなあくのつよさをもっていないので、事務をぶなんにこなした。のちのことを想《おも》えば、かれが事務能力をもっていたことは意外といってよいが、母の商才がかれの気転や配慮に活《い》きたといえなくはない。

ほどなく、この県庁にひとつの慶事《けいじ》がつたえられた。

郡内に周規《しゅうき》という者がおり、かれが中央政府のなかの公府《こうふ》に辟《まね》かれることになった。

――この郡に、そんな傑人がいたのか。

朱儁がおぼえたとおなじ感動をおぼえた人は、郡内にすくなくなかったであろう。

ところが周規は貧しく、失礼にならぬ身支度をととのえる銭をもっておらず、当然、上京することができない。それを知った郡府は、

「銭を貸してもよい」

と、好意的な配慮を示した。せっかくの辟召《へきしょう》をことわってもらっては、郡の落度《おちど》となる。それを危惧《きぐ》しての処置であったともいえる。

「では、ありがたくお借りします」

郡庫から百万銭を借りた周規は、上京をはたし、公府にはいった。ところが、その後、周規は昇進したようでもないので、朱儁はひそかな落胆をおぼえた。

数年後、周規が帰郷したようだときいた朱儁は、ひとつの懸念《けねん》をもった。周規は郡から借りた銭を返しただろうかということである。やがてその懸念はいやな事態として現出した。銭を返済できない周規が郡府に拘束されたのである。それを知った朱儁は慍然《うんぜん》とした。

周規は郡の英才にちがいないのである。かれを郡が活かして銭を返させる道はいくつかあるにちがいないのに、いきなり罪人あつかいをするとは、郡府に智慧《ちえ》がなさすぎるというものではないか。

――そんなことで、人材を失ってはならない。

家に帰った朱儁は、母と住み込みの使用人が寝しずまるのを待って、在庫の縉をかかえて家の外にでた。驢馬に荷車をつけて、縉を積み込んだ。むろん、何度も往復した。汗をぬぐった朱儁は、

「これで周氏を獄死させずにすむ」

と、つぶやき、夜明けとともに上虞県をでると山陰県へ行き、すべての縉を売りさばいて銭を得た。そのころ在庫の縉を失った母は、茫然《ぼうぜん》としていた。使用人たちは、

「盗人《ぬすびと》にはいられた」

と、大騒ぎしたものの、驢馬がいないことに気づき、

「公偉さまのしわざか」

と、顔をみあわせてささやきあった。

驢馬を走らせて上虞県にもどった朱儁は、まっすぐに県庁へゆき、長官の政務室にはいって、

「周氏が郡から借りた銭は、ここにあります。お手数をおかけしますが、どうかあなたさまから太守へおつたえください」

と、述べて、頓首《とんしゅ》した。

いぶかるように県長は朱儁をみつめた。

人と人とのつながりは奇妙というしかないときがある。英俊は英俊を知るといいかえたほうがよいかもしれない。このときの県長が、

「度尚《どしよう》（あざなは博平《はくへい》）」

であったことが、朱儁の開運のきっかけとなった。

度尚は山陽《さんよう》郡湖陸《こりく》県の出身であるから、いわば山東《さんとう》の人であり、湖陸県は漢の高《こう》祖《そ》である劉邦が生まれた豊邑《ほうゆう》（のちの豊県）からさほど遠くない。なにしろ度尚の家は貧しかったので、いやな仕事もすすんでやらなければ家族は生きてゆけなかった。湖陸県に、宦官《かんがん》として忌《い》み嫌われている侯覧《こうらん》の田があった。その田の見回りをするという卑職《ひしよく》に就いた度尚は、人からなんといわれようとも、誠実に勤務した。

「ほう、そういう者がいるのか」

度尚の実直さが気にいった侯覧は、かれを郡府にいれた。権力者にとってそれくらいはたやすくおこなえる。卑賤《ひせん》な者にとって、栄達の道に到ることは至難といってよく、権力者が垂《た》らしてくれた綱にすがるしかない。郡府にはいった度尚は事務能力を発揮した。それが認められて、中央政府に辟かれて、郎中《ろうちゆう》となった。ここまで侯覧の隠然《いんぜん》たる力がはたらいていたとすれば、度尚の狙い通りであったともいえる。

——だが、われは宦官の手先にはならない。

私利私欲に終始して、自家の格を高め、財をふとらせることで満足するほど、度尚の志は低くない。郎中になれば、つぎに地方にだされて行政を経験させられる。そこで事績が評価されれば、さらに上の官職に手をかけることができるが、度尚は庶民に喜ばれる政治をしないで昇進しても意味がない、と考えていた。

それゆえ最初に赴任した上虞県に着くと、

——まず内を匡《ただ》さなければならぬ。

と、決意して、県庁内の不正を摘発し、ささいな悪事もみのがさなかった。県吏人はその厳峻《げんしゅん》さに慄然《りつぜん》としたものの、度尚が公明正大であることに気づいて、恐れをもちつつ、

「神明《しんめい》——」

と、ひそかに称めた。その明らかなことは神のごとくである、というのが神明の意味である。

——この県長は、まれにみる英聖《えいせい》である。

朱儁はそう感じたがゆえに、大胆にも、度尚のまえに銭を積んでみせたにちがいない。実直がとりえにしかみえないこの門下書佐が、奇妙な行動にでたので、不快さをかくさず、

「なんじは周氏の親戚か」

と、度尚はするどく問うた。

「赤の他人です」

「縁もゆかりもない周氏のために銭をだすなんじの魂胆とは、いかなるものか」

度尚に炯々《けいけい》たる眼光をむけられても、朱儁はたじろがず、

「橘化《たちばなか》して枳《からたち》となる、と昔からいわれているではありませんか。甘い実をつける橘も、北の地ではうまく育ちません。しかし南の地にもどせば、ふたたび甘い実をつけ、人々に喜ばれるのに、その木《き》を伐って、枯死させてよいものでしょうか。人の才能も、中央で発揮されなければ、すべてだめなのでしょうか。国家は中央だけが豊かで富んでいればよしというわけではありますまい。周氏を救いたい意《おも》いを汲んでいただけたでしょうか」

と、まっすぐに述べた。

しばらく朱儁をみつめていた度尚は、ふっとまなざしをやわらげ、

「なんじの魂胆は、よくわかった。銭をそこに置いておけ。われが太守にとどける」

と、いった。実際、かれはこの日のうちに属吏を従え、銭を山陰県にはこばせて、太守の韋毅《いき》に会った。

「ごらんの通り百万銭あります。すみやかに周規を釈放していただきたい」

そういって頭をさげた度尚は、いぶかる韋毅にわけを説明したあと、

「朱雋は、もしかすると、鄭吉《ていきつ》のごとき者に、なりうるかもしれません」

と、いって微笑した。

鄭吉とは、前漢時代の傑俊のひとりで、会稽の出身である。かれは一兵卒から侯の位まで昇りつめ、食邑《しょくゆう》千戸《こ》を下賜《かし》された。そのことよりも、西域《せいいき》全体を監督するために設けられた都護《とご》の初代の長官として歴史に名を残した。

「漢の号令が西域に布《し》かれるようになったのは、張騫《ちょうけん》よりはじまり、鄭吉において完成した」

そうたたえられた。

郡府でそのような話がされているとは知らない朱雋は、帰宅するや、怒りで青ざめた母の形相《ぎょうそう》に直面した。

「親の財を盗んで、なにが親孝行ですか」

この叱声《しっせい》を浴びても、朱雋はわるびれるようすをみせず、

「母さんは商人だから、おわかりでしょう。小さな益は、どこまでいっても小さな益を産みつづけるか、ときには損を生じます。ところが、小さな損が大きな益を産むことがあるのです。はじめは貧しい者が、のちに富むことになる。これが必然の理です」

と、ふてぶてしくいった。

——へえ、この子が、そんなことをいうようになった。

母は啞然《あぜん》としたが、朱儁の性格には秩序を重んじる順守《じゅんしゅ》の色が濃いものの、人の意表を衝《つ》くような異彩《いさい》がかくれていることに、とうに気づいていた。ときに常識にかからぬことをするのではないか、とおもっていた。

——それが、これか。

なさけなくなった母は、朱儁を叱《しか》るのをやめて、すわりこんだ。また一から商売をはじめる気力がよみがえってこず、三日ほど寝込んだ。しかしこのまま寝ていては生きてゆけないと意思を立て直して、にぶく起き、むなしさをひきずったまま家の外にでると、さっそく二、三の里人が近寄ってきて、

「あなたの息子は立派だねえ。あなたの育てかたがすぐれていたからだ」

と、口をそろえて称めたたえた。

すでに県下では、朱儁の行為が大評判になっていた。そうなるようにしかけたのが、県長の度尚であったかもしれない。

この年、度尚に呼ばれた朱儁は、

「太守がなんじを郡府に辟きたいとのことである。ただちに郡府へ出向すべし。異存はあるまいな」

と、いわれた。

「ご高配、感謝します」

朱儁は度尚にむかって深々と頭をさげた。


人と人が出会うことは、磁力《じりょく》を発することになる、とおもわれてならない。反発する磁力もあれば、引きあう磁力もあろう。

朱儁《しゅしゅん》は上司にめぐまれた。

上虞《じょうぐ》県の長である度尚《どしょう》の推挙によって郡府にはいった朱儁は、誠実に仕事をこなした。ときには大胆なことをするが、ひごろは勤恪《きんかく》である。それが気にいった太守《たいしゅ》の韋毅《いき》は、

——いろいろな職務を経験させてやりたい。

と、おもい、職場を移るようにして、行政的な視野をひろげさせた。朱儁の事務能力には柔軟性があり、あらたな職種にすぐに適応した。商家に生まれた者は、よほどのぼんくらでないかぎり、世相を観察し、時勢の先を読む習癖をもつようになる。すなわち観察力と予見力を、朱儁はおのれの職掌《しょくしょう》のなかで、めだたぬように発揮しつづけた。それがとりもなおさず、

——仕事ができるやつだ。

という評価になってあらわれる。

やがて韋毅が太守の席をおりて去り、かわりにやってきた太守にも、朱儁は目をかけられた。このころの朱儁像は能吏《のうり》そのものであった。この太守が去るころ、新任の太守の氏名が知らされた。

——えっ、あの尹《いん》氏が、わが郡にくるのか。

胸をときめかせたのは、朱儁だけではなかった。府中がざわめいたのは、英雄を迎える喜びが官民にあったからであろう。

四年ほどまえに、西方に大きな擾乱《じょうらん》があった。羌《きょう》族が連合して関中《かんちゅう》に侵寇《しんこう》した。この侵寇は春にはじまって冬までつづいた。一城が陥落して、千余の死者がでた。羌族は長安《ちょうあん》に近づいて寇擾《こうじょう》しつづけたので、三輔《さんぽ》の民は恐れおののいた。三輔という地名は史書にしばしば登場するが、それは長安を輔助する三郡のことで、京兆《けいちょう》、馮翊《ひょうよく》、扶風《ふふう》をいう。さらにいえば、京兆は京兆尹《けいちょういん》、馮翊は左馮翊《さひょうよく》、扶風は右扶風《ゆうふふう》ともよばれ、むしろこのほうが通りがよくなった。長安が首都であったころの近畿《きんき》をいう。

そこが荒らされつづけても応急の手をうてなかった朝廷は、ついに名将の起用にふみきった。この名将というのが、張奐《ちょうかん》、であり、かれに属《つ》いた司馬《しば》が尹端《いんたん》である。

なお、尹端とならんで張奐に仕えていたのが、のちに天下の元悪《げんあく》となる董卓《とうたく》であったことを想《おも》うと、歴史はつくづくおもしろい。

三輔に軍をすすめた張奐は、尹端と董卓をつかって、羌族の連合軍を撃破させた。董卓には多少のずるさがあるので、奮迅《ふんじん》の活躍をしたのは尹端であろう。この官軍は族長を斬り、斬首と捕虜をあわせて一万余という大功を樹《た》てた。張奐は本営にどっしりと構えていただけで、誉聞《よぶん》を得た。

が、その戦いの実態が世間にまったくつたわらなかったわけではない。ほんとうに羌族連合軍を大破して三郡を鎮綏《ちんすい》したのは尹端である。朱儁はそう意《おも》っていた。

そのあこがれの武人が、会稽《かいけい》郡の太守となって、赴任してきた。

着任、早々、郡のすべての吏人《りじん》を集合させた尹端は、

「われは西方にいたため、馬についてはくわしくなったが、船と水については昏《くら》い。みなはわれわれの不明を責めず、誨《おし》えてくれるように」

と、いきなり謙虚さをみせた。

――尹端とは、こういう人か。

なるほどこの人の下の兵は、利害を忘れ、この人のために戦ったはずだ。そう感動した朱儁は、

「このなかに朱公偉《しゅこうい》という者がいるはずだ。その者は、一歩、まえにでよ」

という尹端の声におどろかされた。なぜ尹端が自分の名を知っているのか。まえの太守にどこかで会って政務の引き継ぎをおこなってから、ここにきたのか。

「自分です」

多少の不安をおぼえつつ、朱儁は一歩まえにでた。すると尹端は目容《もくよう》にするどさをみせて朱儁のまえに立って、しばらく凝視していた。その間に、朱儁は、

——やはり、この人には精悍《せいかん》さがある。

と、ひしひしと感じた。やがて、

「なんじを主簿《しゅぼ》に任ずる」

という尹端の声に打たれた。主簿は、文書をつかさどる中級吏人である。が、実態は、太守に近侍する秘書といってよく、吏人としてはかなりの重職に就《つ》くことになる。

「誠壹《せいいつ》、務めます」

緊張した朱儁はそう答えた。するとかれの肩に身を寄せた尹端は、目を細め、

「頼りにしている」

と、ささやいた。とたんに朱儁の胸が熱くなった。

ほどなく、またしても朱儁の胸を熱くするできごとがあった。自身のことではない。ながれてきたうわさにふれただけであるが、朱儁の感情は沸騰《ふっとう》した。

そのうわさとは、こういうものである。

山陰《さんいん》県から海ぞいの道を西へゆくと、銭唐《せんとう》県に至る。そこまでは遠いとはいえないものの、銭唐県は会稽郡ではなく呉《ご》郡に属している。

ある日、呉郡の富春《ふしゅん》出身の少年が父とともに銭唐にでかけた。富春は銭唐の西南に位置する県で、浙江《せっこう》という川をつかえば、やすやすと銭唐に着くことができる。銭唐に近づいた船の上で、陸の風景をながめていた少年の目が、異様な光景をとらえた。

「父さん、あれ、海賊でしょう」

海岸で屯《たむろ》している者たちの近くには財物《ざいぶつ》があり、どうやらかれらは奪ったばかりの財物を分けているらしい。それをみた父はおぞけをふるい、

「船頭さん、早く遠ざかってください」

と、叫んだ。船中の人々はそろって恐怖の声を放った。むりもない。陸にあがって獲物《えもの》を分配している海賊たちの視界にこの船ははいったはずであり、

「あの船も襲ってやろう」

と、海賊たちの相談がまとまれば、この船は海賊船に急追《きゅうつい》される。そういう恐れが悲鳴となり、その声とともに船はながれをくだった。

しかし、海賊たちの影が視界の外にでるや、

「船頭さん、船を岸に着けてください」

と、強く声を揚げた者がいた。あの十七歳の少年である。船中の人々はふたたび騒ぎ、少年の父もとまどいながら、

「せっかく危険から遠ざかったのに、おまえはなにをするつもりか」

と、叱声《しっせい》を放った。だが、少年は凜《りん》と眉《まゆ》をあげて、

「海賊どもがあそこにいては、多くの人々が迷惑し、損害をこうむりかねません。みなさんは安全なところにいてください。わたし独《ひと》りで海賊どもを退散させてきます」

と、高らかにいい、父の剣を借りると、単身、岸におりて趨《はし》った。かれの大胆さは、大声を放ちつつ、剣を大きく振って、海賊たちに近づいたことである。

「なんだ、あれは——」

海賊の首領である胡玉《こぎょく》は、すぐに気づいた。が、単身で海賊に迫る者などこの世にいるはずがないと想えば、あの声と剣は、ここを包囲しつつある捕吏《ほり》への合図であるとみなすのが常識である。

「まずいぞ」

この胡玉の声にたちまち反応した配下は、財物をかかえるまもなく川へ走り、船に乗り込んだ。追走した少年は逃げおくれた海賊をひとり斬った。

海賊船はまたたくまに去った。

それを知った船中の人々は、争うように岸におりて、この比類ない勇気と智慧《ちえ》を示した少年を歓声と拍手で迎えた。うわさはすぐに郡府にとどいた。

「まことか――」

驚嘆した太守は、真偽《しんぎ》をたしかめるや、すぐにその少年を郡府に招いて表彰しただけではなく、仮尉《かい》に任じた。仮尉は、仮《かり》の軍事官あるいは警察官をいう。

その少年の氏名は、

「孫郎《そんろう》」

としか会稽郡にはきこえてこなかった。孫が氏であることはまちがいないが、郎は若者のことで、名ではない。未成年者が、しかも単身で、海賊を退治したなどということは、前代未聞《ぜんだいみもん》の快事であり、そういう自身の利害を超《こ》えたところにある行為を称賛する気持ちの強い朱儁は、みずから調べて、

「孫堅《そんけん》」

という氏名をつきとめた。

昔、呉の国に孫武《そんぶ》という名将がいて、『孫子《そんし》』とよばれる兵法書を書き遺《のこ》した。どうやら孫堅は孫武の裔孫《えいそん》らしい。

――それなら、孫堅が軍事に長じていても、ふしぎではない。

朱儁はその名を胸に刻《きざ》んだ。

このころ不穏なうわさが郡府にとどくようになった。うわさの発生地は山陰県より東で、句章《くしょう》県のあたりである。

「新興の宗教が近隣の民をまどわせているらしい。調べよ」

尹端は属吏にめだたぬ調査をおこなわせた。報告のためにもどってきた吏人は、深刻さをかくさず、

「いまや、万に比《ちか》い民が入信しています。教祖は、許昌《きょしょう》という者で、子の許昭《きょしょう》（許韶）に信者をたばねさせています。この父子の出身地はあきらかではなく、経歴もさだかではないのですが、妖《あや》しい術をつかうようなので、山谷《さんこく》を歩いて仙術《せんじゅつ》を自得した者かもしれません」

と、述べた。

この王朝は徒党を組むことを禁止している。許昌の下の集団が、法の禁忌《きんき》にふれることは必定《ひつじょう》なので、

「刺史《しし》に報告を上げておくように」

と、尹端は朱儁に命じた。揚《よう》州刺史は州全体を監察するだけなので、軍事的な専断権をもっていない。ちなみに王朝が多事多難になると、刺史にその種の特権を与えて、

「牧《ぼく》」

と、よぶようになる。とにかく郡が異民族に侵《おか》されたり、賊が発生した場合、兵を率いて鎮定の指麾《しき》をおこなうのは太守である。

刺史に文書を送ったあと、朱儁は、

「許昌はえたいの知れぬ者です。民を煽《あお》って、いつなんどき暴動を起こすかわかりません。けっして句章から目を離さず、応急の処置をおこなうことができるように、準備をなさってください」

と、献言《けんげん》した。

「おう、そうしよう」

西方では大兵と戦った尹端にとって、一万ほどの相手は、恐れるにおよばない敵であろう。多少はあなどった、といえなくもないが、

――準備をおこたった。

とは、朱儁はみなかった。

この年の末に、許昭は父を、越《えつ》王、と呼び、その尊称を信徒に披露し、そう呼ぶように全員に強要した。たしかに会稽郡は、往時、越の国であった。この地から越王句践《こうせん》という覇王《はおう》がでた。それをなつかしむ気分が許氏の父子にあったとすれば、かれらは会稽郡の独立をもくろむ尚武《しょうぶ》主義者であろう。

「王を自称するだけでも、罪にあたります。すみやかに処罰すべきです」

「わかった、そうしよう」

朱儁の献言をうけた尹端は、冬になると、吏人に兵を属《つ》けて、句章へ遣《や》った。その宗教集団を罰するとおおごとになるので、教祖だけを郡府に出頭させようとした。が、その使者は、信徒にはばまれ、むなしくかえってきた。

「武力で、教祖をひきずりだすしかないのか」

この尹端のつぶやきをきいた朱儁は、

——民へのおもいやりがある。

と、感じた。たしかに許昌の信者は、政府のいうことをきかない不良の民ではあるが、善政がおこなわれていれば、家業に務めて、不満をもたない民である。その民を苦境に立たせる政治があったとすれば、郡の太守として責任を感じざるをえないであろう。しかしそれ以前に、中央政府が宦官《かんがん》によって汚染《おせん》されているという事実がある。根と幹に毒があるのに、その樹に清らかな花実を求めるのはむりというものであろう。

——この人は、いいわけをしないし、責任転嫁もしない。

一種のいさぎよさを尹端に感じた朱儁は、できるかぎり軍事の失敗を避けたいと禱《いの》るようにおもっていた。なにしろ朱儁は軍事官ではない。可能な助言は限られている。

が、事態は最悪になった。

郡政府の腰が引けているとみた許昌は、さらに自己を肥大化して、ついに、

「陽明皇帝《ようめいこうてい》」

と、自称した。ほぼ同時に、許昭をつかって信者を武装させ、近隣の県に喧伝《けんでん》部隊を送り込んで烈しく煽動《せんどう》した。これがうまくいって、この叛乱集団はまたたくまに数万という兵力になった。

県を棄《す》てて逃げた県令が、郡府に危急を告げるや、

「やむなし」

と、腰をあげた尹端は、数千の兵で鎮圧にむかった。かれには十倍の敵でも圧服させる自信があった。だがこれは、羌族との戦いのような異民族との戦闘ではない。敵の正体が明確ではなく、おとなしくみえる住民が、突如、武器を執《と》って襲ってくる。その変幻ぶりに悩まされた郡兵は、不利をかさねた。

――会稽郡の兵では埒《らち》があかぬのか。

そう観測した刺史の臧旻《そうびん》は、呉郡と丹楊《たんよう》（丹陽）の太守に兵の出動を要請した。

あの尹端でも攻めあぐねているという事態を重く視《み》た中央政府は、揚州刺史を交替させ、臧旻を送り込んだのである。着任した臧旻は、尹端は頼りにならぬ、と

早々に見切りをつけ、

——丹楊太守を重用《ちようよう》する。

と、決めた。このときの丹楊太守は、陳寅《ちんいん》（陳夤《ちんいん》）である。じつは三年まえに、山越《さんえつ》という賊が陳寅を攻め、包囲するという事件があった。苦境に立たされた陳寅であったが、独立でその包囲陣を撃破し、賊を退散させるという功を樹てた。その功績を知っている臧旻は、おもに丹楊の兵を活用する兵略を立てて、許昌の兵と戦った。むろん丹楊の兵はよく戦ったが、それ以上にめざましい戦闘集団があった。

「あれは、呉の兵ではないか。指麾をしている者はたれであるか」

臧旻はおどろきの声を放った。なんと、呉郡の隊を率いているのは、未成年の司馬であるという。

「孫堅という若者で、かれは独りで海賊を退散させた大功により、呉郡の仮尉に任じられ、この戦いでは司馬に任命されております」

「さようか。これは上表しておかねばなるまい」

臧旻を感嘆させた孫堅は、やがて塩瀆《えんとく》県の丞《じよう》（副長官）に任ぜられることになる。

丹楊郡と呉郡の兵は進撃をつづけたが、会稽郡の兵はうしろにまわされ、輜卒《しそつ》のあつかいをされた。それでも尹端は不満の声を揚げず、後方支援を諾々《だくだく》とつづけた。

——つらさをみせないところに、尹端という人の偉さがある。

朱儁はそうみた。あるいは尹端には西方で多くの兵を殺しすぎたという反省があるのかもしれない。だからこの鎮討《ちんとう》では、なるべく人を殺さないように配慮した。が、そのおもいやりは裏目にでた。新興宗教が武装すると、かなりやっかいな相手になることを朱儁は身をもって知った。実際、攻防は三年つづいた。

許氏の父子が捕斬《ほざん》されて、ようやく叛乱は鎮圧されたが、

「尹端はみぐるしく敗退した」

という理由で、召還《しょうかん》されることになった。尹端はさびしく笑い、

「賊と戦って、退いたことに、ちがいはない」

と、いい遺《のこ》して去った。

――刺史は、この太守の戦いかたに、人へのおもいやりをみないであろう。敗戦に意義をみつける目をもった者がこの王朝にいるとはおもわれないが、朱儁は尹端の戦いかたを理解した。尹端はたしかに敗れたとはいえ、むだな殺戮《さつりく》を避けたといえるし、前線の兵馬を涸《か》れさせぬために後方支援を全力でおこなったではないか。

ほどなく同僚から、

「尹氏は、最悪の場合、棄市《きし》されますよ」

と、いわれた朱儁は戦慄した。棄市は、公開処刑である。顔を暗くした朱儁は、

まる一日、考え込んだ。尹端がどのように戦って敗れたか、それを中央政府に報告するのは、刺史である。その報告書の内容が、尹端の罪の軽重を決める。

――まだ、まにあうのではないか。

首をあげた朱儁は、さっそく母のもとへゆき、

「銭をお借りしたい」

と、低頭した。母は苦笑し、

「また人助けですか。こんどは縉《きぬ》を盗まれなくてよかった」

と、いい、そのつかい道を問わずに、銭を与えた。朱儁自身が貯《たくわ》えた銭もある。数百金をかき集めた朱儁は、微服に着替えると、首都の洛陽《らくよう》にむかった。いそぎにいそいだ朱儁は洛陽にはいると、銭をつかって主章の吏《しゅしょうり》に面会できるところまでこぎつけた。主章の吏とは、上奏文をあつかう役人であると想えばよい。かれの手もとに揚州刺史からの上奏文がとどいたばかりであることを知った朱儁は、まにあった、とひそかに喜び、その吏に、

「あなたは、義と不義と、どちらを好まれるか」

と、問うた。

「義にきまっているではないか」

「そうですか。それなら話ははやい。揚州刺史の上奏文には誤謬《ごびゅう》があります。その

誤謬をそのまま上にあげれば、上をあざむいたことになり、あなたの不義となります。また刺史のまちがいを匡《ただ》さなかったあなたの職務怠慢ともなります。ここで正しい文に書き直せば、刺史の過失を消してやることになり、それが義となります」

　ぬけぬけといったものである。朱儁はわるびれもせず、数百金を吏の膝《ひざ》もとへすすめた。それを一瞥《いちべつ》した吏は、

「ふふ、上奏文を読みもせぬうちから、誤謬があるとは、あきれてものもいえぬ。これのどこがまちがっているのか。直せるのなら、直してみよ」

　と、上奏文を朱儁に渡した。

「では、筆を拝借――」

朱儁は尹端の戦場における進退について書きかえてから、

「あなたが義を好まれるかたで、まことによかった。これで倒れかけた正義が立ち直りました」

と、上奏文を返した。

朱儁が洛陽をあとにしてから、尹端の罪についての裁《さば》きがあり、

「死刑とはせず、左校《さこう》に輸作《ゆさく》を命ずる」

と、決定された。

左校は、土木工事をつかさどる将作大匠《しょうさくだいしょう》の属官をいう。そこに輸《おく》られて労役《ろうえき》を課せられる刑を、

「輸左校《ゆさこう》」

と、いう。罪を犯した臣下のための刑罰で、死刑とは雲泥の差である。死罪を覚悟していた尹端はその決定をきいて、

――死なずにすんだか……。

と、小さな喜悦をおぼえた。

一方、山陰県にもどった朱儁は、どこに行ったとも母にも告げず、郡府には休暇を楽しんできたという顔をみせただけであった。かれは死ぬまで、陰《かげ》で尹端を助け

た、などと口外しなかった。が、母は、

「洛陽見物には、ずいぶん銭がかかるものですね」

と、この人助けの好きな息子にいった。


新任の会稽郡太守《かいけいぐんたいしゅ》は、徐珪《じょけい》であった。

会稽郡に朱公偉《しゅこうい》あり、ときいてきたが、この主簿《しゅぼ》がそれか。着任早々、そういう目で朱儁《しゅしゅん》をみた徐珪は、

——なるほど俊器《しゅんき》だな。

と、みきわめたおもいをもったとき、朱儁を孝廉《こうれん》に挙《あ》げた。孝廉に推挙されるということは、孝心の篤《あつ》い人格者である、と認定されたことになる。しかもこの推挙はかならず中央政府に重視され、推挙された者は辟召《へきしょう》され、官僚候補となる。

洛陽《らくよう》にむかって旅立つ朱儁をみた母は、目頭《めがしら》を熱くして、

「おまえが県令になる日が遠くないとは——」

と、いい、感動をかくさなかった。ふりかえった朱儁は、

「小さな損が大きな益を産むことがある、と申したでしょう。わたしの昇進は、県令で已《や》むと想《おも》われますか」

と、笑いながらいった。

「そのような大口を――」

なかば叱《しか》るような目つきが、すぐに笑みに染《そ》まった。

陰徳《いんとく》のある者の運命が、いったん陽《よう》に転じると、その上昇はとどまるところをしらない。中央政府にはいった朱儁はすぐに蘭陵《らんりょう》県の令に任命された。

――蘭陵県といえば……。

戦国時代に楚《そ》の宰相《さいしょう》となった春申君《しゅんしんくん》が、大儒《たいじゅ》である荀子《じゅんし》を招いて、治めさせた県である。儒教の信奉者《しんぽう》でなくても、それくらいは知っている朱儁は、

――良い県を与えられた。

と、おもい、明るい気分で赴任した。朱儁は行政能力を発揮して、善政をおこなった。蘭陵県は東海《とうかい》郡に所属している。が、このとき東海郡は東海国という王国になっており、王を輔佐《ほさ》する相《しょう》が郡の太守とおなじ権限をもっている。朱儁の評判をきいた東海相は、属吏《ぞくり》を遣《や》って調べさせ、その報告をきくと、

「めずらしや、めずらしや、民を喜ばせる政治をおこなう県令がいるとは――。これは、天子に申し上げずにはいられぬ」

と、感心し、さっそく上表をおこなった。ちなみにこの上表をおこなった東海相は、歴史上の重大事件にかかわったことはなく、官人としてどれほど有能であった

かもわからぬ人物ではあるが、朱儁を称《ほ》めたというたった一事で、その氏名がわからぬまま時代史に記《しる》された。

とにかくこの上表を朝廷は無視しなかった。仁徳のある者をどのようにつかったらよいか、それを考えた。

こういうときに、最南端の州といってよい交《こう》州から擾乱《じょうらん》の報《しら》せがとどけられた。交州のなかに交阯《こうし》（交趾《こうし》）郡があり、その郡の賊である梁龍《りょうりゅう》らが一万余の兵を擁《よう》して起《た》ち、しかも南海《なんかい》郡の太守である孔芝《こうし》が叛乱を起こして、かれらと呼応したため、交州は二郡が醜悪《しゅうあく》な状態になった。

「よし、朱儁に鎮討《ちんとう》させよう」

朝廷は速断した。

突然、朱儁は交阯刺史《しし》に任命された。交阯太守より強い権限を与えられた。これで軍事的能力をためされていると感じた朱儁であるが、功を樹《た》てることにあせらなかった。まず会稽郡にもどって私兵をつくり、つぎに遠征軍を形成するために兵を募《つの》った。この徴兵によって五千人を得ると、南下し、交阯郡にはいるまえに軍を二分した。二隊ですすんだということである。しかもこの二隊を急速に前進させず、しばらく停止させて、州の七郡の兵のありようと賊軍の現状を把握しようとつとめた。交州には七つの郡があり、それらの郡の兵が、連絡しあわず、連携しないでいれば、賊軍の急速な移動に対処しきれず、応戦は後手《ごて》になるばかりである。

——七郡の兵を総率するのが得策である。

そう考えた朱儁は、七郡へ使者を遣ると同時に、賊軍をゆすぶるために喧伝《けんでん》をおこなわせた。動揺し、不安をおぼえた者が、賊軍から離脱した。その者たちから正確な情報を得た朱儁は、七郡の兵が集合すると、進撃を命じた。このやりかたは、将帥《しょうすい》である朱儁が大功をひとりじめにするのではなく、七郡の太守に華《はな》をもたせただけではなく、乱を鎮圧できなかった交阯太守の罪を軽減することになったであろう。

朱儁の軍はまっすぐに梁龍の本拠にむかった。あとは大軍で賊軍を圧《お》し潰《つぶ》せばよいだけで、このように軍略を単純化したところに、朱儁の非凡さがあった。武門の生まれであれば、勇気を誇るあまり、突出して、失敗したであろう。

朱儁軍は梁龍を斬《き》った。降伏した者が数万もいた。この降伏者の多さも、最初のゆすぶりが効いたあかしである。戦闘がわずかな日数で熄《や》んだことにおどろき、喜んだ朝廷は、すぐさま朱儁を都亭《とてい》侯に任じ、食邑《しょくゆう》として千五百戸を与えた。朱儁は小領主になった。

復命のために洛陽に上った朱儁は、黄金五十斤《きん》を下賜《かし》され、諫議《かんぎ》大夫《たいふ》にも任命された。

——これで母を招ける。

と、おもった朱儁は、上虞《じょうぐ》県へ使いをだして、母に上洛してもらい、到着した母のまえに黄金二十五斤を置いた。

「天子から黄金五十斤を賜《たまわ》りましたが、半分は、交州でわれのために働いてくれた者たちに授けました。この二十五斤は、母上の財産をかってにつかったお詫《わ》びです」

母はゆるやかに首をふって笑った。

「わたしの財産は、そなたのような子をもったことです。その二十五斤は、臣下のためにつかうとよい。そなたは百万の黄金にまさる」

「はは、めずらしく褒《ほ》めてもらえました。わたしが百万の黄金であれば、それを産んだ母上は億万の黄金ということになりましょう」

この母にとって自慢の息子となった朱儁は、表裏なく、親孝行をつらぬいた。

やがて後漢王朝を大きく揺動させる大事件が勃《お》こった。

黄巾《こうきん》の乱である。

王朝の運営者である皇帝と三公《こう》九卿《けい》は、叛乱の規模の大きさに愕《おどろ》き、あわてて外《がい》戚《せき》である何進《かしん》に首都防衛をまかせ、近畿にある八つの関所を閉じた。

乱の首謀者が本拠を置いているのは、冀《き》州の鉅鹿《きょろく》郡である。いわば河北の騒乱は、首都の洛陽にとってさほどの脅威ではない。だが首都に近い豫《よ》州の潁川郡《えいせん》における黄巾軍の熾盛《しせい》は、隣家の火事のようなもので、緊急に鎮圧させなければ、飛び火によって首都と王朝が炎上しかねないほど危険が大きかった。

「早く軍をださねばならないが、たれを将帥としたらよいか」

そういう朝廷の議論にあって、まっさきに挙がった氏名が、朱儁であった。行政の巧者であった朱儁が、交州での戦歴によって、軍事の達者とみなされるようになっていた。

「なるほど朱儁は適任者であるが、一軍だけではこころもとない。ほかの一軍を督率できる者は、たれか」

この問答のなかで浮上した氏名が、

「皇甫嵩《こうほすう》(あざなは義真《ぎしん》)」

であった。皇甫氏といえば、この時点では、皇甫規《こうほき》が名将として知られ、かれの甥《おい》である皇甫嵩は軍事に関して無名に比《ちか》かった。皇甫規が生きていれば、老将であってもその起用が選択肢にふくまれたであろうが、残念ながら十年まえに死去した。皇甫氏であればすべて旗鼓《きこ》の才があるというのは妄想にちがいないが、

「かれの勇猛さは比類がないときいている」

という強い声によって、擢用《てきよう》が決定した。ただちに皇甫嵩は左中郎将《さちゆうろうしょう》に、朱儁は

右中郎将《ゆうちゅうろうしょう》に任じられ、それぞれ一軍を率いて潁川郡へむかった。

戦績のない皇甫嵩は多少朱儁に遠慮し、朱儁軍をまえにだした。朱儁は傲慢《ごうまん》な男ではないので、皇甫嵩の気づかいを察し、

「同時に軍をだしたかぎり、功はともにあるものです」

と、いい、皇甫嵩の心情をやわらげた。このことだけで、

――朱儁とは、そういう人か。

と、わかった皇甫嵩は朱儁への好意を篤くした。

武装した新興宗教の団体が、いかに手強《てごわ》いか、朱儁はすでに知っている。会稽太守であった尹端《いんたん》の失敗もまぢかでみた。降《くだ》すのに容易ではない相手と戦わねばならぬと覚悟したとき、脳裡《のうり》にひとつの氏名が浮かんだ。

――そうだ、孫堅《そんけん》を招こう。

孫堅配下の兵が驚異的な勁《つよ》さを発揮したことを憶《おも》いだした朱儁は上表をおこなって、正式に自軍に招き寄せたのである。このとき孫堅はまもなく三十という年齢で、下邳《かひ》県の丞《じょう》（副長官）であった。かれは招請《しょうせい》を喜んでうけると、義勇兵を募り、千人ほどを得ると、朱儁のもとに駆けつけた。

「よくきてくれた」

感激した朱儁は孫堅の手をとり、すぐさま佐《さ》軍司馬《ぐんしば》に任じた。

——これで、ぶざまな戦いをしないですむ。

自軍に鋭い牙爪《がそう》をそなえたというおもいの朱儁は、潁川郡にはいって、黄巾軍の主将である波才《はさい》と戦った。だが、波才麾下《きか》の兵は予想以上の勁さがあり、朱儁軍は敗退した。長社《ちょうしゃ》まで進出していた皇甫嵩の軍が、あっというまに黄巾軍に包囲されたので、

——朱儁どのは、これほど戦いがへたであったか。

と、皇甫嵩はおもったが、朱儁をなじったり、朱儁の失敗を中央に報《しら》せるようなことをしなかったのは、その人格にある見識の高さと寛容力の大きさによる。かれは窮地におちいっても勇気と冷静さを失わず、火をもって囲みを破るという奇策を立てて実行した。

官軍が長社において難渋《なんじゅう》していると知った朝廷は、急遽、援兵を発した。この援兵を率いて急行した将が、三十歳の曹操《そうそう》である。このとき曹操は騎都尉《きとい》であり、皇甫嵩が包囲陣を大破した直後に、長社に到着した。朱儁、皇甫嵩、曹操という三将は戮力《りくりょく》して黄巾軍を大いに撃破した。次代の主導者となる曹操が黄巾軍とまともに戦ったのは、これが最初である。

数万人の斬首、という戦果をもたらしたのは、おもに皇甫嵩の働きによる。しかしかれはおのれの功を誇らず、機敏さを発揮した曹操をねぎらってかえしたあと、

やや魯《にぶ》さのある朱儁をみて、

――この人は、人にやさしい。

と、心のなかでいった。皇甫嵩が尹端を知っていれば、あなたは尹端に似ている、といったであろう。黄巾の賊といっても、人ではないか。賊を多く殺せば功になるが、それは人を多く殺したことと大きなちがいがあるのか。おそらく朱儁はそう考えていたがゆえに、波才におくれをとった。それを感じとった皇甫嵩の感覚はこまやかである。なにはともあれ、朱儁は同行の将にめぐまれた。さきの失態を皇甫嵩がうまくかくしたばかりか、その上に勲功の輝きをすえてくれた。

――かれはまれにみる名将だ。

と、つくづく感心して皇甫嵩を信頼した朱儁は、ともに軍をすすめて潁川郡から汝南《じょなん》郡にはいり、さらに陳《ちん》国の黄巾軍を掃蕩《そうとう》した。逃げるたびに兵を失いつづけた波才を、ついに陽翟《ようてき》県（潁川郡）で摧殄《さいてん》した。

二郡と一国を平定したあと、皇甫嵩がおこなった上表には、

「われは朱儁将軍の指図に従っただけであり、すべての功は、朱儁将軍にあります」

と、あった。この一貫した謙譲はみごとというしかない。この上表のおかげで、朱儁は西郷侯《せいきょうこう》に昇り、さらに鎮賊中郎将《ちんぞくちゅうろうしょう》に昇ることになる。

さて、朱儁と皇甫嵩は別れて方向のちがう戦場へゆくことになった。皇甫嵩は黄巾の本拠がある河北へむかい、朱儁はとなりの荊《けい》州の南陽《なんよう》郡にはいった。

南陽郡にも黄巾軍がいる。その将帥を、張曼成《ちょうまんせい》、という。かれは挙兵するとすぐに、

「神上使《しんじょうし》」

と、称して、数万の兵で郡府のある宛《えん》県を襲い、太守の褚貢《ちょこう》を殺した。その後、百日あまり宛県にとどまっていたが、後任の南陽太守である秦頡《しんけつ》に急襲されて、死亡した。しかしながら乱はそれでおさまらなかった。黄巾の賊徒は将帥を失っても、趙弘《ちょうこう》という者を主将にすえなおして、宛城に立て籠《こ》もった。

ところで、あるときは県といい、あるときは城というが、だいたいおなじものであると想ってもらってよい。県の前身は邑《ゆう》といい、邑主の住居区が城であり、邑民の住居区が郭《かく》である。しかし郭も牆壁《しょうへき》で保護されているので、戦時には城と郭がまとめられて城と呼ばれる。ただし行政区をもたない要塞のようなものは、最初から城と呼ばれ、県と呼ばれることはない。

宛城を遠望するところに立った朱儁は、荊州刺史の徐璆《じょきゅう》と秦頡の報告をきき、

「あのなかに十余万の黄巾がいるのか」

と、嘆息した。朱儁軍は二万の兵力であり、それに荊州と南陽郡の兵一万八千を

合わせても、三万八千である。城兵の十倍の兵力があれば城を包囲してよいという孫子《そんし》の兵法は、いまや童子《どうし》でも知っている。城兵の三分の一の兵力で包囲陣を形成できるはずがない。

——それでも包囲するか……。

そう考えはじめた朱儁のもとに、はつらつさを失わない孫堅がきて、

「さきの戦いではおくれをとりましたが、このたびの城攻めでは、われがまっさきに壁上《へきじょう》に立ってみせます」

と、意気込みをあらわにした。

「いや、そう焦《あせ》らなくてよい。賊は十余万という兵力だが、その大勢力は野《や》に展開してこそ有利を保持できる。一城に籠もれば、不利が生じる」

「あっ、なるほど、食《しょく》ですね」

十余万の兵がついやす食料は厖大《ぼうだい》である。血のめぐりのよい孫堅はすぐにそれに気づいたが、敵兵が飢えて降伏するまで待ちつづけるという戦いかたは、性《しょう》に合わぬ、といいたげな表情をした。が、朱儁は孫堅の心情に同調せず、

「賊は、食が尽きかけたら、かならず糧道《りょうどう》を拓《ひら》こうとする。その種の道をつくらせてはならぬ」

と、厳格にいった。

それゆえ朱儁の城攻めは、一戦もせぬ包囲戦となった。六月から八月まで、宛城の内外では干戈《かんか》の音がしなかった。

「朱儁は凡将である。他の将と交替させよう」

朝廷の有司《ゆうし》は、捷報《しょうほう》がとどかぬのにいらだち、上奏をおこなって朱儁を召還《しょうかん》しようとした。が、ここで異見を掲《かか》げた者がいる。司空《しくう》の張温《ちょうおん》である。かれは諸事に一家言をもつが、とくに軍事にはうるさい。すでに有司の上奏がおこなわれたのでは、かれらを説得してもおそいので、皇帝がまちがった判断をくださないように意見をたてまつった。

「昔、秦《しん》は白起《はくき》を用い、燕《えん》は楽毅《がっき》に軍事をゆだねました。かれらはともに長い時間をかけて、敵に勝ったのです。朱儁は潁川の賊を討伐したあと、南へむかいましたが、戦略をすでに定めていたにちがいありません。戦いに臨《のぞ》んで将を替《か》えるのは、兵家の忌《い》むところです。どうか朱儁に時間を与えて、成功をお求めになってください」

霊《れい》帝という皇帝は賢愚《けんぐ》がさだかではないが、ここでは張温の意見を、然《しか》り、として召還をとりやめた。こういう王朝のざわめきを感じた朱儁は、ひそかに孫堅を招き、

「城内の賊は、だらけきっているであろう。渠帥《きょすい》の趙弘がどこに居るのかもわかっ

ている。急襲して、かれを斬る」

と、いい、城壁を越えさせるように指図を与えた。ほどなく、夜陰に乗じて城壁を登った兵は、趙弘の居処に直行して、かれを斬った。

だが、黄巾の兵はへこたれない。なにしろ兵数が多い。主将を失っても、つぎの主将を選び、官軍の急襲兵を城外に駆逐《くちく》すると、なおも宛城を保持しつづけた。あらたにかれらを攬《まと》めたのが、韓忠《かんちゅう》、という者である。

首を斬っても、斬っても、あらたな首が生《は》えてくる怪獣を相手にしているようなものである。しかし朱儁は恐れず、

——もはや持久戦はやらない。

と、決めていたため、主力軍を城の西南へまわして攻撃させ、自身は反対の方角の東北へまわった。精兵五千を率いて、みずから城壁を登って、城内に突入した。

この勢いに押されて退却した韓忠は、城内にある小城に籠もったあと、

「降伏したい」

と、使者をよこした。それをみた徐璆と秦頡などは、これで長い戦いが終わる、と喜悦し、

「降伏を容《い》れるべきです」

と、朱儁に進言した。朱儁は非情の人ではない。それがわかっているので、当然、

この進言は採《と》られるとおもった。が、朱儁は、諾《だく》、とはいわなかった。

「戦いには、形が同じようでありながら、勢《せい》がことなるものがある。昔、秦の末、項羽《こうう》と劉邦《りゅうほう》が戦っていたころには、定まった主《あるじ》がいなかったので、なついてくる者たちを賞して帰順を勧《すす》めた。ところが今は、海内《かいだい》は統一されており、ただ黄巾だけが寇擾《こうじょう》をおこなっている。かれらの降伏を容れれば、善を勧めたことにはならず、かれらを討てば悪を懲《こ》らしたことになる。いまもしもかれらの降伏を許せば、その叛逆の意志を閉じさせることにはならず、かえって開くことになろう。賊というものは、有利であればすすんで戦い、不利であれば降伏を乞う。敵を縦《ゆる》して寇掠《こうりゃく》をながびかせるのは、良計ではない」

賊は王朝の批判者であり、その批判力を王朝が活用する度量をもたないかぎり、賊は害毒にすぎない。朱儁は、賊であってももとは民である、というみかたをしてきたが、その活用はむずかしい、とここで断定した。とくに新興宗教の信徒に、既《き》存《そん》の理を説《と》いても、ことばの通じない外国人に語りかけるようなもので、時間の浪費になるだけである。毒は、ときに薬にもなるが、黄巾という毒は、毒のままである。そうみきわめた哀しさを胸の奥にしまって、朱儁は敵の小城に猛攻をおこなった。だが、完全な勝利を得られなかった。

その小城を眺めた朱儁は、ふと、

——包囲が重厚でありすぎた。

と、気づき、司馬の張超《ちょうちょう》に、

「包囲を解《と》け」

と、命じた。張超という人物は、ここでは軍事的補佐官であるが、文才が豊かなので文官といってよい。ちなみにかれは、漢王朝の創業期に劉邦を佐《たす》けた張良《ちょうりょう》の裔《えい》孫《そん》である。

「うけたまわりました」

張超はすぐに朱儁の意図を察知して、諸将に、後退するようにつたえた。重厚な包囲陣が解けた。直後に、小城で耐えに耐えていた韓忠が城外に出撃した。

「やはり、でたか」

引き技《わざ》が功《こう》を奏《そう》した。すばやく朱儁は迎撃《げいげき》し、賊軍を大破すると、逃走した韓忠を数十里追撃した。この追撃戦で一万余も斬首したのであるから、大勝である。逃げきれないとさとった韓忠は、投降した。しかし秦頡は、

「われは赦《ゆる》さぬ」

と、怒声を放って、降人である韓忠を斬った。

だが、これでも黄巾の兵は霧《む》散《さん》しなかった。孫夏《そんか》という者を首領に押し立てて、抗戦した。こうなると、黄巾の信徒は、教祖である張角《ちょうかく》の教えを信じ切った者たち

というより、後漢王朝の政治を毛嫌いする感情そのものとなった人々といったほうがよいかもしれない。王朝にむけられる憎悪をやわらげるには、行政の温《あたた》かい手しかなかったであろう。武力ではその種の感情を軽減することはできず、黄巾の信者を抹殺《まっさつ》するしかなかったといえる。

朱儁は残存の黄巾兵を宛県の北の西鄂《せいがく》県に追いつめ、そこの精《せい》山において大破した。ここでも一万余の黄巾兵を斬首した。さすがの黄巾兵もこれで余力が尽き、四方へ散った。

「やあ、朱儁は成《な》したか」

朱儁の赫々《かくかく》たる戦果に大いに喜んだ霊帝は、さっそく使者をつかわして、かれを右車騎将軍《ゆうしゃきしょうぐん》に任じた。その後、洛陽に凱旋《がいせん》してきた朱儁を光禄大夫《こうろくたいふ》に任じ、食邑五千戸を増やした。

ここで朱儁は銭唐《せんとう》(銭塘)侯に封《ほう》じられたので、母をその地へ移した。銭唐は故郷の上虞県から遠くない。

やがて母の死を訃《しら》された朱儁は、官を去り、銭唐を経て上虞にもどり、喪《も》に服した。かれは母にたいして、孝、をつらぬいたというより、愛、をつらぬいたといったほうがよいであろう。それはそれとして、後漢王朝が孝を基本理念としたかぎり、朱儁はその模範となった。

時代が光輝《こうき》に満ちていれば、朱儁の初志《しょし》貫徹《かんてつ》のありようは、賛辞にくるまれて誉《よ》聞《ぶん》を失わなかったであろう。だが、時勢は個人の美徳を愛《め》でるゆとりを喪失し、急激にけわしくなった。

霊帝の死の直後に、宮城内では、宦官《かんがん》殄滅《てんめつ》が実行され、それからほどなく洛陽に到着した董卓《とうたく》によって、王朝は擅断《せんだん》されるようになった。すでに復職していた朱儁は、心ならずも董卓の命令をうけ、長安《ちょうあん》遷都の際には、

「あなたは残って洛陽を守るように」

と、董卓にいわれた。

――この男は、天子を攫《さら》ってゆくのか。

幼帝である献《けん》帝への同情が篤い朱儁は、できれば献帝の近くにいたい、できれば献帝から董卓を離したい、と願い、悩んだ。

山東《さんとう》の諸将が、打倒董卓の旗を揚げたことはわかっているので、かれらと共同で、献帝を奪回する方策を立て、使者を遣ったものの、諸将にまとまりがなく、埒《らち》があかなかった。

――これでは孤立するばかりだ。

と、恐れをいだいた朱儁は、いったん洛陽をでて南下し、荊州にとどまって好機をうかがった。董卓が楊懿《ようい》という者に洛陽の守備をまかせたと知った朱儁は、兵を

率いて北上し、楊懿を一蹴《いっしゅう》した。しかしながら、洛陽は荒廃し、とても兵を駐屯させられないので、東へ東へ移動し、中牟県《ちゅうぼう》に駐留することにした。ここから文書を州郡へまわして、出兵を求め、董卓を討とうとしたのである。

さきに、山東の諸将にまとまりがない、と書いたが、その過半は袁紹《えんしょう》を盟主としてまとまった。だが、宦官一掃《いっそう》を実行して輿望《よぼう》を得た袁紹は、董卓が立てた天子を認めず、あらたに天子を立ててその王朝の運営にあたろうと考えていたので、董卓と戦うことに消極的であった。当然、その盟下にいる諸将も、朱儁の檄文《げきぶん》に反応しなかった。反応したのは、袁紹を中心とする諸侯連合の外にいた徐《じょ》州刺史の陶謙《とうけん》である。かれが精兵三千を朱儁のもとに送ってくれた。その心意気に感激した朱儁は、

「よし、西へ征《ゆ》く」

と、起ち、単独で兵をすすめた。それを知った董卓は、猛将である李傕《りかく》と郭汜《かくし》らに数万の兵を属《つ》けて、防戦させた。

寡兵《かへい》の朱儁は敗れた。董卓軍は予想以上に勁強《けいきょう》であった。敗退した朱儁はふたたび中牟で兵を休めた。

時勢は激動をつづけた。

董卓が暗殺された。その後、李傕、郭汜など董卓の属将が自暴自棄《じぼうじき》になりながら

も、その凶暴さを発揮して首都をおさえ、王朝を牛耳《ぎゅうじ》った。この異様な事態をはるかかなたからみていた陶謙は、袁紹の影響下にいない有力者を糾合《きゅうごう》し、朱儁を奉戴《ほうたい》する諸侯連合を形成して、西征を実行しようとした。

　これは画餅《がべい》ではない。

　実体をもって、蠕動《ぜんどう》しようとしていた。

　ところが、その動きを抑止《よくし》した者がいた。李傕の下にいた賈詡《かく》である。この神算《しんさん》鬼謀《きぼう》をもつ男は、

「朱儁を招くにしかず」

と、述べ、王朝から徴召《ちょうしょう》の使者をださせた。

　入朝すべきか、すべきでないか。岐路に立たされた朱儁は、入朝に反対する配下の意見をおさえ、

「君主が臣下を召したならば、義として赴《おもむ》くものである。まして天子の詔《しょう》であれば、なおさらである」

と、いい、長安にむかった。この時点で、朱儁は次代の歴史に手や足をかけそこなったといえる。朱儁の忠の容《かたち》は、善悪を判別しがたい革命期では、美化されなかった。

　やがて、老年にさしかかっていた朱儁は李傕と郭汜の激烈な争いのさなかに病死

した。その死を悼《いた》む者がいないほど世情は醜悪であった。もしかすると、朱儁を称《たた》えたのは、海内の四隅《しぐう》で残存しつづけた黄巾の兵であったかもしれない。

王允
おう
いん

晩秋の風が吹いている。

帝都である洛陽《らくよう》は涼気《りょうき》に満ちてはいたが、にわかに砂塵《さじん》が濛々《もうもう》と立ったので、

「なにごとであろうか」

と、都民は耳を欹《そばだ》て、大路に飛びだした。

「やあ、これは――」

道傍《どうぼう》に立ちならんだ人々は、いちように目をみはり、驚嘆の声を揚《あ》げた。多くの馬車が北へむかって走ってゆくではないか。尋常な数ではない。つぎつぎに目のまえを通ってゆく馬車の数をかぞえていた者は、

「もう五百をこえたぞ」

と、悲鳴とも歓声ともつかぬ声を放った。

このとき都内を通らず北へむかった馬車も多く、合計すれば数千乗という驚異的な数の馬車が河水《かすい》のほとりにむかったことになる。

車中の人が甲冑《かっちゅう》をつけていないので、郊外で戦闘が生じたわけではないことはわかる。しかし、天子の行幸《ぎょうこう》をのぞいて、これほど多い馬車が走る光景をかつてみたことがない都内の人々は、となりに立つ人の袖《そで》を引き、肩をつかんで、そのわけを知りたがった。やがて、どこからか、

「李《り》君が、郭林宗《かくりんそう》という人を、見送りにゆかれたらしい」

という声が揚がった。

「へえ――」

驚嘆の声がたちまちひろがった。都民であれば、ほとんどの人が李君を知っている。かれらが李君とよんでいる人物は、

「李膺《りよう》（あざなは元礼《げんれい》）」

であり、このとき河南尹《かなんいん》という官にある。ちなみに尹とは長官をいい、首都を包《ほう》含《がん》する河南郡の太守がそれにあたるが、この郡は、郡名さえも河南尹というので、まぎらわしい。

ところで河南尹の民は、李膺が長官に就任したことを大いに歓迎した。なにしろ李膺は、宦官《かんがん》が恐れる高潔《こうけつ》の人である。かれは宦官だけではなく属吏《ぞくり》や平民の不正さえも容赦なく処罰することで、その威名を天下にとどろかせていた。ところが李膺はかるがるしく人に会わないので、かれに面会できただけでも名士に認定された

ようなものであり、それについて、

「登龍門《とうりゅうもん》」

といういうあらたな一語が生じた。すなわち李膺の知遇《ちぐう》を得ることが登龍門なのである。


それはそれとして、洛陽の内外に華やかななごみが生じているのは、悪辣《あくらつ》に専権をふるっていた外戚《がいせき》の梁冀《りょうき》とその一門がことごとく誅殺《ちゅうさつ》されたためである。しばらくまえまで、梁冀の子の梁胤《りょういん》が河南尹であった。かれが誅《ころ》されたあと、この重職に就《つ》いたのが李膺である。


「河南尹さまがわざわざ見送りなさる郭林宗とは、どのような人なのであろう」

都の人は物見高《ものみだか》い。

馬車をつかえない者は、徒歩で北へむかった。洛陽の北には、河水を渡るための津《みなと》がある。が、そこまではかなり遠い。


さて、話題の郭林宗とは、どのような人物であるのか。

まず、林宗とはあざなであり、かれの氏名は、

「郭泰《かくたい》」

と、いう。ちなみに『後漢書《ごかんじょ》』では郭太《かくたい》と記《しる》されているが、名は泰が正しい。出身は、太原《たいげん》郡の界休《かいきゅう》県である。首都の洛陽の北に位置する郡はふたつあり、東が河《か》

内郡《だい》で、西が河東郡《かとう》である。この二郡より北にあるのが并州《へい》で、そのなかの一郡の太原郡は河東郡に接している。界休県はその郡の最南端に位置しているので、并州にあっては、洛陽に近いといえるであろう。

郭泰は貧家に生まれた。

幼いころに父を亡《な》くした。寡婦《かふ》となった母は、くりかえしため息をついて、

「おまえは県庁へ行って、給事《きゅうじ》でもするかえ」

と、郭泰にいった。

「いやです」

郭泰の返答ははやかった。

「すぐれた男子というものは、斗筲《としょう》の役には就かぬものです」

斗も筲も、少量をはかる器で、いわば小器である。この斗筲をつかった熟語には、斗筲之器《としょうのき》、斗筲之材《としょうのざい》、斗筲之徒《としょうのと》などがある。つまり郭泰は、

「立派な人になろうとおもっている者は、そんなつまらない仕事はしないものです」

と、答えたのである。母は唖然《あぜん》としたであろう。同時に、

――この子には、大志がある。

と、ひそかに喜んだかもしれない。ただし郭泰がいだいている大志の内容とは、

官の高位や富貴を得るという俗氛《ぞくふん》に満ちたものではなかった。

——まず、学問だ。

どのように旅費を工面《くめん》したのか、界休の家をでた郭泰は、成皐《せいこう》県へ行った。成皐は交通の要地にあるせいで、しばしば戦場となった。項羽《こうう》と劉邦《りゅうほう》が覇権を争ったときに、激戦がおこなわれたことで有名である。その位置は、洛陽の東で、河水の南岸域を想《おも》ってもらえばよい。河南尹に属する県である。

そこに、

「屈伯彦《くつはくげん》」

という学者がいた。屈という氏は、戦国時代に悲劇の人というべき屈原《くつげん》があらわれたことで、いっそう天下に知られたが、もとは楚《そ》の国の尊貴な氏である。春秋時代に、絶世の美女である夏姫《かき》とともに、楚から晋《しん》へ亡命した大臣が屈巫《くつふ》であった。ただし楚は、武術と呪術《じゆじゆつ》の国であり、学問の合理が浸透しにくい風土をもっていたことを想うと、この屈伯彦という学者は南方出身ではなく、中原《ちゆうげん》出身であろう。

屈伯彦に就いて三年で学業を畢《お》えた郭泰が、博《ひろ》く墳籍《ふんせき》に精通したということなので、この先生は、儒者ではなく、古典学者あるいは歴史学者であろう。墳籍とは、古書といいかえてよく、よりくわしくいえば古代の帝王学の書である。

このように実利からかけはなれたところにある学問にひたった郭泰の精神がどの

ようなものであるのか、およその見当はつく。

屈伯彦の門下生としてぬきんでた存在となった郭泰に、人が集まりはじめた。なにしろ郭泰は論談にすぐれており、声がよく、しかもことばが美しかった。

やがてかれは洛陽に遊学した。

李膺はかつて綸氏《りんし》県にあって千人もの学生に学問をさずけていたことがあり、その点、学者でもあるので、郭泰はその門をたたく気になったのであろう。猟官《りょうかん》運動のためではない。すでに郭泰の評判をきいていた李膺は、すぐに面会をゆるした。語りあうまもなく、

――これはなみなみならぬ人物だ。

と、さとった。以後、李膺は郭泰を友としたのであるから、郭泰の名はにわかに高くなった。それでも郭泰の名は一般の人には知られていなかった。

郭泰が郷里に帰ると知った李膺は、ますます感心し、

「孔子は『論語《ろんご》』のなかで、こうおっしゃった。三年、学びて、穀《こく》に至らざるは、得やすからざるのみ、と。まさに郭林宗は、得やすからざる俊英である」

と、左右に語った。

三年も学問をして俸禄《ほうろく》にありつこうとしない人は、めったにいるものではない、と孔子はいった。郭泰が李膺と親交を深めたのは、官途にかかわる利害を考えての

ことではなく、洛陽を去って太原郡の界休県に帰るのも、仕官するためではない。いまの世にこれほどの人はいないと唸《うな》ってみせた李膺は、この感動を表すべく、みずから見送るために、河水のほとりにでかけることにしたのである。

　この稀《け》有《う》の行為が、都の内外の人々を一驚させた。

　郭泰はまだ三十二という年齢であるのに、李膺はすでに五十歳である。また郭泰は無位無冠であるのに、李膺は河南尹である。いわば天地ほどの差があるふたりがつれだってゆく光景をみたがった群衆が津に集まった。馬車の数は、なんと数千乗もあった。このほうが壮観といってよいかもしれないが、李膺は平然としており、郭泰が船に乗り込むのをみとどけると、従者には、

「われ独《ひと》りで対岸まで見送るので、随行は無用である」

と、いい、おもむろに乗船した。

　郭泰と李膺しか乗っていない船が岸をはなれると、衆《おお》くの人々がそれをみて感嘆の声を放った。

「こんな神々《こうごう》しい光景を、みたことがない」

　そういって拝《おが》む者さえいた。

　めったにない清涼《せいりょう》の風が歴史の一隅《いちぐう》にも吹いたといえるであろう。

　河水の北岸で李膺と別れた郭泰は、馬車に乗って界休へむかった。

うわさが走るのは、千里の馬より速い。

「あの李元礼どのに見送られた郭林宗という名士が、故郷の界休にもどってくるというではないか」

太原の郡府にもそういううわさが飛び交った。こういうさわがしさのなかで沈思している若い吏人《りじん》がいた。かれの氏名は、

「王允《おういん》」

と、いい、子師《しし》というあざなをもっている。かれの父ばかりでなく祖父も太原郡の高級吏人であったことから、かれは豪吏《ごうり》の家に生まれたといってよい。それゆえ王允は十九歳で郡吏に登用された。それから四年ほどすぎたというのが、この時点である。

「よし」

と、つぶやいて目をあげた王允は、まっすぐに太守の政務室へむかい、

「ご多忙のところ、おそれいりますが……」

と、室内に声をかけた。

「はいれ」

このとき、太守は劉瓆《りゅうしつ》である。この人は、常識家というよりも良識家といったほうがよい。むろん過激な思想をもたず、穏健さで心身をくるんでいる。

入室した王允は、一礼して、

「郭林宗が帰郷します。ご存じでしょうか」

と、いった。筆を止め、目をあげた劉瓆は、微妙に笑って、

「ずいぶんな騒ぎだな。そもそも郭林宗とは、それほど偉いのか」

と、問うた。膝《ひざ》をついてやや頭をさげた王允は、

「河南尹の李君がみずから見送ったときこえてきました。それがまことであれば、郭林宗は、天下第一の人物でしょう」

と、答えた。

「ふむ、それで――」

どれほど天下に名を知られていても、平民にすぎぬ男が帰郷するだけのことではないか。

「はあ、そこで、太守は郭林宗をお出迎えなさらないのかと……」

「なんだと――」

劉瓆は王允を嚇《かっ》と睨《にら》んだ。一郡の太守が青くさい学者を鄭重《ていちょう》に迎えにゆく図は、恥ずべきものである。

「そんなことをすれば、天下の笑い物になるわ」

よけいな進言をするな、といわんばかりに手をふった劉瓆は、王允をさがらせた。

だが、王允は、出迎えなければかえって天下の笑い物になる、と考えていた。天下の評定は、おそらくすでに郭林宗を李膺に次ぐ地位に置いている。今後、ますます郭林宗が盛名《せいめい》を馳《は》せるようになれば、静黙《せいもく》していた太守の劉瓆には目がなかったと笑われよう。それだけでも劉瓆の威徳にきずがつく。

ひきさがった王允が鬱然《うつぜん》としていると、劉瓆に呼ばれた。

「なんじがわれの代理として出迎えにゆくがよい」

「うけたまわりました。では、さっそく——」

速答であった。一介の学者に太守みずから出迎えにゆくのは、自尊心がゆるさないであろう。しかし、天下が敬仰《けいぎょう》しはじめた者を無視して、顰蹙《ひんしゅく》を買いたくもない。そこで、若くても上級の吏人である王允をつかわすのが妙策《みょうさく》であるとおもいついた。すぐにそれを理解した王允は、馬車に飛び乗り、十数騎を従えて郡境に直行した。

郡府のある晋陽《しんよう》から郡境まで、およそ三百四十里である。馬車をいそがせれば、三日の行程である。郡境を越えてきた小集団をながめた王允は、

「まにあった」

「あれにちがいない」

と、ほがらかにいい、馬車と騎兵をすすめた。遠くからみた小集団の中心に馬車があり、車上の人物こそ郭泰であった。かれにはすでに弟子がいて、馬車を護《まも》るよ

うに歩いていた。

騎兵と旗に気づいたかれらは歩みをとめた。郭泰の馬車も止まった。

「われだけがゆく。ひかえておれ」

騎兵にそう声をかけた王允は、小集団に馬車を近づけると、すばやくおりて、歩き、仰首すると、

「郭先生でありましょうか。わたしは太守に仕える王子師という者です。郡界には盗賊が横行していますので、先生を護衛するように、太守に命じられました。界休まで同行させていただきます」

と、よく通る声でいった。

この声に応《こた》えて、馬車をおりた郭泰は王允にむかって一礼し、

「太守のご好意に甘えさせてもらいます」

と、磊落《らいらく》さをみせた。ほっとした王允は、

――この人の思想は、かたくなではないな。

と、推察した。かたくなかどうか、についていえば、儒教《じゅきょう》の書を耽読《たんどく》している王允のほうが、思想的にかたくなであろう。

「さあ、どうぞ、こちらに――」

おどろいたことに、王允は郭泰の馬車に同乗させられた。車中で郭泰の対話の相

手となった王允は、

――この気さくさが、くせものだ。

と、用心した。

「先生は、官途にお就きにならないのですか」

郭泰ほどの有名人であれば、太守の推挙をうけることはたやすい。

「わたしは母に大きなことをいって実家をでた者です。おかげで自分の小ささがわかったので、帰郷すれば、まず母に孝行しなければなりません。また、学問することに貴賤《きせん》はありません。官吏になるために学問することが卑《いや》しいでしょうか。わたしはそうおもっているので、どんな人でも教えるつもりです」

要するに、郭泰は官吏になるつもりはなく、教場《きょうじょう》を設けて、門下生を育成する。それが天与の務めであるとさとるときがあったのだ。

――恐るべき人だな。

人のいとなみにむける目のつけどころがちがう。おなじようにその目は国家にもむけられているのであろう。国政に役だつ者を教えることと、隣人、家族に役立つ者を教えることを、差別しない。また、自身の富貴はいっさい望まず、求めてくる者にはおしみなく与える。

――こういう人は天下に稀《まれ》であろう。

けっして奇人ではない。やはり偉人というべきであり、王朝の歴史の外に在りながら、天下の人々の備忘録にはかならず記される人である。

王允は界休まで同行するうちに、気宇《きう》が巨《おお》きくなったような気がしてきた。郭泰の口調に染められたのか、ゆったり語るようになった。

界休の郭門《かくもん》のまえで馬車をおりた郭泰は、さきにおりた王允にむかって、

「わたしは古代の帝王の尊顔を知っています。またそれらの帝王を輔《たす》けた名臣の顔もわかります。はは、奇妙なことをいう、とお思いでしょうが、わたしにはわかるのです。あなたの顔を、ひと目みたとき、あなたには王佐《おうさ》の才《さい》があるとわかりました。あなたは千里の名馬ですよ」

と、はっきりいって、左右の従者をおどろかした。もっとも激しくおどろいたのは王允である。王佐の才とは、皇帝あるいは王を輔成《ほせい》する才能をもった者、ということである。呆然《ぼうぜん》と立っている王允に、

「どうぞいつでも、弊宅《へいたく》へお越しください」

と、声をかけ、ふたたび馬車に乗って、郭門のなかに消えていった。

郭泰の声をきいた王允の従者も、おどろきをかくさず、

「郭先生は、人物鑑定の名人だそうだ。その人の鑑定だぞ」

と、ひそかに王允をゆびさした。ゆらゆらと馬車に乗った王允の視界から天地が

消えていた。王佐の才、といった郭泰の声が、脳裡《のうり》で鳴りつづけた。

――われがいつか天子をお佐《たす》けする。

ときどき砂塵が立つ乾《かわ》いた前途のかなたに、そういう華やかな図をおくのはむずかしいが、郭泰が世辞《せじ》をいう人ではないと信じれば、いつか実現する光景である。

――よし、信じた。

郭泰の予言が、このとき王允の志《こころざし》に昇華《しょうか》した。父祖とおなじように郡の高級吏人となって生涯を畢《お》えればよいと漠然《ばくぜん》と考えていた王允の心身が覚醒《かくせい》した。

晋陽に帰着した王允は、太守がいぶかるほど無表情に復命をおこない、家に帰ると、弓を執《と》り馬に乗った。この日から、目つきが変わり、読書だけではなく、しきりに騎射《きしゃ》を独習するようになった。

やがて晋陽にいる趙津《ちょうしん》という男が、王允の運命に波瀾を生じさせる。

どこの郡県にも、官吏《かんり》の手に負えない凶悪な有力者がいるものである。晋陽《しんよう》県の趙津《ちょうしん》の悪辣《あくらつ》さは、泣く児も黙らせるほどで、かれに死ぬほどいためつけられたり、暴力で財を奪われた者が郡内に多くいた。

「悪事を働いているとわかっているのに、どうにかならないのですか」

そういう密訴《みっそ》が、しばしば郡府にとどけられる。

——どうにかしたい。

義憤《ぎふん》をおぼえているのは、王允《おういん》だけではないはずだが、たれも逮捕の手をくだせない。趙津には兄弟がおり、かれらは宦官《かんがん》に媚付《びふ》している。宦官が皇帝さえ動かせるとわかっているだけに、趙津に手をだせば、雷《かみなり》にうたれそうである。

ある日、王允は太守の劉瓆《りゅうしつ》にひそかに呼ばれた。

「趙津のことは、きいているであろう」

「はい、極悪《ごくあく》の者であると認識しています」

王允は忌憚《きたん》なくいった。

うなずいた劉瓆は、

「極悪といえば、外戚《がいせき》の梁冀《りょうき》がそれであった。梁冀の一族を誅滅《ちゅうめつ》したのが宦官であり、以来、天子は宦官を過度に厚遇しておられる。それによって、宦官の悪も強烈になった」

と、いった。宦官を批判することは、天子を批判することにひとしくなった。

「毒をもって毒を制したことになります。が、天子が毒に染められてはならぬのです」

「われも、そう意《おも》うが、現状では、宦官の毒をうすめようがない」

劉頊は嘆息した。

「それは、わかりますが……、太守のお話というのは——」

王允は話のまわりくどさを嫌った。

劉頊の眉《まゆ》が揚《あ》がった。

「趙津を逮捕して、獄にくだし、罰する」

声をひそめたのは、室外にいる者にきかれることを恐れたためであろう。

「まことに——」

王允は劉頊を凝視《ぎょうし》した。肚《はら》のすえかたをうかがったといってよい。

「郡府にいるすべての吏人《りじん》を観《み》ても、なんじほど悪を憎む心の勁《つよ》さをもった者はいない。しかもなんじは、文武兼備だ。趙津には路払《ろふつ》（路仏《ろふつ》）という凶悪な富豪がついており、逮捕にむかっても路払の配下にさまたげられるかもしれぬ。それらを排除して、趙津をひっぱり、獄にたたきこんでくれまいか」

いつかたれかがやらねばならぬことを、劉頊がいまやる、と決断したのである。

ただしこれを敢行《かんこう》すれば、後日、かならず災難に襲われる。

「太守は、それがしに死ねと仰《おお》せになるのですか」

そういった瞬間、王允の脳裡を郭泰《かくたい》のことばが通りすぎた。まもなく死ぬことになれば、王佐《おうさ》の才《さい》も斃死《へいし》することになる。皇帝を輔佐《ほさ》することは幻想にすぎなかったのか。

しばらく口をつぐんでいた劉瓆は、

「趙津を連行する途中で、なんじが殺されなければ、われが死ぬことになろう」

と、いった。その意味をすぐに理解した王允の目に哀愁の色が浮かんだ。趙津ごとき悪人ひとりのために、自分か太守が死ななければならないこの世のありようと王朝の理不尽さを呪《のろ》った。

「かれを逮捕するのであれば、ただちにおこなわねばなりません。明日になれば、太守のご意向は、趙津にさとられてしまいます」

府のなかには趙津に気脈《きみゃく》を通じている者がいる。実行するのであれば、急襲というかたちをとらなければ成功しない。

「やってくれるか」

感動をこめた劉瓆のことばにうなずいてみせた王允は、蹶然《けつぜん》と起《た》ち、どこへむかうとも告げることなく、三十数人の捕吏《ほり》を選んだ。この人数で、趙津邸へ直行した。

邸内に踏み込んだ王允は、食客《しょっかく》とともにくつろいでいた趙津をみつけると、

「太守のご命令により、なんじを捕縛《ほばく》する」

と、告げ、剣をつきつけた。家人があっけにとられているうちに、縛りあげた趙津を檻車《かんしゃ》に押し込め、すばやく引き揚げた。だが、食客が路払に急報をとどけたた

め、

「嘗《な》めたまねをしやがる」

と、怒号を発した路払が、人数を率いて路上にとびだした。その数は、二、三百はいた。かれらは走りに走り、

「あれだ――」

と、檻車を護《まも》る小集団をみつけた。追いついた路払は、剣をぬいて王允と並行し、

「ただちに趙津さまを檻車からおろせ。さもないと、路上で死ぬことになるぞ」

と、恫《おど》した。

だが、路払を睨《にら》みかえした王允は、剣把《けんぱ》に手をかけたまま、

「われらを殺せば、なんじら三族まで死刑に処せられ、市中に首がならぶことになろう。父兄妻子を殺したくなかったら、手をだすな」

と、叱咤《しった》し、足をとめなかった。

王允は気魄《きはく》で、二、三百人を近寄らせなかった。これは小さな奇蹟といえるであろう。路払がその人数で檻車を囲んでしまえば、王允も動けなくなったにちがいないが、そうならず、郡府まで趙津を檻送できたことに、天の祐《たす》けがあったといえなくない。

「やっ、趙津を運んできたか」

青白い貌《かお》の王允をみた劉瓆は、なんどもうなずき、

「なんじは郭先生に王佐の才があるといわれた、ときいた。今日、死ななかったのは、その予言が実るということだ。あとは、われにまかせよ」

と、熱くいった。時間が経《た》てば経つほど、趙津を処罰しにくくなる、と考えている劉瓆は、この罪人を獄に下したあと、すぐに誅殺《ちゅうさつ》した。

「やった」

劉瓆の大胆さを称《ほ》めたいところであるが、あとが怖い、とおもっている王允は、息を殺して月日の経過を見守った。

むろん趙津の兄弟は黙っていなかった。

かれらは昵近《じっきん》している宦官に、

「太守の劉瓆は、無実の罪の津を殺したのです。法をふみにじる悪逆無道とは、このことです」

と、訴えた。うなずきつつかれらの話をきいた宦官は、

「悪太守をこらしめる道が、ないことはない。なんじらの声が天子のお耳にとどくように、はからってやろう。書面をもって天子に訴えよ。その書面はかならず天子のお膝《ひざ》もとに届くであろう」

宦官の力とは、恐ろしいものである。実際にそうなった。

このときの皇帝は、桓《かん》帝である。

これといった善政の逸話をもたぬ皇帝で、宦官に護られて、賢臣や清吏《せいり》をないがしろにして、王朝を頽弊《たいへい》にむかわせた。そういう皇帝であるから、つねに宦官の意見を鵜《う》呑《の》みにするだけで、事件が起こってもその実情や実態を調査させてみずから裁定したことがない。ここでも趙津の兄弟の訴えの内容を知るや、激怒して、

「劉瓆を召還《しょうかん》して、獄に下せ」

と、命じた。理性は人にさわやかさをもたらすが、この皇帝にはそのかけらもなく、感情のかたまりとして生きているようであった。

——太守が洛陽《らくよう》に帰る。

それを知った王允は、不吉さに打たれた。

出発の日に、郊外まで見送った王允に、

「生きて再会することはあるまい」

と、劉瓆は声をかけた。とたんに王允は落涙した。郡の民のためとはいえ、趙津ひとりを誅殺しただけで、死ななければならないとは、なんと陋劣《ろうれつ》な政道であろう。われにたとえ王佐の才があっても、そんな皇帝を佐《たす》けることはごめんだ、と王允は心のなかで悲痛な声を揚げた。

「さらば——」

劉瓆は車中の人となって砂丘のむこうに消えた。かれはいっさい訓辞を遺《のこ》さなかった。そのありよう自体が、無言の訓辞であろう、とおもった王允は、みごとな人だ、とつぶやき、人馬の影が消えたあとの砂丘を佇立《ちょりつ》してながめつづけた。

劉瓆は獄死した。

嚇《かっ》と目をあげ、眉を逆立てた王允は、たれにもなにも告げることなく、晋陽を飛びだして、洛陽へむかった。馬車をつかって、ひた走りに走った。

洛陽に到着した王允は、劉瓆の死骸が放置されていることを知った。

――連座を恐れて、たれもひきとりにこないということか。

憤然《ふんぜん》とした王允は、忌憚することなく、遺骸をひきとりたい、と朝廷に申請をおこなった。劉瓆を誅殺した桓帝と宦官は、鬱憤《うっぷん》を晴らしたおもいであったのだろう、王允が趙津を捕らえた吏人であったことを知ってか知らずか、

「よかろう、その者に遺骸を与えよ」

と、許可した。中央の朝廷からみれば、王允のような中級吏人は、とるにたらぬ存在なのであろう。かれらは王允をとがめなかった。王允にとっては小さな幸運であった。

劉瓆の遺骸を粛々《しゅくしゅく》とうけとった王允は、馬車の手配をした。劉瓆の出身が平原郡《へいげん》であるときいていたので、そこに帰葬するために、みずから遺骸をはこぶことにし

た。平原郡は東方の青州《せい》のなかの一郡で、郡の中央に河水《かすい》がながれている。途中で馬車を棄《す》てた王允は、船をつかった。

上陸した王允は、劉瓆の父祖の葬地を捜した。時間と費用のかかることであったが、王允は埋葬までやりとげた。盛り土の上に常緑樹である柏《ひのき》の木を植えたのも、劉瓆の勇気と断行を永遠にたたえたかったからである。

しかし寂しい葬儀であった。会葬者はほとんどいなかった。墓にむかって坐った王允は、

「はなれがたいおもいです」

と、いい、ついに墓の近くに小屋を建てることにした。

この小屋に籠《こ》もった王允は、三年の喪《も》に服した。儒教は三年の喪を奨励《しょうれい》しているが、それは父母の死後に関してであり、主君や上司の死を悼《いた》む容《かたち》を三年もつらぬいた王允は奇特《きとく》の人であるといえる。これがかれの倫理《りんり》の美学であろう。

罪人となった劉瓆の遺骸を、帝威《ていい》を恐れずひきとったこと、その遺骸を独力で帰郷させ葬ったこと、しかもその墓の近くで三年の喪に服したこと、それらの動止《どうし》のひとつをとりあげても衆目をおどろかすことになったにちがいないのに、連続してそれらをやりとげたとあっては、天下にかれの評判がつたわらないはずがない。

官を放擲《ほうてき》した王允が、晋陽にもどるや、すみやかに官に復帰できたのは、世評が

そうさせたといえる。

だが、晋陽にはまだ難物がいた。

路払である。

赴任してきた太守の王球《おうきゅう》は、あろうことか、路払を吏人に採用するという。

「それでは、まるで郡府が虎を養うようなものではありませんか」

くりかえし王球を諌《いさ》めた王允は、ついに怒りを買い、捕らえられて獄に投げこまれた。吏人となった路払は、それを知ってせせら笑い、

「あやつは宦官に憎まれていますので、お近くに置いていると、太守に災難がおよびます。早く誅《ころ》すにかぎります」

と、王球にささやいた。多少世論を恐れる王球は、速断はしなかった。死罪に処するのはよいが、なんらかの罪をみつけてからでないとかっこうがつかない。

「王子師《おうしし》が投獄《とうごく》され、まもなく処刑されるそうだ」

うわさは悼痛をともなって晋陽県のなかをかけめぐり、県外にあふれでた。この声は、并《へい》州の監督官である刺史《しし》の耳にもとどいた。このときの并州刺史は鄧盛《とうせい》である。かれはのちに太尉《たいい》まで昇る人であるが、王允の奇行については、

「あれは義挙《ぎきょ》だ」

と、いってよいと評していた。そこに、このうわさである。顔色を変えて、

「義士を殺すとは、なんたる愚行《ぐこう》。国家の損失になることが、太原《たいげん》太守にはわからぬのか」

と、憤然と立った。怒っただけではなく、王允を救う手だてを考え、すぐさま実行した。急使を発した。

この使者は、王球に面会するや、

「并州刺史は王子師を辟召《へきしょう》なさる。上意ですぞ。すみやかに王子師を差しだすべし」

と、恫喝《どうかつ》するようにいった。

上下関係をいえば、太守より刺史のほうが上である。なお刺史に関して、たびたび言及するのでくどいようであるが、この呼称は、牧《ぼく》（州牧）に替《か》わるときもあり、後漢王朝の末期にかぎっていえば、牧にはいちいち皇帝や朝廷に報告する必要のない専断権が与えられるので、州全体を支配できるほどの権勢を得ることになる。

獄からでた王允は、まぶしい天を仰いで、

――また救われた。

と、おのれの運命のふしぎさを痛感した。あえていえば、王允を救ってくれたのは、郭泰がいってくれた、王佐の才、という一語であろう。ことばとは、これほど玄妙な力をもつものなのか。

使者につきそわれて、刺史のもとに参上した王允は、

「そなたを別駕《べつが》従事《じゅうじ》に任ずる」

というおもいがけない声をきいた。別駕とは、長官とは別の馬車、をいう。つまり副長官のことで、州内を見廻るときは、刺史とは別の馬車に乗って視察をおこなうのである。

王允は飛躍したといってよい。

かれが州の監督を代理するほどの高みに昇ったとあっては、陰《かげ》で悪事をはたらいている路払を郡府においておくのはまずいとおもったのであろう、王球は路払を罷《ひ》免《めん》した。

「并州に王允あり」

この評判は、歳月が経つにつれて高くなり、ついに中央の三公の府は、それぞれ王允を辟召した。

王允は司徒《しと》府の辟《まね》きに応じて、京師《けいし》にのぼり、朝廷にはいって侍御史《じぎょし》となった。この職は、違法行為を弾劾《だんがい》する、というもので、いかにも王允の気質に適《あ》っていた。また、王允がひそかに忌嫌《きけん》していた桓帝はすでに亡《な》く、霊《れい》帝が帝室の主《あるじ》であることも、王允に気分のよさをもたらした。霊帝は本質的には小心者で、卑屈さをもっている。けっして賢英《けんえい》であるとはいえないが、桓帝をつつんでいた愚蒙《ぐもう》とはちがう明

るさがあった。

——この皇帝なら、なんとかなる。

なんとかなる、というのは、政治に介入している宦官の力を弱めて、政道に正格《せいかく》をとりもどせる、ということである。霊帝は桓帝とはちがい、宦官にさほど恩義を感じていないはずである。王允はそういう見込みを立てた。

やがてこの王朝に大難が襲った。

黄巾《こうきん》の乱である。

最初は新興宗教の集団が武装して起立したにすぎなかったが、やがて、その宗教の信徒でもないものが、黄巾をつけて、蜂起した。あえていえば、人民の叛乱である。かれらはいまの王朝を腐敗政治のかたまりとみなして、全面的に否定しようとした。肯定する側に立つ者は、その否定力を消去しなければならない。

組織というものは、人とおなじで、老いてゆくものであり、若がえりのための自《じ》浄《じょう》をおこたると、かならず外圧によって破壊されそうになる。その外圧とは、じつは時勢にほかならない。組織が時勢におくれないためには、つねに内部に不足をみつけ、他者に教えを乞う謙虚さが必要であるが、支配するという高みにのぼると、視界が変わってしまい、下からの声もとどかない。

黄巾の乱という後漢王朝の災厄《さいやく》は、王朝自身の傲慢《ごうまん》と怠慢《たいまん》が顕現《けんげん》したといってよく、この現象を鎮静するために莫大《ばくだい》な資財を浪費することになる。
朝廷は、外戚の何進《かしん》を大将軍に任命して首都を守らせると同時に、八つの関所の防備を厚くするために八関都尉《とい》を設置して、首都を二重に防衛する手をうった。ついで軍を遠征させて、黄巾軍を潰滅《かいめつ》させようとした。黄巾軍の頂点に立つ張角《ちょうかく》が本拠としているのは鉅鹿《きょろく》郡であるから、そちらには盧植《ろしょく》を遣《や》り、黄巾の賊が猖獗《しょうけつ》をきわめている潁川《えいせん》郡には、朱儁《しゅしゅん》と皇甫嵩《こうほすう》を遣った。潁川郡が首都に近い郡であることはいうまでもないが、この郡をふくんでいる豫《よ》州全体の擾乱《じょうらん》に不安をおぼえた朝廷は、
「豫州刺史に骨のある者をすえたい」
と、考え、刺史の交替をおこなおうとした。このとき、
司徒は袁隗《えんかい》
司空《しくう》は張済《ちょうせい》
太尉は楊賜《ようし》
であり、この三公が最高首脳部を形成していた。その三人のなかで、
「王允に替わらせよう」
と、いったのは、おそらく袁隗か楊賜、あるいはこのふたりがそろってそういったと想《おも》われる。この叙任《じょにん》を承《う》けて、武事にも自信のある王允は蹶然と出発し、豫州

へ急行した。

豫州《よしゅう》刺史《しし》に任命された王允《おういん》は、まず、

「荀爽《じゅんそう》」

「孔融《こうゆう》」

などの異才を辟《まね》いて、従事《じゅうじ》にしようとした。従事は、刺史にだけ属《つ》く吏人《りじん》ではないが、この場合、王允を輔佐《ほさ》する謀臣と想《おも》ってよいであろう。

荀爽は武人ではなく、学者である。学者のなかでも、碩儒《せきじゅ》と称されるほど博識の人である。豫州のなかの潁川《えいせん》郡潁陰《えいいん》県の出身で、父の荀淑《じゅんしゅく》も大儒《たいじゅ》であった。あの李《り》膺《よう》から師と仰がれたほどであるから、硬骨《こうこつ》の人でもあった。その子の荀爽が軟弱であるはずがない。荀淑の八人の子のなかで、もっともすぐれているといわれ、推挙されて中央政府にはいって郎中《ろうちゅう》になったものの、自身の倫理に適《あ》わぬことが多く、皇帝に上奏をおこなうとさっさと郷里に帰った。かれは皇帝批判をおこなったわけではないのに、皇帝の意《い》を左右することができる宦官《かんがん》たちの目には、

「党人《とうじん》のひとり」

と、映《うつ》った。党とは、なかま、と訓《よ》むが、かれらがいう党人とは、皇帝を批判し、

朝廷を非難し、学生を煽動して、習俗を乱す有害な知識人のことである。が、実際は、この王朝の政治にとって有害なのは宦官であるのに、既得権《きとく》を守ろうとする宦官をおびやかすほどの有名人を党人と呼び、政権に近づけないようにし、厳重な処罰さえ断行したのが、

「党錮《とうこ》」

である。それは、党人の終身禁錮《きんこ》、の短縮形である。宦官にもっとも恐れられ、嫌われた李膺は、それによって獄死した。なお、党錮の難《なん》には遭《あ》わなかった郭泰《かくたい》も、おなじ年（霊帝《れい》の建寧《けんねい》二年〔一六九年〕）に亡《な》くなった。その事実にも、ふたりのふしぎな縁《えん》が感じられる。

宦官に目をつけられそうになった荀爽は、危険を察知して逃げた。それから十余年も逃亡生活をつづけなければならなくなったが、おなじような辛酸《しんさん》をなめた名士はすくなくない。荀爽のような賢人や李膺のような俊傑《しゅんけつ》を刑死させ放逐《ほうちく》したことで、この王朝はみずから手足を切ったようなものであり、頽朽《たいきゅう》をはやめた。逆説的ないいかたになるが、黄巾《こうきん》の乱のような外患《がいかん》が生じたことで、内をふたたび固める必要が生じ、王朝はかえって余命を延ばすことができたかもしれない。党錮のような愚かなことをやっている場合ではないと気づかされ、禁令は全面的に廃止され、逃亡者は官に復帰することができるようになった。

荀爽は王允に辟《まね》かれたであろうが、かれの履歴にそのことは不透明で、のちに大将軍何進《かしん》の辟きに応じて、従事中郎《じゅうじちゅうろう》になるはずであったことはたしかである。

荀爽の先祖が戦国時代の思想家であった荀子《じゅんし》であるとすれば、孔融の先祖は春秋時代の儒教の祖というべき孔子《こうし》である。そういう血胤《けついん》を誇る孔融は自尊心そのものの人で、めったに人に頭をさげないので、たとえ王允に辟かれても、

——王允ごときに屬けようか。

と、鼻哂《びしん》したにちがいなく、何進に辟かれると、腰をあげ、侍御史《じぎょし》を拝命した。すなわち王允の佐吏《さり》にはならなかったとみてよい。

それはそれとして、荀爽と孔融を辟きたかった王允の心底には、儒教への信仰が篤《あつ》くつもっていたにちがいない。

さて、豫州にはいった王允は、早々に徴兵をおこなって黄巾の叛乱を鎮圧しはじめた。かつて司馬遷《しばせん》は『史記』のなかで、
武事有《ぶじあ》る者は必ず文備《ぶんび》有り。

と、述べたが、まさに王允がそれで、戦場において兵を指麾《しき》するという経験をもたないのに、州兵を進退させることにそつがなかった。かれは黄巾の別働隊と戦い、

大破した。豫州の鎮圧のために南下してきた四万の官軍の将帥《しょうすい》は、朱儁《しゅしゅん》と皇甫嵩《こうほすう》である。王允はすみやかにかれらに協力して戦いつづけ、数十万人を降伏させた。

この戦いのさなかに、ひとつの発見をした。

「捕虜のひとりが、このような書翰《しょかん》をもっていました」

配下の兵からとどけられた書翰を一読した王允は、

「張譲《ちょうじょう》は、天子をたばかっていたのか」

と、憤怒《ふんど》し、すぐさま、この書翰をそえて霊帝に上申書を送った。

王允によって奸曲《かんきょく》をあばかれた張譲とは、宦官であり、このとき中常侍《ちゅうじょうじ》である。中常侍には定員がないが、かれらはつねに皇帝に近侍して、諸事をとりさばく。黄巾の乱が勃《お》こったこのとき、中常侍は十二人で、そのなかでも張譲の権横《けんおう》ぶりはすさまじく、かれに謁見《えっけん》を求める賓客《ひんかく》の車は、いつも数百から数千もあったといわれる。

「張常侍はわが父」

と、霊帝にいわれ、それほど信頼されたこの宦官が、じつは黄巾に通じていた。天下がひっくりかえることを想定し、保身本能がはたらいたとみるべきであろう。かれは賓客をつかって黄巾の幹部と連絡をとりあっていたが、その書翰のひとつが王允の兵に発見され、霊帝の膝《ひざ》もとまでとどけられた。

「これは、どういうことか」

さすがに霊帝は激怒し、張譲に詰問《きつもん》した。ひらあやまりにあやまった張譲は、

「なにぶん客がかってにおこなったことですので……」

と、いいのがれた。

この釈明を容《い》れたところに、霊帝の甘さがある。この甘さが宦官のみにむけられるところに、この王朝の偏奇《へんき》さがある。政治の基本は平衡《へいこう》であるが、宦官にかこまれてすごしている皇帝には、おのずと情理にかたむきと遠近が生じてしまう。外を歩かない者が、内に起居している意義を知りようがないことを想えば、宮中に生まれ育った王や皇帝に、公平なおもいやりを求めるのはむりというものであろう。

あやうく罪をまぬかれた張譲は、

「王允め、よけいなことをしてくれたな。ただではすまさぬぞ」

と、怨憤《えんぷん》し、ここから復讎《ふくしゅう》にとりかかった。王允の瑕瑾《かきん》をさがすまでもなく、とにかくかれを誹謗《ひぼう》した。張譲の声はすぐに霊帝の耳にとどく。事の真偽《しんぎ》をたしかめもせず、

「王允を獄に下せ」

と、霊帝は命じた。宦官の毒とは、こういうものである。張譲に睨《にら》まれれば、処罰をまぬかれることはできず、獄中の拷問《ごうもん》によって死ぬことが多い。潔白《けっぱく》を訴えて

もむだである。救いの手はどこからもさしだされないという絶望的な状態にある王允に、またしても天祐《てんゆう》があった。

大赦《たいしゃ》がおこなわれたのである。大赦があれば、特定の罪人をのぞいて、すべての犯罪者が釈放される。

――また、助かった。

獄からでた王允は、大赦に感謝した。奇妙なことに、獄からでたばかりなのに王允は豫州刺史に復帰させられ、任地に急行することになった。途中、王允は、

――よく張譲が黙認したな。

と、ふしぎがった。張譲にかぎらず宦官たちの執念深さは尋常ではないはずである。王允を殺しそこねた張譲が、なんの手も打たずに、王允の赴任を拱手傍観《きょうしゅぼうかん》していたとはおもわれない。

任地に到着すると、属吏が哀しげに、

「逮捕状がとどいています。檻車《かんしゃ》が到着するまで、獄中ですごしてもらわねばなりません」

と、いった。その罪状は、これが罪になるのかとあきれるほど軽微《けいび》なもので、宦官の誣奏《ふそう》によることはあきらかであった。

――張譲が黙っているはずはなかったか。

むしろそのしつこい陰黠《いんかつ》さに、感心した。王允は黙々と獄にはいった。それにしても、よく獄にはいる男である。かれはそのたびに試練にたえてみせる、と鋭気を横溢《おういつ》させ、けっして絶望しなかった。

ほどなく楊賜《ようし》の客が伝言をとどけにきた。楊賜は三月までは太尉《たいい》であったが、四月に罷免《ひめん》された。なお翌中平《ちゅうへい》二年（一八五年）の九月に司空《しくう》となり、三公に復帰するが、ひと月後の十月に逝去《せいきょ》する。この時代に、尊敬をあつめた名臣である。

特別に獄中の王允との面会をゆるされた客は、楊賜にかわってこう告げた。

「君は張譲にかかわったことで、ひと月のあいだに二度も徴《め》された。かの人の凶悪ぶりは量《はか》りがたい。どうか深計《しんけい》を為《な》してもらいたい」

檻車に乗せられて中央へ送られると、張譲は悪辣《あくらつ》さを発揮して、王允に重い罪を衣《き》せ、恥辱《ちじょく》を与えて、死刑に処するようなことをする。それをまぬかれるために、ここで自殺したほうがよい。

――深計を為せ。

とは、そういうことであろう。

「ご教戒《きょうかい》は、うけたまわった」

そう使者に謝《しゃ》したものの、王允は自殺しなかった。さすがの楊賜も、王允の心魂《しんこん》を形成している志を推知できなかった。やがて檻車の到着を告げた従事は、涙をな

がし、毒薬をささげて、

「どうか、どうか――」

と、訴えるようにいった。中央政府の獄に投げこまれた者にくわえられる拷問の残酷さを予想する従事は、とても王允を送りだせないという表情をした。その手をおさえた王允は、顔をあげ、属吏にむかって、

「われは人臣となって、罪を獲《え》た。まさに大辟《たいへき》に伏して、天下に謝すべきである。どうしてここで毒薬を乳《の》んで、死を求めてよいであろうか」

と、声を励ましていい、毒薬のはいった杯を投げ棄《す》てると、起《た》って、檻車にむかった。ちなみにかれがいった、大辟、とは、重罪あるいは死刑のことである。辟は多義語であり、召す、呼びだす、という動詞でなければ、君、天子、法、罪などの意味をもつ名詞である。

王允はまたしても運命の車に乗ったといってよい。

朝廷の廷尉《ていい》のもとに到着するや、左右の者がそろって、

「どうか宦官の侮辱《ぶじょく》にさらされないように――」

と、いい、自殺することを勧《すす》めた。豫州刺史に復帰した王允がすぐに召還《しょうかん》されて獄にくだされることは、朝廷内の話題になっていたのであろう。同時に、檻車に乗ってもどってきた王允の特異さも、群臣になんらかのおどろきを与え、惜愍《せきびん》の情を

起こさせたにちがいない。

　——自殺はしない。

　ここでも王允は意志をつらぬき、あたりの哀訴《あいそ》の声を押しのけるように獄にはいった。

「十日後には、王允は屍体《したい》となって、獄からでることになろう」

　群臣はいたましげにそうささやきあった。このささやきは三公の府と大将軍の府のなかでも交わされ、またたくまに声が大きくなった。

「王允の死は、王朝の大損害になります。なにとぞご高配を——」

　そう大将軍の何進に訴えた者がすくなからずいた。司徒《しと》の袁隗《えんかい》は属吏の訴えをきくまえに、なんとか王允を助けたい、とおもい筆を執《と》って上奏文を書いた。そのため、なんと大将軍府、司徒府、太尉府から同時に、王允の助命を願う上奏文が霊帝のもとにあがった。これらの上奏文のなかで、もっとも力があったのは何進のそれである。霊帝の皇后が何進の妹とあっては、無視するわけにはいかない。

　わずかに顔をしかめた霊帝は、

「死一等を減ずることにする」

　と、決定し、廷尉につたえさせた。それにしてもこのときの王允の罪はなんであったのか。天子の悪口をいった、と宦官に誣奏されても死刑に処せられるが、おそらくそのたぐいの罪であろう。

死刑をまぬかれたものの、王允は獄中にとどめられた。獄中の闇に馴《な》れるはずもないが、死なないとわかったかぎり、王允は坐ったまま暗い虚空に光をみつけようとしていた。

——すでに郭泰先生は亡いか……。

はじめて郭泰に会って、かけられたことばが、その人の遺言のように感じられた。人のことばのなかで、遺言がもっとも重く、ふしぎな力を後進の者に与える。王允にとって郭泰のことばは、この数奇《すうき》な運命をしのいでゆく命綱《いのちづな》のようなものであった。

この年の十二月に改元がおこなわれた。光和《こうわ》七年が中平元年となったのである。それにともない大赦が宣下《せんか》された。

すべての罪人が獄からだされた。

ところが王允だけが赦《ゆる》されず、獄中に残された。静寂そのものとなった獄中で、王允は、

——張譲の毒とは、これほどすさまじいものか。

と、嘆息した。張譲が黄巾に通じたことは、あえていえば天子への大逆である。ところがその罪を摘発した者が、死ぬような目にあわされる。これが、この王朝の

実態であった。信賞必罰《しんしょうひつばつ》さえ正しくおこなわれていれば、王朝にかぎらず組織は頽朽しないものだ、と王允は実感した。創業者の理念にのっとって組織が運営されるのは、三代目くらいまでで、以後は、その理念は変質されるか実務のなかに消滅してしまう。王朝のように、組織が巨大となり、複雑になればなるほど、運営の原則は単純化したほうがよい。王朝の内にいようと外にいようと、悪事をおこなっている者が富み栄えるという現象を、わかりやすいと感じる者はひとりもいない。経営とか運営というものは、わかりやすさを求める作業、労務にすぎない。漢王朝の創始者である劉邦《りゅうほう》は、複雑な法を、たった三章に縮《ちぢ》めたことがあり、それによって人民の大喝采《かっさい》をうけた。

——天下を治める極意《ごくい》は、あれだ。

その故事は、官人であれば知らぬ者はいない。ただし、そんなことくらい知っているという者にかぎって、そういう知識を活《い》かせない。ほんとうに知識を活かす者は、いわないものである。王允はその認識を、腑《ふ》に落とした。かれにとって獄中は浩然《こうぜん》の気を養う場となった。

この間に、ふたたび上奏がおこなわれていた。

「ひとり、王允のみをお釈《ゆる》しにならぬのは、いかなるご叡旨《えいし》によるものでしょうか」

三公の府からの上奏文に目を通した霊帝は、このやかましさに辟易《へきえき》して、翌年、ついに、

「王允を獄からだしてよい」

と、釈放を許可した。

獄をでた王允は、春の光を浴びて、めまいをおぼえた。自分を殺そうとした者は、ひとりかふたりであるが、自分を助けようとした者は多い。それを想えば、自分の生死は、単なる生死ではない。そう考えた王允は、張譲の毒牙にかかって死ぬことは、多くの人々に失望を与えると深く認識して、逃避することにした。

自身のいのちの大切さを再認識した王允は、洛陽《らくよう》をでると、河水《かすい》を渡って河内《かだい》郡にはいった。河内郡に王允をかくまう名士か豪族がいたにちがいないが、かれらの氏名は歴史の闇に沈んでいる。

それから王允はふたたび渡河して陳留《ちんりゅう》郡にはいったが、その後、どうやら河内郡と陳留郡を往復していたようなので、おなじ所、おなじ家にながくとどまらなかったのであろう。宦官に目をつけられた者にはかならず災厄《さいやく》がおよぶので、王允は好意を寄せてくれた者に迷惑がかからぬように、用心深く逃避をつづけたにちがいない。


中平という元号は六年までつづく。

その中平六年の四月に、霊帝が崩御《ほうぎょ》した。

それを知った王允は、すぐに洛陽へ往き、喪《も》に服した。霊帝を悼惜《とうせき》したのであるから、王允の真情は複雑である。霊帝は自分を誅《ころ》そうとした人ではなく、助けてくれた人、と意《おも》っていたのかもしれない。

「やっ、王允がもどったのか」

大将軍府のなかで左右の報告をきいた何進は手を拊《う》ち、さっそく王允を辟くことにした。王允を迫害しつづけた張譲はまだ健在であるが、次代の天子が、何進の妹から生まれた子とあっては、張譲は何進の属官に手をだせないはずである。王允が逃避と潜伏をやめて何進の辟召《へきしょう》に応じたのは、そういう事情を承知したからである。

王允が大将軍府にあらわれたとき、あちこちから賛嘆の声が揚がった。この時点で、王允はなかば伝説の人となっていた。それはそうであろう。独《ひと》りで邪諂《じゃてん》と戦い、戦うたびに刑死しそうになり、そのつどかろうじて生《せい》を得た。空前絶後の人といってよい。

さっそく王允を従事中郎とした何進は、

「宦官どもを誅滅《ちゅうめつ》する計画がある」

と、詳細を語り、天下の豪傑を首都に集合させると決めた時点で、

「なんじは河南《かなん》の兵力を掌握してくれ」

と、王允を河南尹《かなんいん》に転任させた。いちおう中央政府からでたかたちになったことが、王允にとって幸《こう》であったか、不幸《ふこう》であったのか。

妹の子である劉辯《りゅうべん》を皇帝に立てた何進は、最大の政敵である宦官の蹇碩《けんせき》を獄死させ、宮中の宦官を追い払った。

——すると大将軍にもはや敵対する者はいない。

そうであれば、宦官をのこらず誅殺《ちゅうさつ》する必要はなく、豪傑を四方から招き寄せる必要もない。王允がそんなことを考えていた八月に、凶報が飛び込んできた。その報《しら》せをきくや、王允は嚇《かっ》と虚空を睨んだ。やがて天を仰ぎ、

「またしても張譲か——」

と、嘆いた。いつのまにか禁中にもどっていた張譲ら宦官たちが、参内《さんだい》した何進

を暗殺したのである。府がちがうので、何進を衛《まも》りきれなかった王允は、大いに慨《がい》嘆《たん》したあと、属官と兵を集め、

「よいか、よくきけ。奸悪な宦官どもは、あろうことか、天子の舅父君《おじ》を殺害した。これは天子のご意向に背いた暴挙であり、天子のご生母である皇太后をないがしろにした大逆である。奸臣どもはこれからにせの詔令を乱発するであろうが、われらはまことの詔令がとどくまで、この府を守りぬき、大将軍の仇を討つ」

と、強く訓辞を与え、武器を執らせた。

ほどなく宮中の東西の宮殿から火の手が挙《あ》がった。何進の横死にもっとも早く反応したのは、虎賁中郎将《こほんちゆうろうしよう》の袁術《えんじゆつ》であり、かれは南宮《なんきゆう》に火をかけ、宦官の殺戮《さつりく》を開始した。戦闘は烈しさを増し、翌々日に、袁術の兵が優位に立つと、張譲らは若い天子を拉致《らち》して北宮《ほつきゆう》へ退いた。何進の下で部隊長であった呉匡《ごきよう》は、

——宦官どもに通じて大将軍暗殺に手を貸したは、弟の何苗《かびよう》だ。

と、怨み、車騎《しやき》将軍である何苗に、問答無用と襲いかかり、かれの兵と戦って、朱雀《しゆじやく》門下で何苗を斬った。

翌日、ようやく司隷校尉《しれいこうい》の袁紹《えんしよう》が起動した。何進が暗殺されてから三日が経《た》ってからの挙兵に、袁紹の性質があらわれているといってよいであろう。戦況の把握《はあく》と見通しがやや魯《にぶ》く、それだけに兵の進退に関する決断がすこし遅い。それでも、こ

ここでは、その欠点が致命的な失敗にはならず、袁紹配下の兵は猛威を発揮した。まず宦官たちが発行したにせの詔《しょう》によって立てられた司隷校尉の樊陵《はんりょう》と河南尹の許相《きょそう》を誅滅した。なお陳寿《ちんじゅ》の『三国志』では、許相が司隷校尉ということになっている。

「宦官とみれば、何人《なんぴと》でも、斬れ」

この袁紹の命令によって、宦官は老人でも少年でも斬殺された。まちがって斬られた者をふくめると、死者は二千余人となった。

張譲らは天子とその弟の劉協《りゅうきょう》をかかえるように宮城の外へ奔《はし》り、河水南岸の小平津《しょうへいしん》まで逃げたが、ついに窮《きゅう》して、天子兄弟を岸に残して、投身自殺をした。

これで、王朝の大粛清《しゅくせい》が完了した。

天子が宮中にもどり、屍体をかたづければ、何太后の垂簾《すいれん》の政治が再開され、宮中の大掃除をおこなった袁隗、袁術、袁紹など袁氏一門の者が絶大な権力をにぎって王朝運営をおこなうことになったであろう。

が、状況はそういう方向にむかわなかった。

何進に辟かれた天下の豪傑のなかで、まっさきに洛陽に到着したのが、西方の雄《ゆう》というべき董卓《とうたく》であったところに、この王朝の不幸があった。兵を率いて洛陽にむかっていた董卓は、洛陽城から立った火炎を遠望して、

「夜中でも、休息しているゆとりはないぞ」

と、将士を叱咤《しった》し、多数の炬火《きょか》をかかげさせて闇を破り、急行して、未明に宮中に突入した。すでに戦闘が熄《や》んだ状況を一瞥《いちべつ》するや、天子はどこにおられる、と叫んだ董卓は、兵とともに宮城をでて、北へすすみ、天子を出迎えた。

これから天下を主宰するであろう何進が横死し、天子にへばりついていた宦官が一掃されたとなれば、王朝の主権を強奪《ごうだつ》してやろうと考えた董卓は、まず宮城を警護する執金吾《しっきんご》の丁原《ていげん》を殺して、かれに従属していた兵を奪うと同時に、自軍の配下の兵を宮城の内外に配置した。つぎに司空の劉弘《りゅうこう》を罷免して、自身が司空となり、翌月には、天子の廃替《はいたい》を断行した。何太后の子を帝位からおろし、王美人《おうびじん》の子の劉協を即位させた。かれは史書では献《けん》帝と記される。さらに、じゃまな者は殺すにかぎる、とおもった董卓は、政治に口をはさんできそうな何太后を殺害した。いつのまにか、袁紹と袁術が姿をくらましたので、

――あと、めざわりなのは袁隗か。

と、おもったものの、すぐには殺すことができず、翌年の三月に、袁隗だけではなく袁基《えんき》（袁術の兄弟）をも殺し、王朝内の袁氏の勢力を潰滅《かいめつ》させた。それまでに、弘農《こうのう》王に貶《お》とした、まえの天子を殺している董卓は、自分の政権をおびやかしそうな者を容赦なく消滅させたといってよい。

それよりすこしまえに、董卓は大臣たちの反対を押し切って、首都を洛陽から西

の長安《ちょうあん》へ遷《うつ》した。

そのように暴虐《ぼうぎゃく》な面をみせつづけた董卓であるが、なぜか王允にたいしては鄭《てい》重《ちょう》であった。遷都の際には、王允を司徒に任命し、

「あなたは、天子をお護りして、さきに行ってもらいたい」

と、いい、董卓自身はしばらく洛陽に残った。

——われはまことに天子を佐《たす》けることになった。

あわただしさのなかにあっても、王允にはそういう感慨があった。なんども九死に一生を得たことは、この日のために、天が自分を生かしてくれた。そうおもわざるをえない。まだ十歳にすぎない幼帝は不安そのものであり、ときどき王允にむけるまなざしに、すがるようなものがあった。それを心身でうけとめた王允は、

——なんとしても、この天子を守りぬいてやる。

と、強く意《おも》った。

長安に到着すると、朝廷の政務は、ほとんど王允がおこなった。同時に、

——どうすれば、董卓を誅滅することができるか。

と、考えはじめた。董卓はまだ長安へ移ってこない。各地に勃興《ぼっこう》した反勢力のなかでも洛陽から遠くないところにある勢力をたたきつぶすべく活動していた。いわば董卓は長安に背をむけて戦っているのである。

――背後から、董卓を襲ったらどうか。

この陰謀を董卓にさとられないために、王允は逆手をつかった。ひそかに長安から軍をだすのではなく、堂々とだすほうが気づかれない。董卓が憎んでいる袁術が南陽郡《なんようぐん》にいるので、それを討つべく、軍をだすというものである。さらに王允は用心をかさねて、この出師《すいし》の許可を董卓から得るべく、使者を遣《や》った。属将を指麾して戦いに明け暮れていた董卓は、王允のかくれた意図を察知したわけではないが、多少の疑問をおぼえ、

「その出師は、ならぬ」

と、返答した。これによって王允の計画はひとまずついえた。しかしながら、王允は董卓に疑われず、あいかわらず信用された。翌年の四月に長安に入城した董卓に、さっそくねぎらわれ、食邑《しょくゆう》五千戸をさずけられた。王允はそれを辞退したが、

「高潔ぶるのは、まずいですよ」

と、尚書僕射《しょうしょぼくや》の士孫瑞《しそんずい》にいわれ、考え直して、二千戸を受けた。士孫瑞も董卓誅滅を謀《はか》るひとりである。

早晩、董卓は帝位を簒奪《さんだつ》するであろう。そう予知している王允は、苦慮しつづけた。みかけとはちがい、董卓は用心深い。自身は長安城内にはおらず、城の東に長大な塁《るい》を作らせてそこに住み、また長安の西の郿《び》県に高大な土の城を築かせて、そ

こに三十年分の穀物をたくわえた。むろんそこも董卓の住居といってよい。そのようにかれは長安城の外にいたが、王朝の遠隔操作《えんかくそうさ》をおこたらなかった。自分の弟の董旻《とうびん》を左将軍に任命して兵権をにぎらせ、兄の子の董璜《とうこう》を侍中《じちゆう》として天子を監視させた。こうなると、天子の兵をつかえず、天子の密命も抽《ひ》きだせない。王允としては、万事休《ばんじきゆう》す、である。しかしながら、ひとつの情報が、王允に窮余《きゆうよ》の一策《いつさく》を生じさせた。

「呂布《りよふ》と董卓には、郤《げき》があるらしい」

郤は、すきま、である。

——それだ。

王允は内心喜悦《きえつ》した。呂布は并《へい》州の五原《ごげん》郡九原《きゆうげん》県の出身なので、王允とおなじ并州人というわけである。呂布は并州刺史の丁原に仕えて主簿《しゆぼ》になったが、丁原が何進に辟かれて洛陽に上った際に従った。その後、董卓にそそのかされて、丁原の首を斬り、董卓とは父子のちぎりを交わした。が、最近、両者は仲が悪い。

王允はひそかに呂布を招いて懇々《こんこん》とさとした。逡巡《しゆんじゆん》をみせる呂布に、

「あなたは、董卓を討て、という詔がくだされても、詔にさからい、董卓をかばうのか。詔がくだされれば、子は実の父でも討たねばならない。まして董卓はあなたの実父ではない」

と、王允は語気を強めて説《と》き、ついに董卓討滅を実行させた。

十二歳の献帝がしばらく病で伏せていたが、快癒《かいゆ》したため、四月に、群臣が集まって慶賀の会を催すことになった。この会には、董卓も参加する。

――董卓を誅殺する機会は、これしかない。

董卓のもっとも近くで警護にあたるのが呂布であるかぎり、多くの兵を動かすよりも、このくわだては成功しやすい。

王允の狙いはあたった。

長安城の門内にはいったばかりの董卓を、呂布がみずから刺殺した。

董卓の死が公表されると、城内の兵士はみな万歳《ばんざい》を称し、人々は道路にとびだして歌舞をはじめた。長安城を祝賀の声が盈《み》たした。

――よかった。

これほど多くの人々が喜ぶさまをはじめてみた王允は、天子を守りぬくために好ましくない暗殺という手段を用いたことは、やむなし、と割り切った。このとき、

――天祐があれば、天罰もある。

と、王允は感じた。天罰は、天子と人民にかわって、われ独《ひと》りがうければよい。そういう覚悟を定めた王允は、二か月後に死ぬ。董卓の属将たちに攻められて長安城が陥落するからである。

王允は逃げなかった。

馬を青瑣門《せいさ》に駐《と》めていざなう呂布にむかって、王允は、

「もしも漢の社稷《しゃしょく》の霊を蒙《こうむ》っていれば、上は国家を安泰にすることが、われの願いである。それができなければ、身を奉じて死ぬしかない。天子は幼少であり、われを恃《たの》むしかない。難《なん》に臨《のぞ》んで逃げるようなことは、われにはできぬ。君はなんとか危難を脱して、関東の諸侯に事情を説き、国家のために尽くしてくれ」

と、いった。

王佐《おうさ》の才《さい》も、ここで斃《たお》れた。五十六という享年《きょうねん》であった。

王允の死を知って、献帝は痛惜《つうせき》し、人々は落胆した。董卓の属将たちの凶暴さを恐れて、王允の遺骸をひきとる者はなかったものの、故吏《こり》の趙戩《ちょうせん》だけが、官を棄《す》てて葬儀をおこなった。

盧^ろ植^{しょく}

太学《たいがく》の講堂をでると、柱のひとつが春の陽射しによって明るんでいた。

盧植《ろしょく》はその光に誘われるように柱に近づき、手でさわった。心をやわらげるような温かさを感じた。

――故郷に、春の温《ぬく》みがとどくのは、半月後であろう。

盧植の故郷は涿《たく》郡の涿県である。

この郡と県があるのは幽《ゆう》州の最南《さいなん》ではあるが、幽州が幷《へい》州とならんで最北《さいほく》の州であるかぎり、春の暖気《だんき》に染《そ》まるのがもっとも遅い。

盧植は成人になるまえにその地を発《た》ち、洛陽《らくよう》にのぼった。学問をするためである。

それから四年が経《た》った。むろん、すでに成人である。

人は成人となれば、家族と親戚の小世界から広い世間へむかって足を踏みだす。

その際、世間にたいする名をあらたに用いる、というのが古くからの通念であり、
その名が、

である。盧植は自身のあざなについて考えたすえに、

「子幹《しかん》」

と、した。本名の植はいうまでもなく、草木をうえることであり、草木の総称でもある。あざなは本名と無関係ではなく、草木の枝葉を支える部分が、幹《みき》、であるところから、それをあざなとした。

太学において、盧植はちょっとした有名人になっていた。なにしろ身長は八尺《せき》二寸(およそ百八十九センチメートル)もあり、その声は、

——鐘《かね》の如《ごと》し。

といわれるほど大きい。

それだけでも学生のなかで際立つのに、学力が秀逸《しゅういつ》であり、しかも人づきあいは悪くない。

ここでも、盧植が柱に背をあずけて坐ると、すぐに二、三の学生が近寄ってきて坐った。かれらは口をそろえて、

「子幹さんは、故郷へ帰るのでしょう」

と、いった。

「故郷へ帰る……、なぜ」

「あなたほど優秀であれば、故郷に帰ったとたん、郡の太守に推挙されますよ」

「官途《かんと》に就《つ》くことが、わたしの望みのすべてではない。まだ学業の途中です。ところで、あなたがたは京師《けいし》の外にいる碩学《せきがく》を知らないか」

洛陽のなか、とくに太学内の学者については、もはや師事するにふさわしい人はいない、というのがちかごろの盧植のいつわりない感想である。倫理書、歴史書などの表層《ひょうそう》の解釈には厭《あ》きた、というのが実感である。

――なんのために学問をするのか。

儒教の祖である孔子は、知るということは人を知ることにほかならない、というようなことをいった。たしかにそうにちがいない、とおもう盧植には、良い政治をおこなって民を救う、いわば経世済民《けいせいさいみん》の志《こころざし》がある。しかし志の実現を求めるあまり、いそぎすぎると、学問の深邃《しんすい》に達しないで自己表現を浅くおこなうことになる。そうならないために、

――真の師が必要だ。

と、盧植はおもうようになった。

学生のなかには世故《せこ》にたけた者がいる。眼前に坐っている学生たちのなかのひとりがそれで、

「在野《ざいや》の碩儒《せきじゅ》といえば、延叔堅《えんしゅくけん》先生ではないか」

と、いった。

「おう、それ、それ」

すぐに反応した学生がいた。このとき盧植をかこむ学生の数が増えて、五、六人になった。あとからきた学生のひとりが、突然、歌いはじめた。

まえに趙《ちょう》・張《ちょう》・三王《おうあ》有り
あとに辺《へん》・延の二君有り

この歌がくりかえされると、三人の学生が唱和した。

苦笑した盧植は、この歌が終わると、

「なんですか、それは――」

と、問うた。とたんに学生たちは哄笑《こうしょう》した。

「盧君にも知らないことがある」

それが楽しいらしい。

「京兆尹《けいちょういん》としてすぐれた政治をおこなった人が、まえの王朝期に五人いて、いまの王朝期に二人いた、と人々がたたえたのです」

と、さかしらに解説をはじめた学生がいた。

まえの五人とは、前漢時代に善政をおこなった郡の長官たちをいい、かれらは、趙広漢《ちょうこうかん》、張敞《ちょうしょう》、王尊《おうそん》、王章《おうしょう》、王駿《おうしゅん》であり、あとの二人とは、後漢になってからのすぐれた行政官で、辺鳳《へんほう》と延篤《えんとく》を指す。

この延篤のあざなが叔堅であり、学生たちがひそかに尊敬している在野の学者である。

「ほう、それほどの人が、なぜ官におらず、野に在《あ》るのですか」

盧植がそう問うと、目語《もくご》したふたりが、

「それについては……」

と、あえて口をゆがめていい、場所をかえましょう、といいたげに盧植に目くばせをした。

盧植は起《た》った。ふたりとつれだって歩きはじめたが、ふりかえりたくなった。

——われを蹤《つ》けてきている者がいる。

講堂をでるときに気づいた。その者は、盧植が学生たちにかこまれているときには、すこし離れて坐り、会話をきいているようであった。盧植が起つと、かれも起った。

——悪意があって、蹤けてきているようではない。

そう感じた盧植は、ふりかえるのをやめた。

やがて、ふたりが、

「あそこはどうでしょうか」

と、ゆびさして、路傍の草の上に盧植をいざなった。草はまだ枯れ色であるが、春の光に温められていた。

「延叔堅先生は、あることで、大将軍の怒りを買ったため、病と称して官を辞したのです」

学生は小声で語りはじめた。

俎上《そじょう》にのぼらせた大将軍とは、外戚として政柄《せいへい》をにぎり、恣楽《しらく》をつづけている、

「梁冀《りょうき》」

を指している。かれは批判者を容赦しない残忍な性質であるため、一学生であっても、忌憚《きたん》しなければならない存在である。

「あることとは――」

さすがの盧植も声音をすぼめた。

「皇子が病気になられ、どうしても治らないので、全郡県に、珍薬があればさしだすように、という命令がくだされたことがあったのです」

「ほう――」

初耳だ、と盧植は軽くおどろいてみせたが、じつはもっと烈しくおどろかなけれ

ばならなかった。

　この時点は、桓《かん》帝という皇帝の時代であり、桓帝は崩御《ほうぎょ》するまでひとりの皇子も得られなかったと史書に記されることになる。ところが、この学生の話が妄《うそ》でなければ、桓帝には皇子がいたことになる。ただしこの皇子は生まれてまもなく亡《な》くなったのかもしれない。

　とにかく皇子が罹病《りびょう》していたとき、京兆尹の延篤のもとに、梁冀の賓客《ひんかく》と称する者がきて、書翰《しょかん》をさしだした。

「すみやかにご披見《ひけん》くださって、大将軍のご意向に沿《そ》うように便宜《べんぎ》をはかってもらいましょう」

　この尊大ないいかたに延篤は不快をおぼえたが、文面はさらに不快であった。

「この賓客が牛黄《ごおう》を買いつけるが、それを手伝え」

　なかば命令であった。

　牛黄は、牛の胆《きも》にたまたま生ずる卵黄《らんおう》のようなもので、邪気を払う珍薬である。

　書翰をなげうって嚇怒《かくど》した延篤は、いきなり属吏《ぞくり》に、

「この者を捕らえよ」

　と、命じた。大将軍の賓客を獄にくだした延篤は、

「大将軍は椒房《しょうぼう》（皇后）の外家《がいか》である。皇子に病があれば、良い医療法をおすすめ

すべきであるのに、どうして客を千里のかなたにつかわして利を求めようとなさるのか」

と、いい、ついに梁冀の使者を誅《ころ》した。

梁冀という人は、おのれを揶揄《やゆ》した質《しつ》帝という十歳にならぬ皇帝を毒殺したほどの悪辣《あくらつ》さをもちつづけている王朝の主宰者である。かれにさからえば、どういうことになるか。属吏たちは、袖《そで》をひきあい、ささやきあって、延篤にふりかかる災厄を予想した。

だが、賓客を誅された梁冀は、延篤の発言を仄聞《そくぶん》して、恥じた。延篤を処罰しなかった。

それをみた属官たちは、

「京兆尹ごときを、なにゆえ大将軍が忌憚なさるのか。あの賓客にいかなる罪があって、誅殺《ちゆうさつ》がおこなわれたのか。ただ単に、延叔堅は大将軍を侮辱《ぶじよく》しただけではないか」

と、いきりたち、延篤の罪をあばきだそうとした。

――大将軍府がさわがしい。

と、知った延篤は、属吏に罪がおよぶことを避けたいとおもい、いまが引き時か、と感じ、官を辞して郷里に帰った。

「そこで、県の人々に、学問を教え授けているそうです」

と、学生はいった。

正心《せいしん》をつらぬいた人は、かならず正学を教えているにちがいないと想《おも》った盧植は、

「延叔堅先生の郷里は、どこか、知っていますか」

と、問うた。

「南陽《なんよう》郡の犨《しゅう》県でしょう。洛陽からさほど遠くありませんよ」

そう教えられた盧植は、延叔堅という学者になみはずれた気骨があり、しかも学界のなかで屹立《きつりつ》していたわけではなく、行政の場において人民に寛容な政治をおこなった度量の大きさに感心して、犨県へゆきたくなった。

――その先生は、わが理想像に比《ちか》い。

盧植は学問のための学問をするつもりはない。学んだことを、人々のために活《い》かしたい。しかしほんとうに多くの人々を救うほどの学問とは、おのれが深淵《しんえん》に墜ちて気絶するほど、幽玄《ゆうげん》なものではあるまいか。学びながらそこまで深みにはまったという体験をもたない盧植は、太学の外にいる師を求めようとしていた。

突然、横にいる学生が、

「あとを蹤けてくる者がいますよ」

と、盧植にささやいた。知っている、と答えた盧植はさりげなく腰をあげ、歩き

はじめると、学生たちと別れ、独《ひと》りで宿舎へむかった。日がかたむき、すこし寒くなった。あいかわらず後方に人影がある。宿舎のまえでふりかえった盧植は、

「そこのかた、われに用ですか」

と、大きな声で問うた。この声におびえたように足をとめた男は、盧植が動かないのをみて、おずおずと歩《ほ》をすすめてきた。太学の学生にはちがいない。が、老《ふ》けてみえた。ただし二十代前半という年齢の盧植の目には、三十代の男も老けていると映《うつ》った。

伏し目がちに盧植のまえに立った男は、軽く頭をさげてから、

「わたしは北海《ほっかい》の鄭康成《じょうこうせい》といいます。いま第五元先《だいごげんせん》先生のもとで、易《えき》学、春秋《しゅんじゅう》学、算術《さんじゅつ》などを学んでいます」

と、幽《くら》い声でいった。

易学と春秋学は儒学の教科であるといえるが、算術を学習の対象にする者はめずらしい。もしや、とおもった盧植は、

「あなたは天文学と暦法《れきほう》にも関心があるのか」

と、問うてみた。

「あります。暦の研究もおこなっています」

ようやく鄭康成は目をあげた。おもいがけないほど強いまなざしであった。そこ

に意志の強靭《きょうじん》さを感じた盧植は、

――めんどう臭《くさ》い男のようだ。

と、おもい、

「自慢ばなしであれば、ほかでしてもらおう。われは算術と暦法には関心がない」

と、あえて冷ややかにいって、踵《きびす》をかえした。宿舎が近い。鄭康成はあわてて、

「自慢をするために、あなたに近づいたわけではありません。あなたが太学一の秀才であるとききき、教えを乞《こ》いたくなったのです。それに、延叔堅先生については、あの学生よりわたしのほうが詳しいです」

と、訴えるようにいい、盧植から離れなかった。

「ほう、そうですか。では、きかせてもらいましょう」

けっきょく盧植はこの年長の学生を宿舎の一室にあげた。むろん同居している学生がいるので、かれらにうるさがられないように、声を低くして、近くに坐った鄭康成に、

「延叔堅先生について、あなたが知っていることを、話してください」

と、いった。すでに盧植の心は憾《うご》いている。南陽郡の犨県へ往きたい、という心を抑えがたくなっている。

「あの先生は、若いころに、潁川《えいせん》の唐渓典《とうけいてん》先生の門下生となり、『春秋左氏伝《しゅんじゅうさしでん》』を

教授されました」

そのように語りはじめた鄭康成を、盧植はふしぎそうにみつめた。

――そうか。この者も、太学内の講義に厭きて、在野の碩学を捜しはじめているのか。

盧植はそう気づき、はじめて鄭康成に親しみをおぼえた。やがて康成があざなで、本名が、玄《げん》、であることも知った。北海国高密《こうみつ》県出身のこのじみな男が、後漢時代では最高の学者になるとは、このときは想わなかったが、異能に気づかなかったわけではない。ことばの端々《はしばし》に広汎《こうはん》な学識がほのかに出没したことをきのがさなかった。

鄭康成すなわち鄭玄は、延叔堅の若いころの逸話を語った。かれの驚嘆的な記憶力が、この一事でわかる。

延叔堅は『春秋左氏伝』を写そうとしたが、紙がなかった。それをみた師は、書き損じた上奏文があったので、これをつかいなさい、と渡した。それを延叔堅はうけとった紙が上奏文であったので、これに筆写するのははばかられる、と考え、暗記することにした。ほどなく持参した食料が尽きたので、延叔堅は師にいとま乞いをした。師は小首をかしげ、

「君は『左《さ》伝《でん》』を写すといっていたのに、それもせずに帰ってよいのかね」

と、軽くなじった。仰首した延叔堅は、

「紙は不要でしたのでお返しします。全文を暗記しました」

と、あっさり答えた。

大いにおどろいた師は、

「ああ、君よ。孔子の弟子の子貢《しこう》は、一を聞いて二を知るほどの賢才であったが、君の賢明を称《たた》えるにはそれでは足りぬであろう。もしも孔子がいまあらためて教団をつくりはじめたならば、君を高弟《こうてい》のなかにいれ、子游《しゆう》や子夏《しか》と優劣を争わせたであろう」

と、絶賛した。

それをきいた盧植は、おもわず膝《ひざ》を抵《う》ち、

「それは凄《すご》い」

と、うなった。盧植は『左伝』の巻首から巻末まで、ほぼ憶《おぼ》えてはいるが、全文を暗記できたわけではない。

唐渓典のもとを去った延叔堅は、それからどうしたのであろうか。

「馬季長《ばきちょう》先生の教えをうけてから、官途に就きました」

「馬季長――」

突然、盧植が大声を発したので、室内の学生が眉《まゆ》をひそめてふたりを視《み》た。

――馬季長は、腐儒《ふじゅ》ではないか。

馬季長というのは、馬融《ばゆう》のことで、若いころは美男子であり、しかも俊才として評判が高かった。父は将作大匠《しょうさくだいしょう》まで昇ったので、官途で上昇をめざせば、順調な歩みができたであろうに、馬融には偏屈《へんくつ》さがあったのか、京兆の人で終南山《しゅうなん》に隠棲《いんせい》した摯恂《しじゅん》という儒者に就いて経籍《けいせき》を学んだ。

盧植にとって、それらの経歴はどうでもよい。

宥《ゆる》しがたいのは、顕栄《けんえい》を得た馬融が悪政をつづけている梁冀に諛媚《ゆび》して、正直《せいちょく》な大臣というべき李固《りこ》を罪に落とすための弾劾《だんがい》文を書いたことである。

「どれほど博学であるかは知らないが、人としては、風上《かざかみ》に置けない」

盧植はふたたび声を低くしたものの、馬融をはっきりとののしった。かれはひそかに李固の獄死を哀しみ、このまま梁冀の擅朝《せんちょう》がつづけば、この王朝は腐敗しきって崩れ落ちるであろう、と強く愁えている。

このあと、鄭玄と語りあって夕《よる》を迎えた盧植は、鄭玄が去ったあと、舎外にでて深い闇をみつめた。

――いまの王朝は、この暗さよ。

都内と太学にいても光明《こうめい》をみいだすことはできず、息ぐるしい。やはり、都外にでるべきであろう。たしか孔子はこういった。

「多く見て、殆《あや》うきを闕《か》き、慎《つつ》しみてその余《あま》りを行なえば、すなわち悔寡《くいすく》なし。言《げん》に尤寡《とがめ》なく、行《こう》に悔寡なければ、禄《ろく》はその中《うち》に在《あ》り」

まず見聞《けんぶん》をひろめることである。見たり聞いたりしたことのなかで、どうも怪《あや》しいとかいかがわしいとおもったことをはぶいて、言動をおこなえば後悔がすくなくなる。俸禄をあえて得ようとするのではなく、そういう言動をつづけてゆけばおのずとそこに俸禄はあるものだ。

――いそいで官途に就くことはない。

十日後に、盧植は宿舎をでて、太学を去った。

それから半年後に、鄭玄がこの宿舎をたずねてきた。かれは若いころに郷《きょう》の嗇夫《しょくふ》となって、税の徴収《ちょうしゅう》などをおこない、休みになると地元の学官にいりびたって学ぶということをくりかえしていたため、洛陽にのぼってくるのが遅れた。あいかわらずいなかの小役人という風体《ふうてい》であるが、ようやく、算術の鄭康成、という評判が太学内で立ち、蔑視をまぬかれるようになった。

「盧子幹さんは、まだおもどりではありませんか」

この鄭玄の問いに、ひとりの同舎生が、

「かれはもう太学をやめたよ。師を求めて、洛陽をでたのさ」

と、おしえた。

か。

「あっ、そうでしたか。南陽郡の犨県へ往ったのですね」

「いや、右扶風《ゆうふふう》の茂陵《もりよう》へ往く、ときいた」

きいたとたん、鄭玄はあっけにとられた。茂陵といえば、馬融の出身地ではないか。


馬融《ばゆう》の邸宅を観《み》た盧植《ろしよく》は唖然《あぜん》とした。

——渠々《きよきよ》たるものだな。

大邸宅であり、どれほど広く、どれほど深いかわからないという感じをおぼえた。

門は華麗に色彩がほどこされていて、いかにも明るいが、固く閉ざされている。そのありようが、馬融の性質のむずかしさを表しているようであった。

——賓客《ひんかく》しかたたけぬ門だ。

門自体が来客を選別しているようであり、一学生にすぎぬ盧植がその門に歓迎してもらえるはずがない。やむなく牆壁《しようへき》にそって歩いた。ちょっとした城であった。ようやく左折したが、また長い牆壁にそって歩かねばならない。

だが、すぐに右前方に籬垣《りえん》とすくなからぬ樹木がみえた。ほどなく木戸もみえた。

——ははあ、あれが門下生のすまいだな。

漠々たるものだな
馬融の邸宅を観た盧植は唖然とした。
む.

ほっとした盧植は足をはやめた。さいわい木戸はあいていた。なかにはいると受付とおもわれる小屋があり、戸をたたくと、年配の男が顔をだした。かれは旅装の盧植を一瞥《いちべつ》すると、その巨軀《きょく》におどろいたものの、

「先生に師事したい学生かね」

と、冷ややかにいった。

「そうです。洛陽《らくよう》からきました」

「出身は――」

「幽《ゆう》州涿《たく》郡涿県です。盧植が氏名で、あざなを子幹《しかん》といいます」

「それで、たれの紹介できたのかね」

「紹介者ですか……」

盧植はとまどいをかくさなかった。私塾に入門するのに紹介者が要《い》るところはほとんどない。

「先生はご老齢となり、紹介者のいない者の入門をおゆるしにならない。そのため、昔は千人もいた門下生も、いまは五百にも達しない」

「そうですか……」

盧植は落胆した。在野《ざいや》に師を求める気持ちが強くなったとき、南陽《なんよう》郡の犨《しゅう》県に住む延篤《えんとく》の門をたたこうとおもった。だが、延篤が師事したひとりが馬融であったこ

とが気にかかった。馬融が最高の権力者である梁冀《りょうき》に媚付《びふ》して、清卓《せいたく》の臣というべき李固《りこ》に罪を衣《き》せる文を書いたことは、まぎれもない事実である。そんな腐臭《ふしゅう》を放つ学者から、延篤のような芳草《ほうそう》が生じるものなのか。

——もうすこし馬融のことを調べてみるか。

数日間、いろいろな人にあたった盧植は、往時の馬融が反骨の人であったことを知った。かずかずの辛酸をなめた馬融は、年齢が高くなって、

「耳順《じじゅん》」

という境地に至ったのだ。

耳順は『論語』にあることばで、おのれの思考の棘《とげ》を斂《おさ》めて、素直に他人の意見を聴くことである。孔子は少壮《しょうそう》のころも、壮年になってからも、理想を追いつづけて、烈しい人であった。国政の改革をこころざす過激派を形成し、生国の政府から危険視された。それゆえ諸国を遍歴《へんれき》し、流寓《りゅうぐう》のつらさにまとわれつづけた。そういう体験があってはじめて耳順という境地に達したというべきである。

——馬融も、それに似ているか。

そう想《おも》った盧植は、南の南陽郡へむかうのをやめ、西の右扶風《ゆうふふう》へむかった。馬融が住む茂陵《もりょう》県は、右扶風という郡の東部に位置し、副都というべき長安《ちょうあん》からさほど遠くない。

だが、馬融の邸宅に付属する門下生の宿舎に到着してみれば、たやすく入門することができないとわかり、土間に坐り込んでしまった。

――南陽郡へゆけばよかった。

この落ち込みぶりをみた受付係りの男は、急に名簿をめくりはじめ、なにかを確認すると、

「ちょっと、待っていなさい」

と、いい、屋外にでた。かれは半時後に、ひとりの男をともなってもどってきた。その男はあきらかに門下生で、すがめるように盧植を観た。

「どうだろうか、身許引受人になるというのは――」

受付係りの声が耳にはいらなかったのか、盧植を凝視しはじめたその学生は、

「あなたが太学《たいがく》一の秀才であるときいた。が、これほど巨《おお》きいとは――」

と、おどろきをまっすぐ表した。起立していた盧植は、軽く頭をさげて、

「涿県の盧子幹です。失礼ですが、あなたは……」

と、問うた。

「あっ、わたしは遼西《りょうせい》の公孫伯《こうそんはく》です。先生の弟子のなかで幽州出身は、わたしだけです。同州の人がふえるのは、娯《うれ》しいものです。喜んで身許引受人になりますよ」

「感謝します」

盧植はさらに頭をさげた。

この日、寄宿舎にはいった盧植は、舎内における規則を公孫伯から教えられた。翌日、上級の学生に面会したあと、寄宿舎のとりこわしに従事させられた。

「先生は、門下生を増やしたくないので、よけいな舎を撤去させているのです」

そう公孫伯に教えられた盧植は、夏まで撤去作業に従った。秋になると、上級学生に仕えるかたちで講義をうけた。ここまで、いちども馬融の邸内にはいったことがない。

「わたしも、まだです」

と、いった公孫伯は、門下生になってから二年がすぎているという。たとえ邸内にはいったところで、馬融の指導を直接にうけられるわけではない。

「先生は、絳紗《こうさ》の帳《ちょう》のむこうに居られるということです」

「ははあ、そうですか」

絳紗は、赤いうす絹である。その帳を垂らして尊大にかまえる馬融とじかに問答を交わせる弟子は、四百数十人いる門下生のなかで四、五人ということらしい。そのうしろの四、五十人は堂上《どうじょう》にのぼることをゆるされるものの、けっして帳のむこうにすすむことはできない。いま盧植を教えている学生は、その四、五十人という特待生ではなく、堂下にいて、馬融の教えを伝達されている者のようである。

——先生に近侍するには、十年はかかる。

盧植にかぎらず、どの新入生も、そう予想して、内心、慨嘆《がいたん》したであろう。それでも、四百をこえる数の学生がここにとどまっている事実から目をそらすわけにはいかない。実際、盧植を教えている上級学生は、太学でのんびりと学んでいる学生とちがって、学識に底力《そこぢから》がある。学生どうし、切磋《せっさ》琢磨《たくま》しているのである。

——ここには飛び級はない。

たとえ盧植が太学一の秀才であっても、馬融の門下生になれば、特別なはからいで特待生になれるというわけではない。年数が、堂上へのぼる階段となる。

弟子への教えかたについて孔子は、

「憤《ふん》せずんば、啓《けい》せず」

と、いった。自分で調べつくしても正解を得られず、いらいらするようになったら、そこではじめて解答にみちびくのがよい。つまり、自分で学び、調べもせず、わからないことをすぐに訊《き》いてくるような弟子は、指導するにあたいしない。

さらに孔子は、

「一隅《いちぐう》を挙《あ》げてこれに示し、三隅を以《もっ》て反《か》えさざれば、すなわち復《ま》たせざるなり」

ともいった。一隅とは、ひとつの隅《すみ》をいう。ひとつの隅をゆびさせば、三つの隅で答えるような弟子でなければ、ふたたび教えるまでもない。

馬融は学問の師として、孔子のきびしさに倣《なら》ったといえる。

さて、さきに邸内の堂下に坐ることになった公孫伯の推挙で、門下生の序列として盧植がようやく一段階あがったころ、受付係りに呼ばれた。

小屋のなかに悄然《しょうぜん》と坐っていたのは、鄭玄《じょうげん》である。

「この人が、あなたの名をだしたので、きてもらったが、知り合いか」

受付係りにそう問われた盧植は、眼前に坐っている鄭玄が、以前の自分にみえた。委細《いさい》を問うまでもないとおもった盧植は、

「わたしが身許引受人になります」

と、即答した。

「たすかりました」

鄭玄に頭をさげられた盧植は、手続きが終わり、寄宿舎内の部屋が指定されると、そこまで同行した。その大部屋のなかに数人の学生がいたので、盧植はつきそって紹介した。盧植にはおのずとそなわった威があり、その威にさからうような学生はいない。鄭玄は新入生でありながら、めだって年齢が高く、それでいて容貌が冴《さ》えないため、若い学生たちにからかわれることを予防する必要があるとおもって、つきそったのである。

鄭玄を部屋の隅に坐らせた盧植は、あえて声をおさえ、

「あなたは馬先生のことを調べて、ここにきたのだろうが、じかに先生と問答ができるまでに、十年を要することを知るまい。ここには例外はないのです」

と、教えた。暗い目をあげた鄭玄は、

「そうですか……」

と、いっただけで、感情の色をみせなかった。のちに、後漢時代の最高の学者とみなされる鄭玄であるが、この時点では、まだ無名の学生にすぎない。だが、第五《だいご》元先《げんせん》に師事して暦法や算術を習得した鄭玄は、つづいて張恭祖《ちょうきょうそ》に就《つ》いて、儒教系の経書《けいしょ》を学び、

――もはや問うに足る師はいない。

と、おもったので、馬融に師事することにした。だが、ここでの規則に従えば、馬融の教えを直接にうけるころには、四十歳をこえてしまう。

――ここにいることは、歳月を浪費することになるのか。

一瞬、そういう考えも生じたが、すでに学識が衍《ゆた》かであったはずの盧植が、嫌気《いやけ》もささずに、ここにいるという事実をまのあたりにして、我慢してみる気になった。すぐに上級学生の講義をうけることになったが、その説談《せつだん》の九割九分は鄭玄にとって既知《きち》のことであり、無益であることも、有害であることもあったが、のこる一分に耳を欹《そばだ》てた。その一分に、馬融の神知《しんち》を感じとった。馬融がおこなった講義が伝

達されてくるうちに変形し変質する。それでもわずかに馬融自身の声と正しい説明が保存されて、鄭玄までとどく。それがなんであるのか、おそらく語っている学生は知らず、聴く鄭玄だけが的確に選用《せんよう》した。この人は、細部までゆるがせにしない学習態度をつらぬいた。

盧植の学びかたは、それとは対蹠《たいしょ》的である。細部には、こだわらない。人やものごとについて、本質をつかめばよい、とおもっているので、学問においても隅をつつくような学習態度ではなかった。あえていえば、かれは学問のために学問をしているわけではなく、おのれをふくめて人をつくるために学んでいる。

堂下に坐るようになった盧植がおどろいたのは、講義の場であった堂上が、突然、舞台に変わるということである。

馬融は気まぐれなので、講義に厭《あ》きると、舞楽を演じる女たちを堂上にならべ、馬融がみずから管絃《かんげん》を鳴らした。儒教においては、音楽が必須科目といってよいが、これはどうみても馬融の個人的な気晴らしである。ただし堂上の高弟たちをしりぞけないで、舞楽を楽しんだのは、高弟たちをなぐさめてやろうというおもいやりもあったとみることができる。

――あるいは、先生は弟子の性根をみすかすために、そういうことをするのか。

盧植は馬融にどうおもわれようと、堂上に坐るようになったら、舞う女たちを観ないことに決めた。

ところで、ここには進級の特例はないはずであったのに、なぜか盧植は公孫伯をぬいて、堂上に坐ることができるようになった。はじめて堂上にのぼったとき、高弟から声がかかり、盧植はひとりだけまえにでて絳紗に近づいた。すると馬融が、

「なんじはひときわ巨きいときいた。起《た》ってみよ」

と、細い声でいった。声も老いてきたということであろう。盧植がすっくと起つと、

「なるほど、筆硯《ひっけん》のまえにはべらせておくには惜しい体軀《たいく》だ。それでも、なんじが武《ぶ》にけがれず、文《ぶん》の清潔さを保ってゆけば、涅《でっ》すれども緇《くろ》まず、と後の世になってたたえられよう。ただし、今の世を生きてゆくのは、それではむずかしい」

と、馬融がみずから戒飭《かいちょく》を与えたので、高弟たちはいっせいに瞠目《どうもく》した。堂上にのぼった最初の日に、これほどねんごろに馬融にさとされた者は、ひとりもいない。

じつは、寄宿舎内があまりよいふんいきではないと知った馬融は、ひときわ人望があるという盧植を抜擢し、舎内に残って学問をつづけている学生たちをなごやかにまとめさせようとしたのである。そのためには、馬融の声がとどくところに盧植を置き、馬融に嘱目《しょくもく》されていることを、全学生に知らしめる必要があった。

翌日から盧植は舎内にとどまっている学生を教える座に坐った。鄭玄を教えてい

るのは、ほかの上級学生なので、声をかけにくかった。

ところで門下生の数をかぞえたことはないが、

――四、五十人は減ったのではないか。

と、盧植は感じた。去った学生は、学業を終えた者ばかりではない。ここの規則に従えず、不満をおぼえてやめた者のほうが多い。

――鄭玄は、どうするのかな。

つねに気にはしたものの、規則は規則であり、盧植はどうすることもできない。

三年が経《た》つころ、鄭玄を教えていた高弟が、盧植のもとにきて、

「もしかすると、鄭康成《じょうこうせい》は算術の天才かもしれない」

と、ささやいた。すかさず盧植は、

「そのことを、先生に申し上げてくれませんか」

と、たのんだ。康成は鄭玄のあざなである。黙って読書に明け暮れている鄭玄を、なんとか引きあげてやりたい。

やがて、馬融が上級学生を集めて、河図《かと》と緯書《いしょ》を考論《こうろん》する会を催した。河図も緯書も、予言の書で、儒教が尊重する経書より下等とみられる図書である。ただし後漢王朝の創業者である光武《こうぶ》帝がむるいの緯書好きであったことから、いかがわしい緯書も駆逐《くちく》されずにつたわった。

予言は暦の計算にかかわりをもつことがある。その方向に考察がむかったとき、盧植は声を揚げ、

「門下生のなかに、算術に精通している者がいます。いちどご召見《しょうけん》なさったら、いかがでしょうか」

と、鄭玄の名をだした。すでに高弟からその名をきかされていた馬融は、興味をもち、

――その者の学識がどれほどのものか、ためしてやろう。

と、おもい、あとで鄭玄だけを楼上《ろうじょう》に召した。これは特例中の特例といってよい。このとき鄭玄は馬融の教義をほぼすべて理解しており、馬融自身に答えてもらわなければ解《と》けない疑問点はわずかしかなかった。

――天が好機をさずけてくれた。

そう全身で感じた鄭玄は、おずおずと楼上にのぼったが、心は強く張っていた。老師にむかって頓首《とんしゅ》した鄭玄は、いきなり問いの矢を浴びせられた。それらの矢をことごとくきれいに払うように答えた鄭玄は、問いの矢が尽きたのをみすまして、

「恐れながら、おたずねしたいことがあります」

と、仰首した。眼前にいたのは、さほど大きいとはいえぬ老人である。美衣をまとったこの老人は、つねに身ぎれいをこころがけているらしく、生活の垢《あか》や老耄《ろうもう》の

「翳《かげ》から遠いところにいた。それよりもなによりも、眼光に力があり、それを感じた鄭玄は、

──さすがに碩学《せきがく》……。

と、ひそかに感心した。学びつづけている者は、けがれず、衰えぬものだ。

「問いたいことがあれば、申してみよ」

これは馬融の絶大な好意である。べつなみかたをすれば、短時間に、この師弟の距離は急速にちぢまった。

「では──」

鄭玄は矢継《やつ》ぎ早《ばや》に問うた。この問いの鋭さと深さに、馬融は内心、驚嘆しつつも、ほんとうに学んだ者のみが、こういう質問ができる、と称《ほ》める気持ちが高ぶったため、ひとつもいやな顔をせずに答えた。聴き終えた鄭玄は、

「ありがたく拝聴しました」

と、ふたたび頓首すると、楼下におりた。寄宿舎にもどった鄭玄は、荷物をまとめると、盧植のもとへゆき、

「ここでの学業は完了しました。いろいろ世話になりました」

と、謝意を告げ、翌日には旅立った。

鄭玄が去ったときいた馬融は、嘆息して、

「わが道は、東せり」

と、高弟たちにいった。わが学問の本道は、鄭玄が東方へ持ち去った。そういうことであろう。同時に馬融は弟子たちに、君たちはたれひとり鄭玄に及ばない、といったことになる。

――たとえそうであっても、わが師は、馬先生だ。

鄭玄の偉さがわかったところで、馬融から離れる気のない盧植は、高弟の席にのぼるまで学びつづけた。かれは、舞楽がはじまっても、けっして女たちを観なかった。この姿勢をつらぬいたので、感心した馬融は、

「あいつは偉いよ」

と、称めた。

盧植が師に卒業を認めてもらい、この門をあとにして、郷里にもどるまでに、専権をふるっていた梁冀は誅殺《ちゅうさつ》された。

――明るい時代がくる。

そういう希望をいだいたのは盧植だけではなかったであろう。だが、このあとにくるのは、宦官《かんがん》たちの手が権柄《けんぺい》にとどく陰湿《いんしつ》な時代である。

学者として私塾を建てた盧植は、一石《せき》も酒を呑む豪快な先生であった。石は一斗《と》の十倍であり、後漢時代の一斗は一・九八リットルである。かれは馬融の門下にあ

ったようなこまかな規則をつくらず、束脩《そくしゅう》を納めた者であれば、わけへだてなく教えた。

だが、暗さを増す時代のけわしさが、幽州一の碩儒《せきじゅ》とうわさされるようになった盧植を、野に放置しておかなかった。


師の馬融《ばゆう》の訃報《ふほう》をきいた。

桓帝《かんてい》の延熹《えんき》九年（一六六年）である。

すみやかに盧植《ろしょく》は居間で哭礼《こくれい》をおこなった。

儒教では、訃報に接しておこなう哭礼に、場所のきまりがある。兄弟の死を知ったときには廟《びょう》で哭《こく》し、父の友人のときには廟門の外でおこなう。師の場合は、

「寝《しん》に哭す」

ということになっている。寝は、寝室ということではなく、つねに居る室をいう。

馬融は長寿の人で、八十八歳まで生きた。ちなみにこの年に、盧植の学友である鄭玄《じょうげん》は四十歳である。ところが盧植の正確な年齢はわからない。ただし盧植の子の盧毓《ろいく》が、この年から十六、七年後に生まれていることを想《おも》えば、盧植は鄭玄より十歳も下であったのではないか。もちろん盧毓が盧植の長男であるとはかぎらないが、

それでも盧植が五十代のなかばをすぎてから子を儲けるというのは、想像にむりがあり、子の生誕を父の年齢のなかで十年はやめたほうが無難であろう。いずれにせよ、盧植は晩婚である。

ところで馬融が亡《な》くなったこの年に、

「党人逮捕《とうじん》」

というばかげたことがおこなわれた。党人というのは、太学《たいがく》の学生などを手なずけ、諸郡の生徒と結び、党派を形成して朝廷を誹謗《ひぼう》し、習俗を乱す者をいう。これは、王朝の紀律《きりつ》を匡《ただ》そうとする正直《せいちょく》な大臣や官人の勢力が強大になることを恐れた宦官《かんがん》の妄想《もうそう》によって生まれた党であり、なんら実体はない。要するに宦官は、既得《きとく》の権力をおびやかすであろう有力者を、いまのうちに始末しておきたいと考え、桓帝に誣告《ぶこく》をおこない、桓帝の怒りをひきだして、官民の尊敬をあつめている清士《せいし》を逮捕させて獄にたたきこんだ。この毒牙《どくが》に最初にかけられたのが、李膺《りよう》であり、それから二百余人が逮捕されて獄にくだされた。

このころ天下の知識人で、李膺の名を知らぬ者はいない。

李膺は小さな奸詐《かんさ》をもみのがさず、厳しく罰する司隷校尉《しれいこうい》であった。宦官の横暴《おうぼう》に立ちむかう清切《せいせつ》の旗手《きしゅ》として輿望《よぼう》をになっていた。

――李膺ほど恐ろしい人はいない。

と、ふるえあがったのは宦官と悪人だけである。ところが克《か》ったのは、かれらの悪意であり、李膺だけではなく地方の清士にも禍《わざわ》いは及んだ。鄭玄のように中央の有力者と無関係な者でも逮捕されそうになった。

「先生は、どうなのであろう」

盧植の門下生は、いつ捕吏《ほり》がくるか、と恐れたが、当の盧植は、

「北は幽《くら》い。われはくらがりのなかに坐っている儒者にすぎず、中央からはみえぬであろう」

と、悠然《ゆうぜん》とかまえていた。

はたして官憲《かんけん》の捕吏は盧植の家にはこなかった。宦官たちにとって、盧植は害になる存在ではなかったということである。

たしかに捕吏はこなかったが、幽《ゆう》州と涿《たく》郡の役人がくるようになった。

「府に出仕すべし」

幽州刺史《しし》あるいは涿郡太守《たいしゅ》に仕えよ、となかば強制にきた。そのつど盧植は、

「かたじけない仰《おお》せながら……」

と、鄭重《ていちょう》さをみせながらも、腰をあげなかった。宦官のいいなりになっているいまの皇帝を批判する気持ちが強く、どこの府に出仕しても、驥足《きそく》をのばすことはできないであろう。孔子はいったではないか。国家に道がないときに富貴《ふうき》になること

は恥じるべきであると。

たしかに桓帝は不徳の人であり、政治の要諦《ようてい》がまったくわかっていない私用人の宦官を公的な地位に坐らせて、のさばらせた。一方で賢英《けんえい》の士をつぎつぎに誅《ころ》した。これは、王朝が毒を飲んで薬を捨てたにひとしく、王朝滅亡の因《いん》を桓帝がつくったといってよい。それでもこの時代に生まれ育った者は、まったくちがう王朝の出現を希《のぞ》む者はすくなく、革命を夢想する者はほとんどいなかった。

――皇帝がかわれば、なんとかなる。

天下の人々の大半がそう考えており、盧植もそのひとりであった。しかし、皇帝がかわっても、どうにもならない、というあきらめや絶望をもつ人々がこのころから急増しはじめたこともたしかで、こういう人々を保庇《ほひ》する団体が各地で生じた。これら治法《ちほう》の外で自立する団体をつくらせたのも、桓帝の悪政であった、と断言してよいであろう。なにはともあれ、それらの団体のなかで最大となるのが、黄巾《こうきん》、とのちによばれることになる新興教団である。

さて、この時代の暗さのなかで静座していたような盧植が起《た》つときがきた。

桓帝が崩御《ほうぎょ》したのである。

あらたに皇帝として立った霊帝《れい》（劉宏《りゅうこう》）は、まだ十代の前半という年齢であるが、それでもなにかが変わってくるはずだ、と盧植はひそかに期待した。

この期待は、ほどなく容《かたち》となった。

朝廷から徴召《ちょうしょう》の使者がきた。

このたびはそれに応じた盧植は、涿県の宅《いえ》をでて、洛陽《らくよう》へ往き、博士《はくし》に任ぜられた。

霊帝は学問を好み、各地にいる高名な儒者を集めたのである。

博士となった盧植は、宮中の図書室である、東観《とうかん》、へゆき、秘蔵書の校訂をおこなった。おなじころに司徒《しと》の橋玄《きょうげん》に辟召《へきしょう》された蔡邕《さいよう》という博識者が、地方に転出したあと、中央にもどされて東観にくることになる。東観は有識者たちの淵叢《えんそう》となった。ちなみにここで編纂された歴史書を、『東観漢記《かんき》』といい、めずらしいことにそれは同時代史であり、後世の貴重な史料となった。修史の意識が高かったというのも、後漢王朝期の特徴であろう。

ただし、霊帝は学者を尊重したといっても、賢明な皇帝であるとはいえなかった。盧植が博士に任ぜられたころ（あるいはすこしまえに）、宦官が霊帝をそそのかしてふたたび党人を逮捕させた。李膺が死んだのは、このときである。これは、歴史書には、

「第二次党錮《とうこ》」

と、記され、死者は百余名にのぼった。宦官がつくった名簿には、有害な名士と

学者の名がつらねられていたであろうが、盧植の名はその名簿に記載されていなかった。

——いまの皇帝は若いので、宦官の横暴をおさえられない。

盧植はあえてそう考えてみたが、王朝の構造を改革しないかぎり、桓帝の時代とおなじ暗さを霊帝の時代ももってしまう、とひそかに落胆せざるをえなかった。王朝の実態をみて、やりきれなくなった。

——改革者の出現を待つしかない。

盧植は一学者の微力を痛感しつつ、歳月をすごした。

霊帝が即位したときの元号は、建寧《けんねい》であるが、この元号は五年（一七二年）までつづき建寧五年の五月に改元がおこなわれて、熹平《きへい》元年となった。

この元年にも、宦官は太学生を千余人も逮捕させた。批判勢力の芽をつんだということであろう。

——宦官は王朝の柱を蝕《むしば》む害虫だな。

いつか柱は折れ、大きな屋根は落ちる。そう想う盧植は居ごこちの悪さを感じ、宮中からも洛陽からもでたくなった。このひそかな意望が天に通じたのか、熹平四年に、突然、

「なんじを九江《きゅうこう》太守に任ずる。なお、かの地では蛮族《ばんぞく》が叛乱を起こしている。赴任

してすみやかに鎮圧すべし」

と、命じられた。

――これは、おどろいた。

と、おもったが、おとなしく拝命した盧植が、旅支度をはじめると、同僚が寄ってきた。

「あなたを推挙したのは、四府の長ということです」

「これは、また――」

おどろくしかない。四府とは、太尉《たいい》府、司徒府、司空《しくう》府、大将軍《だいしょうぐん》府をいう。その長官がそろって、

「盧植は、文武両道であり、九江太守にふさわしいのはかれしかいない」

と、述べたという。

盧植は官途における昇進のために朝廷の有力者とつながりをもったことは、いちどもない。それでも大臣たちの慧眼《けいがん》は自分におよんでいた。

「さて、どうなりますか」

と、あえて軽い口調で同僚とことばを交わした盧植は、これで窮屈さをまぬかれる、とひそかに喜んだ。

九江郡は揚《よう》州の最北端にある郡で、州内の諸郡の大小についていえば、もっとも

小さい。しかしながら郡の北部には淮水《わいすい》がながれて、水上交通が発達しており、西北部には戦国時代に楚《そ》の国の首都となった寿春《じゅしゅん》がある。けっして貧しい郡ではない。郡府は寿春にはなく、陰陵《いんりょう》という県にある。そこに着任した盧植は、いきなり属吏《ぞくり》に、

「叛乱を起こしている族のおもだつ者を集めてもらいたい。会談をおこないたい」

と、いい、かれらをおどろかした。

「殺されますよ」

属吏は口をそろえて諫止《かんし》した。だが盧植は、

「かれらはむやみに叛乱を起こしたわけではあるまい。非が郡府にあれば改めねばならないし、むこうがただただ悖謬《はいびゅう》であれば、さとさねばならない。この郡は水がゆたかで、船をつかう賊が昔から多い。武力でおどせば、叛乱を起こす賊を増やすだけだ」

と、属吏を説《と》き、蛮族の長を集めさせた。県外に設けられた会場に寡《すく》ない従者とともにでかけた盧植は、荒々しさをかくさないかれらのただなかに乗り込んだ。

盧植の威はかれらを圧倒した。

座についている者のなかに、中央の事情に多少通じている者がいて、かれは、

「この人は、ついさきごろまで、東観につとめていた学者だ」

と、左右にささやいた。

東観づとめの者が天下一流の学者であることはよく知られていることなので、ささやきをきいた者たちはいちようにおどろき、

「一軍を指麾《しき》できるほどの武官であるとおもっていたのに、書物とむきあってきた文人か。文武両道の達人をはじめてみた」

と、いい、盧植に好意をいだいた。

座の空気がなごんだので、盧植はかれらの不満に耳をかたむけ、ついで、利害を懇々《こんこん》と説いた。じつは、これだけのことで、盧植は叛乱を鎮《しず》めてしまった。

驚嘆した属吏が朝廷へ報告に往くとき、

「太守は病に罹《かか》り、故郷へ帰った、と告げよ」

と、盧植はいい、印綬《いんじゅ》をあずけて、さっさと九江郡をあとにした。

これは中央政府への失望の表れであろう。政治が改善されることを期待する情熱が冷《さ》めたともいえる。そういう心情を蛮族は叛乱を起こすことによって示したが、盧植は引退することによって暗示した。

が、故郷は温《あたた》かかった。

「盧先生のお帰りだ」

九江郡から盧植が帰還したことを知った学生が、争うように盧植家の門をたたい

た。学生たちの顔をながめた盧植は、

——毎日、官吏たちの顔をながめて暮らすよりは、よほどよい。

と、おのれの居場所をみつけたおもいで、やすらぎをおぼえた。

入門者は増えに増えた。そのなかに、

「族兄《ぞくけい》にいわれて、遼西《りょうせい》からきました」

と、述べた者がいた。

「ほう遼西とは、遠い。なんじの族兄はわれを知っているようだが、どこかで会ったのであろうか」

「族兄は公孫伯《こうそんはく》といい、馬融先生の門下生でした。わたしは令支《れいし》県の出身で、公孫《こうそん》瓚《さん》といいます」

「おう、おう、忘れるものか。われが馬融先生に就《つ》けたのは、公孫伯どののおかげだ。いま、どうしておられる」

「残念ながら、病がちです。わたしは族兄から学問をさずかり、郡に出仕して、門《もん》下書佐《かしょさ》を拝命しました。しかし、さらに上の学問をさずかるなら、盧先生のもとにゆくしかないと族兄にいわれて、まいりました」

この少壮の男は、あたりを明るくするほど美しい容姿をもち、しかも口舌《こうぜつ》に力がある。

――逸材《いつざい》だな。

盧植はひと目でそうおもった。若い者を教える愉《たの》しみは、個々の素材の上に未来図を載《の》せてみるというところにもある。公孫瓚に関しては、どこからみても際立つ風韻《ふういん》があり、これほどの者が俗塵《ぞくじん》に埋もれてゆくことは考えにくい。

――馬融先生がご存命であれば、喜んで近侍させたであろう。

公孫瓚をよく観ると、容姿は雅麗《がれい》であるのに、その性質には浮薄《ふはく》さはないようである。それも馬融好みに合致《がっち》しているといえる。

ところで、公孫瓚が入門したとき、ほぼ同時に地元の少年がふたり入門した。ひとりは、

「劉徳然《りゅうとくぜん》」

と、いい、いまひとりは、

「劉備《りゅうび》」

と、いう。ふたりは同族であり、ふたりの学資をだしたのは、劉徳然の父の劉元起《りゅうげんき》であるらしい。ちなみにこのとき劉備は十五歳であるが、劉徳然の年齢はわからない。

ふたりを坐らせた盧植は、家族について問うた。

「父は劉弘《りゅうこう》といい、だいぶまえに亡くなりました。いまは、母とのふたり暮らしです」

と、答えたのは劉備である。この口の重そうな少年は、盧植を恐れているようであり、うしろにさがってゆきそうにみえた。盧植をまえにして萎縮《いしゅく》したわけは、この歳までまったく学問をせず、書物にふれたことがないということにつきる。儒教の経書《けいしょ》はむずかしいので、編年体《へんねんたい》の歴史書である『春秋左氏伝《しゅんじゅうさしでん》』を与えてみたが、劉備はまったくといってよいほど読めなかった。

このふたりの少年を教えることになった高弟は、すぐに、

「徳然は利発《りはつ》ですが、劉備は愚鈍《ぐどん》です。雑木《ぞうき》は生長しても松柏《しょうはく》にはなれぬということです」

と、劉備のみこみのなさを師に報告した。が、慧眼をもっている盧植は、

「生長しても松柏になれぬのは、徳然のことだ。才をひけらかそうとしすぎる。劉備の賢愚《けんぐ》は定めがたい。賢とみれば愚、愚とみれば賢、そういう人物になるかもしれぬ」

と、叱《しか》るようにいった。

実際のところ、盧植の門下にあって、劉備は学問に身を入れず、同期入門の公孫瓚に兄事する一方で、地元の不良少年たちと交わり、遊んでいた。このころから劉備は儒教的な孝子像から遠ざかってゆく。孝子が成長して君子となる、という儒教の常道があるとすれば、劉備はその道から逸脱し、漢の高祖《こうそ》（劉邦《りゅうほう》）を憧憬《しょうけい》にすえ

て、俠気《きょうき》の道をすすむことになる。

さて、盧植は門下生を教えるうちに、学問への情熱がよみがえり、古典を精究《せいきゅう》するうちに、とくに『礼記《らいき》』の解読に没頭した。いちおうそれの解詁《かいこ》を著《あらわ》したものの、もっと精密にしたいとおもえば、蔵書が足りなかった。そこで、

——東観をつかわせていただきたい。

という願書を皇室にのぼらせた。

「盧植の病は、治ったのか」

先年、蛮族の叛乱をきれいに鎮めた盧植の功績を忘れていない朝廷は、すぐさま辟召の使者をだした。この点においては、盧植のおもわく通りになったといえようが、

「軍事と行政の能力も高い」

と、判断されたことで、ふたたび太守を拝命して、九江郡のとなりの廬江《ろこう》郡へおもむくことになった。

ところで学問の師と仰がれた者が官職に就いて移動した場合、師に随従《ずいじゅう》する高弟はいたであろうが、公孫瓚や劉備のように弟子の序列としては下にいた者たちは、その門から去ったであろう。それでも盧植の学者としてはめずらしい豪気さにふれたことが、ふたりの精神を鼓舞《こぶ》したにちがいない。

盧江太守となった盧植はあえて喜怒哀楽《きどあいらく》を表にださず、こまかな規則を示して官民を束縛《そくばく》するようなことをしなかった。かれはいかにも儒者らしく、

——政治とは、法ではなく、礼である。

という理念をつらぬいた。

たしかに法は、悪を罰し、刑をもちいて悪を抹殺する。しかしながら法は悪を未然にふせぐことも、悪を善にみちびくことも、できない。だが、礼はそれができるのである。

盧江郡は盧植の善政によってめずらしく平穏になった。

朝廷はかれの治績《ちせき》を認めて、一年余ののちに中央に召還《しょうかん》した。

——これで研究にうちこめる。

盧植が拝命した官職は、議郎《ぎろう》である。議郎は皇帝の顧問《こもん》といってよく、職務は多忙ではない。朝から東観の書物を読み耽《ふけ》っていてもさしつかえない。

盧植は東観で馬日磾《ばじってい》に会うと、一瞬、緊張し、うやうやしく拝礼した。馬日磾は馬融の族孫《ぞくそん》あるいは甥《おい》であるといわれ、むろん盧植は馬融邸内でみかけた。馬日磾もすぐに気づき、

「ああ、あなたが馬融門下で屈指といわれた盧植どのか」

と、飾らない親しみをみせた。

東観では、盧植は学者の貌《かお》にもどった。室内には蔡邕、楊彪《ようひょう》、韓説《かんえつ》など、この時代を代表する識者がそろっており、

——これほど居ごこちのよい室があろうか。

と、盧植はこの境遇に満足した。

しかし、

——あれほどの者を東観にこもらせておくのは、もったいない。

と、みたのは、三公というより皇帝の霊帝であったのか、

「五経の校閲《こうえつ》や歴史の執筆は急務ではあるまい」

ということで、盧植は皇帝に近侍する侍中《じちゅう》に任命された。おそらくここで盧植には実務能力があると見定められたのであろう、王朝の中枢に位置する尚書《しょうしょ》に転任させられた。もともと尚書は文章を発布するだけの官であったが、後漢時代になると、政務を執行する機関となり、権能が増大した。いわば国政の主導機関である。

——望んだわけではないのに、われは王朝の心臓部にきたか。

盧植の心緒《しんしょ》は複雑であった。とはいえ、儒教の教義を実際の政治に活《い》かしてはじめて生きた学問になる。そう考えれば、この職場も、教理の奥義《おうぎ》をさぐる場にみえてきた。もともと孔子は、国の旧弊を改め、礼を中心にすえて政治をおこなう権能を掌握できる地位にのぼりたかった人である。弟子を教育するだけで生涯をおえな

ければならない運命を、天命である、とさとったのは晩年である。それを想えば、

——自分はめぐまれている。

と、盧植はおもうことにした。

やがてかれは運命の年に遭遇する。中平《ちゅうへい》元年（一八四年）である。黄巾の徒《と》が各地で挙兵した年である。

皇帝をはじめ賤臣まで戦慄《せんりつ》した。

——この王朝は、顚覆《てんぷく》するのではないか。

宮中と府中にいるすべての者がそういう危機意識をもったほどの大乱である。朝廷は動揺しつつも、打てるだけの手を打った。

「黄巾の本拠は、冀《き》州の鉅鹿《きょろく》にある」

そう確認した朝廷は、その本拠をたれに攻撃させたらよいか、という人選にはいった。討議のすえに、かれらがくだした決定は、

「盧植がよい」

というものであった。武官に目をむけずに、文官に着目したのは、奇想に比《ちか》いが、英断であったともいえる。乱を起こした者たちが宗教色をもっていて、その戦いかたがかつてない粘性《ねんせい》をもっていることなどを考慮したためであろう。武略に常識をもちこまない者を将帥《しょうすい》にしたほうがよい。

この決定は宮中の官人たちをおどろかした。もっとも大きくおどろいたのは盧植であろう。

――われが官軍の将師に……。

朝廷の討議のもようを知るべくもないが、なにが、どうなれば、そういう結論に至るのであろうか。盧植は首をかしげたものの、その決定に従った。宮城の内だけではなく外もあわただしく、盧植ひとりが平然としていられる状態ではなかった。

――これが天命なら、承《う》けよう。

北中郎将《ほくちゅうろうしょう》に任命された盧植は、副将の宗員《そううん》とともに、北軍五校《ごこう》（長水《ちょうすい》、歩兵《ほへい》、射声《しゃせい》、屯騎《とんき》、越騎《えっき》）の兵を率いて洛陽をでた。みちみち兵を集めて、鉅鹿をめざした。北上して冀州にはいるころには、この官軍はふくれあがった。

――兵は勢《せい》なり。

盧植は兵法書の愛読家ではないが、それくらいは知っている。たとえば丘の上から大きな石をころがせば、この石の勢いを止められる者はいない。そういう状態を勢といい、軍旅《ぐんりょ》が勢をもつようにさせるのが将軍のつとめであり、勢が生じれば、あとは放っておいても戦いには勝つ。

盧植軍は勢をもった。盧植の豪快さがそうさせたともいえるし、学者として尊敬を集めていたことが、軍の力となったともいえる。

黄巾の総師である張角《ちょうかく》は迎撃《げいげき》の陣を張りめぐらしていたが、盧植軍はつぎつぎにそれらを突破した。こうなると官軍の勢いは増すばかりであり、張角はたまらず東《とう》奔《ほん》して広宗《こうそう》県に逃げ込んだ。猛追した盧植軍は広宗県を包囲した。

——半月以内に、この城は落ちる。

城を眺めた盧植はそう確信した。このままなにごともなければ、黄巾の主力軍ははやばやと潰滅《かいめつ》したであろう。ところが霊帝がよけいなことをした。戦場の視察を小黄門《しょうこうもん》の左豊《さほう》に命じたのである。皇帝の使者が宦官であることを知った盧植の左右は、

「いやなことを申し上げますが、宦官はそろって強欲であり、そういう者どもには、賄賂《わいろ》を贈っておくにかぎるのです」

と、進言した。苦《にが》く笑った盧植は、

「宦官に賄賂したとあっては、われはふたたび学問の師として立てまいよ」

と、いい、その進言を容《い》れなかった。そのため、到着した左豊への応接は冷《ひ》えたものとなった。

——皇帝の使者を冷遇するとは、礼を知らぬ男よ。

怒った左豊は、いそいで帰り、霊帝に復命するついでに誣奏《ふそう》をおこなった。

「広宗に立て籠《こ》もった賊は、敗残の疲れをありありと示しており、わずかに突いた

だけで崩れるとみえました。しかるに盧植は塁を高くしてそのなかで軍を休ませているだけです。おのれは攻撃をおこなわず、天誅《てんちゅう》が城内の賊にくだるのを待っているのです」

よくもこれほど事実を枉《ま》げていえるものだと感心したくなる。奸才《かんさい》とは、こういうものなのであろう。こういう暗い才能にかこまれていれば、どれほどすぐれた皇帝も、その英知は曇ってくるであろう。まして霊帝はずばぬけて明秀な人ではない。

「盧植は、怠惰な将か――」

と、すぐに怒り、檻車《かんしゃ》をまわして盧植を召還した。獄に下された盧植は、死罪になるところであったが、死一等を減ぜられた。将帥の交替によって張角征伐は頓挫《とんざ》したかたちになり、南にいた皇甫嵩《こうほすう》を北へまわして平定をおこなわせるまで、時がかかった。車騎《しゃき》将軍となった皇甫嵩はよくできた人物で、

「われは盧植の計謀を資用《しよう》して、征伐の功を樹《た》てることができたのです」

と、報告した。これは盧植の軍のすすめかたとその計略にあやまりがなかったことを皇帝に訴えたことになる。この言のおかげで、盧植は尚書に復帰した。

――この王朝は、棄《す》てたものではない。

黄巾の乱がなければ、皇甫嵩の将才はめだたなかったであろう。また平民の出である何進《かしん》が大将軍に昇進して兵権を掌握したことも希望の光となった。何進の妹が

皇后なので、外戚《がいせき》として専権をふるうようになると、えてして悪政をおこなうが、何進にはそのようなあくどさがない。賢英といわれる者たちが何進のもとに集まりつつある。王朝が何進によって正道をとりもどせる。そう期待する声が盧植のなかにも生じた。

だが、この王朝は天からみはなされたのか、霊帝が崩御すると、その四か月後に、何進が宦官に暗殺された。

「阿呆《あほう》め——」

剣を執《と》った盧植は、はじめて怒りをあらわにして、宦官をののしった。ほどなく宮中は戦場と化した。張譲《ちょうじょう》、段珪《だんけい》ら宦官は、霊帝の皇子をにぎったかたちで、袁術《えんじゅつ》、袁紹《えんしょう》の兵と戦ったが、ついに宮城を脱して北へ逃げた。盧植は反宦官派の兵をまとめて指麾をおこなっていたが、

「張譲らが天子と陳留《ちんりゅう》王を拉致して、河水《かすい》のほうへ奔りました」

という報《しら》せをいちはやくうけたため、追撃の一番手となった。なお、何皇后の子の劉辯《りゅうべん》はすでに帝位に即《つ》いたので天子とよばれ、腹ちがいの弟である劉協《りゅうきょう》は陳留王とよばれる。

「天子をお救いせねばならぬ」

盧植は率先して宮城の外にでた。夜間の追跡となった。洛陽の東北に小平津《しょうへいしん》とい

う津《みなと》がある。そこから河水を渡ってしまえば、追撃をふりきれると考えた張譲らは、まっすぐに逃げただけ、追いつかれやすくなった。

「いたぞ――」

盧植の声は大きい。追いつかれたと知った護衛兵は盧植の兵の進出をさまたげるべく戦ったが、

「退け」

と、一喝した盧植の声に吹き飛ばされるように斃《たお》れた。船をみつけることができなかった宦官たちは、絶望し、ついに、

「おさらばでございます」

と、幼い兄弟に声をかけ、河水に身を投げた。盧植は河岸に残されたふたりを発見すると、よくぞ……、と目頭を熱くした。

皇帝を救助した功は絶大なものであったが、直後に、西方の奸雄《かんゆう》である董卓《とうたく》が皇帝と陳留王を迎えにきたことで、盧植の令聞《れいぶん》はかき消された。董卓をひと目みるなり、

――この者は、大悪人だ。

と、みぬいた盧植は、董卓の専横《せんおう》をさまたげるべく、ただひとり忌憚《きたん》の色をみせず発言をつづけた。そのため、董卓に憎まれて誅殺《ちゅうさつ》されそうになった。なぜか董卓

に尊敬されるようになった蔡邕《さいよう》のはからいで、死をまぬかれた盧植は、免官《めんかん》となり、故郷に帰ることになった。だが、

——あの董卓が、われをやすやすと放免《ほうめん》するであろうか。

と、考えた盧植は、道をかえた。この判断がかれのいのちを救った。ひそかにあとをつけていた刺客は、盧植を見失ったのである。故郷に帰った盧植は用心をゆるめず、涿郡をでて北隣の上谷郡《じょうこくぐん》に移り、そこに隠れ住んだ。のちに冀州牧《ぼく》となった袁紹は、盧植を招いて、軍師の席を与えたようであるが、活躍したという事績はない。むしろ幽州にとどまって隠棲していたと想うほうがむりがない。洛陽を去って三年後の初平《しょへい》三年（一九二年）に、盧植は死去した。おなじ年に、董卓と蔡邕も亡くなった。盧植の遺志をほんとうに継いだのは、できの悪い弟子にすぎなかった劉備であったかもしれない。

孔融《こうゆう》

紙は、後漢の時代よりはるかまえにあった、といわれる。

しかしながら、紙の発明者は後漢王朝の宦官《かんがん》である、

「蔡倫《さいりん》」

ということになった。かれが紙の大量生産への道を拓《ひら》いたというわけであろう。私文書だけでなく公文書も、木簡《もっかん》や竹簡《ちくかん》に書かれることがすくなくなり、書を写される書物が増産された。庶民の手のとどくところに、経書《けいしょ》と緯書《いしょ》がでまわった。これらの書物のなかでもっとも多く読まれたのが、

『春秋左氏伝《しゅんじゅうさしでん》』

である。これは経書のひとつであるが、編年体《へんねんたい》の歴史書である。しかもその内容は、ひとつづきの物語をこまぎれにしたところもあって、頭のなかでつなげて読めば、たいそうおもしろい。庶民でも読みたくなる理由とはそれであった。

戦国時代より古い春秋時代に国民の多くが親しみをもつことになった。同時に、

『春秋左氏伝』のもとになる『春秋』という歴史的記述をおこなったといわれる孔《こう》子《し》の偉さを、庶民までも知ることになった。

豫州の魯《ろ》国に生まれた孔融《こうゆう》は、孔子の裔孫《えいそん》である。より正確にいえば、二十世孫である。

父を、孔宙《こうちゅう》、といい、かれは泰山《たいざん》郡の都尉《とい》まで昇った。男子が七人いて、孔融は六番目の子である。

孔融が四歳のころの逸話《いつわ》とは、こうである。

兄弟で梨を食べるたびに、孔融が取る梨はつねに小さかった。それをみた大人《おとな》が、

「なぜ大きい梨を取らないのかね」

と、孔融に問うた。

「わたしは小児です。法として、小さい梨を取るのは当然です」

これが少年の答えであった。

幼い孔融がいった、法、とは、きまり、ということではなく、礼儀作法、ということであろう。兄弟には長幼《ちょうよう》の序《じょ》があり、世間にも正しい順序がある。それを知っているのであれば、体現すべきである、というのが儒教の教本《きょうほん》である。『論語』の冒頭には、

――学びて時にこれを習う。

と、あり、学んだことを、しかるべき時に実践復習する、つまり習うとは、作法として表現することであり、たんなる復習ではない。すでに四歳の孔融はそれを理解したといってよい。

少年の孔融は、父に問うた。

「父上が尊敬なさっているかたは、どなたですか」

「古人はすべてわが師となる。が、近いところでは、李子堅《りしけん》どのか」

と、孔宙はいった。

ついで長兄にも問うた。かえってきた答えは、

「李子堅どのこそ、師表《しひょう》とすべき人である」

というものであった。

――李子堅とは、どのような人か。

この賢い少年が李子堅について知るには、さほど時間を要しなかった。

李子堅はすでに亡《な》くなっていた。子堅はあざなで、名は固《こ》である。益州《えき》漢中郡《かんちゅう》の南鄭《なんてい》県の出身で、父の李部《りこう》は司徒《しと》の位まで昇った。李固自身も国政をまかされる地位に昇進したが、外戚《がいせき》の梁冀《りょうき》と対立し、その暴横《ぼうおう》と戦ったが、獄に下されて殺害された。

――李子堅とは、そういう人か。

孔融は感動した。正義を好み、不正を憎む心をもつこの少年は、人への好悪がしだいにはっきりしてきた。

ちなみに、李固だけでなく、清廉《せいれん》の臣をつぎつぎに殺して、わが世の春を謳《うた》っていた梁冀は、孔融が七歳になった年に、桓《かん》帝によって自殺させられた。ただしこの粛清《しゅくせい》において宦官の助力が大きかったため、このあと宦官を増長させるきっかけをつくったといえる。端的にいえば、毒をもって毒を制したのである。

孔融は十歳のときに、父から、

「京師《けいし》につれていってやろう」

と、いわれ、喜んで馬車に乗った。孔融にとって最初の大旅行である。洛陽《らくよう》に近づくと、名声がひとりの人物に集中していることを知った。その人物こそ、

「李元礼《りげんれい》」

すなわち、

「李膺《りよう》」

である。

――その人も李氏か。

と、おもった孔融は、李膺について父に問うた。

「なるほど李子堅さまと李元礼どのは、おなじ李氏ではあるが、親戚でも同族でも

ない。李元礼どのは豫州潁川《えいせん》郡の襄城《じょうじょう》県の出身であるときいた。李子堅さまにまさるともおとらぬ清操《せいそう》をもち、いまは河南尹《かなんいん》という官職にあって、宦官どもの不正を容赦なく摘発している」

この父のことばに、なみなみならぬ敬意がこめられていると察した孔融は、目を輝かせて、

「父上、洛陽に着いたら、さっそくその河南尹さまにお会いしましょう」

と、無邪気にいった。とたんに孔宙は苦笑した。

「李元礼どのは、職務にかかわりのない人には、めったに面会をゆるさない。面会をゆるされる、ということは、天下の名士であると李元礼どのに認められたことになる。河水《かすい》の上流に龍門《りゆうもん》とよばれる急流がある。そこを登る魚はほとんどないが、もしも登りきれば、その魚は龍に化するといわれる。李元礼どのに面会することは、龍門を登りきるようなものだ。それほど、むずかしい」

孔宙は嘆息した。

いちど慍《むっ》とした孔融は、やがて挑戦的な目つきをした。

「そうなのですか……」

洛陽の宿舎に落ち着いたあと、孔融は宿舎の主人に李膺邸までの道順をきき、父のもとにもどってくると、

「明日、李元礼どのに会ってきます」

と、いい、孔宙をあきれさせた。十歳の少年が李膺邸の門前に立てば、追い払われるだけであろう。だが、しばらく孔融をみつめていた孔宙は、やめておけ、とはいわず、

「なんじは、十歳で天下の名士となるか」

と、からかうようにいい、目で笑った。孔融の訪問が無謀なものではなく、智慧《ちえ》をめぐらせたものにちがいないと予感したからである。

翌日、宿舎をでた孔融は、

——李元礼の器量をはかってやろう。

という、ふらちな考えをもっていたかもしれない。この少年は、従者もなく、李膺邸の前に立つと、不審の目をむけてきた門番に、

「わたしは李君の通家《つうか》の子弟です」

と、平然といった。

通家とは、昔からつきあいのある家ということで、この一語に孔融は謀画《ぼうかく》をこめたといってよい。孔融の身なりは悪くない。ただし馬車をつかわず、従者の影もないことに門番は怪《あや》しんだ。

「世にきこえた名士と通家の者以外の人がきたら、とりつがなくてよい」

主人にそういわれている門番は、迷ったが、通家の子弟といわれては、門前払いをするわけにはいかない。

「しばらくお待ちください」

門番は趨《はし》って堂上の李膺に告げた。堂は賓客《ひんかく》で満ちており、談笑のさなかの李膺は、門番に顔をむけて、

「通家の者であれば、かまわぬ。入れなさい」

と、いった。

「それが、少年なのです」

「はて、通家の年少者とは、たれかな。とにかく会おう」

この李膺の声をきいた賓客たちは、急に声をひそめた。どのような少年があらわれるのか、関心をふくらませた。

まんまと門内にはいった孔融は、ものおじすることなく、堂上にのぼった。その容儀は少々不遜《ふそん》であったといえなくないが、いきなり衆目《しゅうもく》にさらされた少年が気張らずにはおられなかったとみるべきであろう。

立ったまま一礼した孔融に着座をうながした李膺は、

——この少年は、何者か。

と、しげしげ視《み》た。いちども会ったことがない。そこで、

「あなたの父祖は、わが家と、どのようなつきあいがあったのだろうか」

と、問うた。孔融は胸をそらして答えた。

「わたしは魯の孔融と申します。わが先祖は孔丘《こうきゅう》すなわち孔子です。李君のご先祖は李耳《りじ》すなわち老子《ろうし》でありましょう。孔子は老子に教えを乞《こ》うたことがあるので、両者は師弟ということになります。その後、孔子は老子に比肩するほど徳と義を高めましたので、友といっても過言ではありますまい。そうであればわが家は李君の家と代々つきあいがあったといえましょう」

少年の声に耳を澄ましていた満堂の客は、それをきくと、どっと沸《わ》いた。

——なんと賢い童子《どうし》ではないか。

この称賛の声は、すぐにため息に変わった。

ところで、孔丘が李耳に教えを乞うたというのは、事実ではない。孔丘が春秋時代の人であるのにたいして李耳は戦国時代の人であり、孔子より百年後の人であると想《おも》えばよい。しかしながら孔子の言行録というべき『孔子家語《こうしけご》』にはこうある。

あるとき孔子は、魯の貴族の子弟である南宮敬叔《なんきゅうけいしゅく》に、

「きいたところでは、周《しゅう》にいる老聃《ろうたん》（老子）は故事に精通しており、いまのこともよく知っているという。また礼楽《れいがく》の本源を理解し、道徳の帰点を明確にしているともいう。それなら、わが師である。これから訪ねてみようではないか」

と、いい、つれだって周に到り、礼について老耼にたずねた。

　この『孔子家語』を著《あらわ》したのは、王粛《おうしゅく》という人物で、かれの父の王朗《おうろう》は曹操《そうそう》の覇業を輔《たす》けた。王粛は孔子について、あったこともなかったことも書いたことになるが、

　——孔子は老子に、礼について問うた。

　という伝説があったわけで、それを孔融がもちだしてみなを感心させたということは、この伝説の発生源はかなり古いとみてよい。なお、老子が固有名詞でないとすれば、

「老先生」

　あるいは、

「長老」

　をいい、氏名はわからないどこかの老子に就《つ》いて孔子は学問をした事実を否定することはできない。

　さて、この会に遅参《ちさん》した者がいた。

　高級官僚というべき太中大夫《たいちゅうたいふ》の官職をもつ陳煒《ちんい》である。かれは堂にのぼるときに、この会がいつもとはちがうざわめきをもっていることに不審をおぼえた。堂上で李膺にむかって一礼したあと、すぐにみなれぬ童子が李膺の近くに坐っていることに

気づいた。着座したかれは、

「あれは――」

と、童子から目をはなさず、横の者に問うた。事情を知った陳煒は、

――こざかしい孺子《じゅし》だ。

と、むらむらと反感をおぼえた。その程度の機智《きち》に感心していては、名士の名がすたる。そうおもった陳煒は、すこし膝《ひざ》をすすめ、孔融にけわしいまなざしをむけて、

「そもそも人というものは、小さいころに聰明であっても、大きくなるとすぐれた人物になるとはかぎらぬものだ」

と、大いなる皮肉をこめていった。

孔融が世間の冷風にはじめてさらされたのはこのときであろう。なるほど家族とは温かいものだ、とおもった孔融は、大人のいやみに萎縮しなかった。

「あなたがそうおっしゃったかぎり、さぞやあなたも小さいころは聰明であったのでしょうね」

すぐに李膺が膝をたたいて大いに笑った。勝負あった、というしかない。李膺は孔融にやわらかい目容《もくよう》をむけて、

「あなたはかならず偉器《いき》になるであろう」

と、未来をことほいだ。偉器は、偉人あるいは大器といいかえてもよい。

「あの李元礼さまが十歳の童子を称《ほ》めたらしい」

うわさがひろまるのは早い。孔融は都下で有名人となった。李膺に面会してきたといって帰ってきた孔融が妄言《ぼうげん》や虚言《きょげん》を吐いたわけではないと知った孔宙は、大いにおどろき、その大胆さを称めはしたが、

——空恐ろしい。

とも感じた。孔家の伝統のなかには機略を誇るというものはない。つねに小さな梨をとっていた孔融が、大人の世界に踏みだすや、大人をだしぬいて最大の梨をとった。そこには孔家が遵守《じゅんしゅ》してきた礼儀があったとはおもわれない。

——おのれを誇りすぎると、かならず滅ぶ。

それは孔融だけではなく、李膺にもあてはまるのではないか。李固には世間の喝《かっ》采《さい》を浴びたいという俗臭《ぞくしゅう》はなかった。それだけでも李固は李膺にまさる。そうおもいつつ、洛陽をあとにした孔宙は、三年後に亡くなった。

孔融は憔悴《しょうすい》するほど悲嘆にくれた。

父親の愛情の多くが自分にそそがれていたと感じていたからである。

喪に服しているあいだ、孔融はやつれにやつれ、ついに自力では起《た》てなくなった。

それを孝《こう》のかたちとして、至上であるとみた人々は、

「たいした孝子よ」

と、ほめそやした。たびたび述べたが、後漢王朝期では、人の尊卑は、孝行がもっとも大きな基準となる。どれほど頭脳が優秀でも、孝心が薄い者は高く評価されない。その点で、父を喪《うしな》ったあとの孔融のすごしかたは、孝の理想形を示したとみなされ、世間の人に人格の高さを認められたため、将来にとって有利になったといえる。

三年の服忌《ふくき》を終えた孔融は、十六歳になった。王朝の元号でいえば、建寧《けんねい》元年（一六八年）である。前年の十二月に桓帝が崩御《ほうぎょ》したため、正月に霊《れい》帝が即位した。

桓帝は宦官を増長させ、清臣を駆逐《くちく》した皇帝である。

宦官のなかでも侯覧《こうらん》の悪辣《あくらつ》ぶりはすさまじく、無辜《むこ》であっても、かれの毒を浴びた者はすくなくない。侯覧にさからうことは皇帝にさからうことになるという図式があり、それをうちやぶるほどの権臣は朝廷にいなかった。侯覧に恨まれれば、かならず罪を衣《き》せられ、処罰される。

山陽《さんよう》郡出身の張倹《ちょうけん》も、侯覧に恨まれたひとりである。そういう立場におかれた者が、殺されないためには、逃げるしかない。逮捕されれば、まともな裁判がおこなわれず、獄死するしかない。

張倹の先祖は、前漢の創業期に、高祖《こうそ》劉邦《りゅうほう》を輔《たす》けた張耳《ちょうじ》である。父の張成《ちょうせい》は江夏《こうか》

太守まで昇った。張倹自身は山陽太守の翟超《てきちょう》に辟《まね》かれて東部督郵《とうぶとくゆう》となった。その在任中に、侯覧の家があまりに悪逆無道であるので、ついに肚《はら》にすえかねて、

「侯覧とその母の罪悪があきらかである以上、両所を誅《ころ》すべきであり、そのおゆるしをたまわりますように」

と、皇帝に上奏をおこなった。

だがこの上奏《しようり》文は皇帝にとどかず、途中で侯覧ににぎりつぶされた。

「この小吏は、われの恐ろしさを知らぬとみえる」

恚怒《いど》した侯覧は、張倹を上にさからう党人《とうじん》のひとりとみなし、名指しで州郡に逮捕させようとした。

張倹は逃げた。というよりも、逃げるように勧《すす》めた者がすくなからずいた。王朝の元凶というべき侯覧を弾劾《だんがい》しようとした張倹の勇気は比類のないものであり、その正義心をひそかにたたえた者が多くいた。

山陽郡の東隣に魯国がある。

——そこには旧友の孔褒《こうほう》がいる。

孔褒は、孔融の兄である。張倹は孔家に飛び込んだ。このとき応接にでたのが十六歳になった孔融であった。

「兄は外出しております」

と、告げた孔融は、張倹のただならぬようすを視て、

「兄は外に在って、すぐにはもどってきませんが、わたし独《ひと》りではあなたのお役に立ちませんか」

と、いい、ひきとめて宿泊させた。

三日も経《た》つと、孔家に泊まっているのは張倹であるらしい、と上に密告する者がいて、魯国の相《しょう》は吏人を率いてひそかに孔家に急行した。ところが、かれらは張倹を発見できなかった。すでに張倹は孔家を去っていた。官憲《かんけん》の動きを孔家にいちはやく報《しら》せた者がいたということであろう。家じゅうを捜した捕吏《ほり》は、帰宅していた孔褒と孔融を睨《にら》みつけ、

「罪人をかくまい、逃亡させた罪は、知っておろうな」

と、烈しくいい、ふたりを捕らえて獄に送った。

このあと罪状認否《にんぴ》がおこなわれたが、それは多くの人々の胸を打ち、語り草となった。

まず孔融が、

「保納舎蔵《ほのうしゃぞう》したのはわたしですから、罪にあたるのは、わたしです」

と、述べた。十六歳の少年が、保納舎蔵というむずかしい熟語をつかったことにもおどろかされるが、いかにも孔融の才気からでたことばであるともいえる。この

場合の保は、たもつ、というより、ひきうける、ということで、保納は保庇《ほひ》（かばう）と書き換えてもよいであろう。舎は、いえ、をいうが、動詞としては、やどる、とめる、となる。つまり舎蔵は、泊めて蔵《かく》した、ということである。

しかし兄の孔褒は、

「張倹が頼ってきたのはわたしです。弟の過《あやま》ちではありません。わたしがその罪を甘んじてうけましょう」

と、弟をおしのけるほどの強さでいった。

この裁判の場に呼びつけられていた母は、意見を求められると、

「家事は長《ちょう》に任ず、といわれているではありませんか。家のなかで年長者である妾《わたし》こそ、その辜《つみ》にあたります」

と、身をなげだした。

――こりゃ、どうしようもない。

魯国では手に負えない難件であると判断した相は、州府のほうへ上げた。どのような判決がくだされるか、州内の関心事となっていることを知った刺史《しし》は、身をかわすように、中央政府に裁定を仰いで、責任をまぬかれた。

詔書《しょうしょ》が送られてきた。皇帝の判断である。といっても皇帝が地方の裁判の実情を知るはずがないので、その詔書が宦官から発せられたと想っても、あながちまちが

いではあるまい。

「孔褒を死罪とする」

この決定によって孔融は釈放された。同時に兄を失った。

ちなみに逃亡をつづけた張倹は、十六年後の中平《ちゆうへい》元年まで、諸郡をめぐって逮捕の手をかわし、党錮《とうこ》の禁《きん》が解《と》かれるや、郷里に帰った。かれが経由した地では、十人、二十人と連座した者が処刑された。そういう残酷な事実の上で生きのびた張倹は、死んだ者たちの篤志《とくし》を無にしたくないと苦しんだふしがある。

曹操の時代というべき建安《けんあん》という元号が立てられて二年後に、かれは八十四歳で亡くなるが、それまで政務に関与することを避けつづけた。自分を殺そうとした上に報復するのではなく、自分を生かしてくれた下すなわち民間に恩を返すようなすごしかたをしたとみえる。

孔融にとっても、兄の刑死は、ひとかたならぬ衝撃であった。


死罪を覚悟で、張倹《ちようけん》をかくまった兄弟がいる。

この評判は天下にひろまった。

死刑をまぬかれて獄をでた孔融《こうゆう》のもとには、州郡の辟召《へきしよう》の使者がつぎつぎにきた。

だが、孔融は、

「まだ未成年ですので……」

と、体《てい》よくことわり、成人になってからは、そういう使者にはあえて冷ややかに応接した。宦官《かんがん》と戦った者をもてはやすくせに、本気になって宦官の悪をあばく者はいない。宦官のためにどれほど多くの清臣《せいしん》が殺され、駆逐《くちく》され、そのまきぞえになって死んだ平民のなんと多いことか、それを皇帝は知らないであろう。知ったとしても、蚊《か》に刺された痛み程度の苦痛しかおぼえないであろう。

——どうしようもない王朝だ。

孔融は二十代のなかばをすぎても官途に就《つ》かなかった。ところで成人となった孔融は、

「文挙《ぶんきょ》」

というあざなを用いるようになった。

二十七歳になった年に、司徒《しと》府から辟召の使者がきた。いつもなら冷ややかにかえすところであるが、このときはちがった。

「われを招いておられるのは、楊伯献《ようはくけん》さまか」

王朝の群臣のなかで、楊伯献だけは、孔融が特別視している大臣である。

楊伯献は、

「賜《し》」

が本名であるので、史書には、楊賜、と記される。

――なにしろ、あの人の祖父は楊震《ようしん》だ。

楊震は大学者であり、朝衣《ちょうい》をまとうや、正直《せいちょく》をつらぬき、皇帝の側の奸悪と戦って斃《たお》れた人である。楊震の生きざまと死にざまを家訓としているのか、かれの子と孫はそろって濁流に身をひたさない。かれらのなかでも、楊秉《ようへい》と楊賜という父子は、悪を容赦しないという態度においても傑出しており、

――みごとな家系だな。

と、他人を称《ほ》めない孔融がひそかに感心していた。

楊賜は孔融が二十四歳のときに司徒となったが、翌年に罷免《ひめん》されたので、孔融を招くゆとりがなかった。ふたたび司徒に任命されるや、すぐに使者を遣《や》ったのである。

――楊伯献さまのもとであれば、ぞんぶんに働けよう。

孔融はその辟召に迷わず応じた。

洛陽《らくよう》にのぼった孔融がまっすぐ司徒府にはいると、微笑をたたえた楊賜に迎えられた。

「あなたを堂にのぼらせた李《り》元礼《げんれい》どのは、十年まえに亡《な》くなり、そのとき堂内にい

た客の何人が生きのびているだろうか。また、二か月まえには、宦官の誅殺《ちゅうさつ》を謀《はか》った大臣と高官が捕らえられて獄に下され、死んだ。朝廷は宦官の脅威に満ちています」

「存じていますよ。公は、なにをおっしゃりたいのですか」

朝廷どころか、天下が宦官の脅威に満ちている、と孔融は胸のなかでいいなおした。

「われらは死ぬほどの覚悟で事にあたらなければならないが、けっして死んではならぬということです。死ぬことより、このほうがよほどむずかしい。李子堅《りしけん》や李元礼の死は、美しいが、その美しさは個人の倫理《りんり》に収斂《しゅうれん》されてしまい、国家のためにも万民のためにもならなかった。他人の幸福のために努力するということは、努力しつづける時間を確保することが最優先です。我《が》を立てれば、折れやすく、折られやすくなる。無私《むし》をこころがけるのがよいでしょう」

そうさとした楊賜は、孔融という人格をつくっている我の強さをあやぶんだといえる。政治をおこなう者は正義の心を失ってはならないが、正義をふりかざせば、武器にひとしく、人を傷つける。人を傷つければ、かならずおのれが傷つけられる。正義を叫ぶ者はぞんがい傲慢《ごうまん》になりやすい。そういう者が人を傷つけても、それは正当であり、傷つけられると、それは不当である、という。精神の公平な衡《はかり》を失っているのである。政治の原理が公平さにあるとすれば、不公平は匡《ただ》されなければならない。みどころのある孔融を夭折《ようせつ》させないために、楊賜は懇々《こんこん》と説《と》いた。

黙ったままきき終えた孔融は、

——この人は仁者《じんしゃ》だな。

と、なかば感動しながらおもった。仁とは儒教における最高理念で、孔子は明確な定義をおこなわなかったが、くだいていえば、それは身内あるいは親しい者への愛情またはおもいやりである。楊賜はけっして宦官に妥協しなかったのに、宦官の毒牙《どくが》にかかることなく、王朝の運営者のひとりとして生きぬいてきた。楊賜がたれかをかばったというより、楊賜の存在そのものが、奸悪を憎む者たちの楯《たて》となっている。その点、宦官と烈しく対立して斃死《へいし》した李膺《りよう》よりすぐれている。李膺は多くの人をまきぞえにして刑死させ、尚志《しょうし》の人を活《い》かせなかった。

「わたしは顔回《がんかい》にはなれませんが、子貢《しこう》にはなれましょう」

と、孔融は答えた。

孔子の弟子のなかで、顔回は一を聞いて十を知るほど賢明であった。が、子貢はそんな顔回にはとてもかなわないので、自分は一を聞いて二を知る程度であるといった。

およそ人にへりくだることをしない孔融にしては、めずらしい謙譲《けんじょう》の色をもった言辞《げんじ》である。徳があり、しかも賢明な上司に仕える幸福をはじめて知った孔融にとって、これからしばらくは人生のなかでもっともうるわしい時間となった。

孔融は楊賜の内命を承《う》けて、官僚の汚職をひそかに調べることになった。

――宦官の親族が、もっとも質《たち》が悪い。

孔融は容赦なく摘発した。

それを、やりすぎだ、と恐れた尚書《しょうしょ》は、司徒府の属吏を呼びつけて、

「なにごとも度を過ぎれば、わざわいに変わる。それがわからぬのか」

と、叱責《しっせき》した。だが孔融は平然と仰首《ぎょうしゅ》して、

「なにひとつ度は過ぎておりません。ものごとを正視して、まっすぐなものを称め、枉《ま》がったものをとがめているにすぎません。宦官の親族の悪業をこまかく申し上げましょうか」

と、縷々《るる》述べたので、尚書は辟易《へきえき》して、

「もうよい」

と、かれらをかえした。

孔融は宦官につけこまれるようなすきをみせなかった。

楊賜は二年後の閏《うるう》九月に、北宮に災害があったため、責任をとらされて罷免された。日食があれば、三公のひとりがかならず罷免される時代である。三公九卿《けい》の在

任期間は長くない。しかし三公九卿に復帰するのも早い。太常《たいじょう》に貶《お》とされていた楊賜は、一年後に、太尉《たいい》に昇った。太尉は昔司馬《しば》とも呼ばれていて、軍事の最高責任者である。

孔融は、楊賜がどこへゆこうが、属《つ》き従っている。

——こんどは太尉府か。

どちらかといえば孔融は軍事がにがてである。

この時代、すでに仏教《ぶっきょう》が到来しており、のちに仏教以外の書物を、外典《げてん》、といって差別することになるが、儒教を中心としている思想界では、『孫子《そんし》』『呉子《ごし》』などの兵書こそ外典であろう。もともと孔子が兵について語らなかったせいで、子孫と弟子たちも兵法について関心をもたなかった。孔融も兵書にはみむきもしないできた。兵を率いて陣頭に立つ自分を空想したことなどいちどもなかった。太尉府にはいったからといって、そういう事態にはなるまい、と楽観していた。

だが時代は、文官でも剣をふるわなければならないほどけわしい相貌《そうぼう》をみせるようになった。

黄巾《こうきん》の乱である。

この光和《こうわ》七年（一八四年。十二月に中平《ちゅうへい》元年と改元）に、孔融は三十二歳である。

——これほど動揺した朝廷を、みたことがない。

武官ではない孔融は、どちらかといえば冷静で、朝廷のあわただしい人事をながめていた。

三月に、河南尹《かなんいん》の何進《かしん》が大将軍に昇進することとなった。大将軍はおもに外戚の実力者がその席につき、位としては三公の上である。何進は皇后の兄であり、しかも外戚の横暴さをみせなかったので、河南尹としてもたいそう評判がよい。

「何進であれば、宦官どもの奸邪《かんじゃ》をおさえられよう」

と、楊賜もその叙任《じょにん》の内示を歓迎した。しかし孔融は、

――宦官は王朝の毒にはちがいないが、外戚も毒になりうる。

と、意《おも》っており、どれほど何進の評判がよくても、政治の原理がわかっていない成り上がり者が国政に容喙《ようかい》することをひそかに嫌悪した。もとはといえば、何進は肉屋ではないか。

「河南尹に祝賀の辞を献じたい。われに代わってなんじが河南尹に会ってきてくれ」

「はあ……」

気のすすまない使いである。

河南尹府に到った孔融は、

「太尉の使者です。河南尹にお目にかかりたい」

と、いって、謁刺《えつし》を差しだした。謁刺は名刺といいかえてよい。名札である。

「しばらくお待ちください」

そういわれた孔融は、そのしばらくを信じて待っていたが、一時《いつとき》待ち、二時《ふたとき》待っても、声をかけてもらえなかった。

――日が暮れてしまうではないか。

孔融はむらむらと怒りがわいてきた。怒るのが当然ではないか。ここには孔融が個人的にきたわけではない。いわば太尉の代人としてきた。しかるに何進は太尉を軽んずるように孔融を待たせつづけている。

――礼を知らぬやつ。

ついに髪を逆立てるほど怒った孔融は、謁刺を渡した官吏を呼び、いきなりその謁刺を奪い返すと、河南尹府を飛びだした。かれは怒りのかたまりになっていながら、芯《しん》には冷静さがあった。

――このままでは太尉に迷惑をかける。

そこで、太尉府に趨《はし》りかえると、すさまじい形相《ぎょうそう》で筆を執《と》り、自分を弾劾《だんがい》する文を書いた。この荒々しいふるまいが楊賜とは無関係であることを何進にも知らせようとしたのである。この弾劾状を、あえて烈しく机上《きじょう》にたたきつけると、孔融は太尉府を立ち去った。

これはちょっとした騒ぎになった。

孔融が官をなげうって帰郷の途についたことを、何進へのあてつけであると感じた河南尹府の官吏たちは、

「無礼にもほどがある。ただちに誅殺すべきです」

と、口をそろえて献言《けんげん》した。

――さて、どう処置すべきか。

官を辞した孔融は、いまや楊賜の属官ではないので、たれに忌憚《きたん》することなく殺すことができる。だいいち自分の罪を認める文書を置いていったではないか。処罰しても不当ではない。だが、何進は速断せず、賓客《ひんかく》に諮《はか》った。そうしたことは、何進がささいなことに嚇《かっ》とする激情家ではないあかしであろう。

何進は多数の客を養っているが、そのなかのひとりが進言した。

「孔文挙には重名《ちょうめい》があります。もしもあなたさまが怨みをはらすべく、刺客をさしむけるようなことをなされば、天下の人々はあなたさまから心を離してしまうでしょう。むしろ孔融を礼遇して、あなたさまの度量の大きさを天下にお示しになったほうがよいでしょう」

何進は名家貴門に生まれたわけではなく、自尊の高ぶりをもっているわけでも、欲望が強いわけでもないので、恥の意識については魯《にぶ》かった。すぐに孔融に面会を

ゆるさなかったことがかれをそれほど怒らせたことについて、

――天下がひっくりかえりそうないまの時期、われがどれほどいそがしいか、かれは想《おも》わぬのであろうか。

と、ふしぎに感じた。君主や上司に命じられて使者となった者は、おのれの思想や感情などは脇に置いて、使命をはたすべきではないのか。端的にいえば、孔融は、面会するために夜中まで、あるいは朝まで待つべきであり、それをしないのなら、

「ご多忙のようなので、後日、でなおしてきます」

と、いいおいて、再訪すればよい。

そうしないで我をむきだしにした孔融は、はたして王朝のために有益な臣になれるであろうか。

思想や感情に棘《とげ》をもたず、するどく才能を発揮せず、我をおさえて度量を大きくしてきた何進の見識は非凡ではないが、的《まと》をはずしてはいなかったといえなくはない。

とにかく刺客に追われることなく故郷に着いた孔融は、どこもかしこも騒然としている実態をまのあたりにした。

――黄巾の徒を鎮定するには、ながくかかりそうだ。

通過してきたどの郡県の人心も動揺している。かつてそのような事態があっただ

ろうか。劉邦《りゆうほう》と項羽《こうう》が起《た》つまえの天下のありさまに似ているかもしれない。すると
いまの王朝が倒壊して、革命が成功する。

孔融は過激な思想の持ち主ではない。秩序が破壊された上に成り立つ革命を望まない。しかし騒擾《そうじよう》が烈しさを増せば、官吏だけではなく人民が武器を執って自衛しなければならない。そういうけわしい状態の地を蹶《け》って英雄が生ずる場合がある。劉邦だけではなく、劉秀《りゆうしゆう》すなわち後漢の光武《こうぶ》帝もその種のひとりであった。

親族が集まって今後の進退について相談しているときに、何進の使者が到着した。

「さきの河南尹は大将軍に就任なさり、あなたを辟召なさいました」

そう告げられた孔融は、迷わず腰をあげた。

――そんがい何進は大度《たいど》ではないか。

自尊心をくすぐられた孔融は、使者に従って洛陽へゆき、はじめて何進に面会した。このとき何進はいたって鄭重《ていちよう》で、謝辞を用いて、孔融の胸裡《きようり》にあった感情のしこりをといた。

すぐさま孔融は、監察官というべき侍御史《じぎよし》に任ぜられた。

だが、孔融は棘の多い人である。

上司のひとりである御史中丞《ぎよしちゆうじよう》の趙舎《ちようしや》とはそりがあわず、おもしろくないと感じた
孔融は、

「病《やまい》にて――」

と、いい、また故郷に帰ってしまった。

なお、孔融が尊敬してきた楊賜が亡くなったことを自宅で知った。より正確にいえば、黄巾の乱が勃発した翌年、中平二年の十月に、楊賜は薨《こう》じた。よけいなことをいうようであるが、司馬遷《しばせん》の『史記《しき》』のなかでも記述に撞着《どうちゃく》があるように、范曄《はんよう》の『後漢書《ごかんじょ》』のなかの事象にも齟齬《そご》があり、楊賜の死に関しても、「霊帝紀《れい》」では中平二年十月となっているのに、「楊震列伝」ではその年の九月となっている。

魯国《ろ》で訃《しら》せをきいた孔融は、

――これで王朝を支える良識の柱がなくなった。

と、失望した。

この中平という元号は、黄巾の乱からはじまり、霊帝の崩御《ほうぎょ》により、六年で終わる。中平六年には、何進が宦官らに暗殺されたことに怒った袁術《えんじゅつ》、袁紹《えんしょう》らがひとりのこらず宦官を殺すという大粛清を敢行した。皇帝の威光と朝廷の威信が急速に衰えたという点で、実質的に三国時代はこの中平年間からはじまったとみなすこともできる。

騒擾がけわしくつづいている東方に住む者は、大半が、

「安全な地へ移住したほうがよい」

と、考え、官軍の乱を鎮圧する力に期待しなくなった。そういうときに、孔融のもとに司空《しくう》府から辟召の使者がきた。ちなみにこの使者がきたのは、中平六年ではなく、翌年の初平《しょへい》元年（一九〇年）、孔融が三十八歳のときである、といわれる。

ところで、大粛清直後に、洛陽に乗り込んできて、またたくまに政柄《せいへい》を掌握《しょうあく》した董卓《とうたく》が、恣《し》暴《ぼう》しはじめたこの時期の司空とは、たれなのか。なんと董卓自身が司空になったのである。翌月に太尉となった董卓は、司空の席を楊彪《ようひょう》にさずけた。楊彪が、楊賜のあとつぎであるとわかれば、孔融とのつながりは理解しやすい。その時点で、楊彪が、

「われを佐《たす》けてもらいたい」

と、孔融へ使者を遣ったとすれば、それは中平六年内のことである。その年の十二月に楊彪は司徒に昇格して、翌年の二月までその高位にいる。使者が洛陽を発した時点が、初平元年となれば、孔融は司空府ではなく司徒府から辟召されたとするのが、正しいであろう。いずれにせよ、孔融を起たせる力をもつ者は楊彪しかなく、孔融も楊彪以外の者の招きには応じないであろう。

洛陽に到着して楊彪の属官となった孔融は、すぐに北軍中候《ほくぐんちゅうこう》を拝命した。おどろいたことに三日後には、虎賁中郎将《こほんちゅうろうしょう》に任命された。

楊彪は父をうわまわるほど気骨のある大臣であり、おなじように権家《けんか》を恐れない

孔融とともに、董卓の横暴を抑止しようとした。そのため楊彪は司徒を罷免され、孔融も諫言《かんげん》のうるささを嫌われて議郎《ぎろう》に貶《お》とされた。

　そのまま孔融が中央政府で不遇《ふぐう》をかこっていれば、董卓の指令にさからえず、楊彪とともに天子（献《けん》帝）を護《まも》るかたちで、長安《ちょうあん》へ遷《うつ》ることになったであろう。だが、そうはならなかった。


　専権《せんけん》をふるう董卓《とうたく》が長安《ちょうあん》遷都を決定したのは、初平《しょへい》元年（一九〇年）の二月である。

　この年の一月に、東方の州郡の有力者が連合して、

「董卓打倒」

を標榜《ひょうぼう》したため、かれらと戦う地が洛陽《らくよう》に近いのはまずいと考えた董卓は、首都を西へ移そうとしたのである。

　そのころか、それよりまえか、孔融《こうゆう》は董卓より、

「北海《ほっかい》国へ赴《おもむ》き、相《しょう》の任にあたるべし」

と、命じられた。北海国は東方のなかでも最北部の青《せい》州のなかにあり、むろん国の北部は海に面している。この国は、前漢《ぜんかん》時代は郡であり、郡府は南部の営陵《えいりょう》県に

あったが、後漢《ごかん》時代では西端の劇《げき》県に置かれるようになった。

よけいなことをいうようであるが、後漢王朝の創業者である光武《こうぶ》帝が、天下を平定する過程において障害になったひとつが、斉《せい》王と称していた張歩《ちょうほ》の一大王国であった。その王国の本拠が劇県であり、張歩はその県をそこなうことなく光武帝に降《くだ》ったので、県の規模と繁栄は保たれたまま、次代へ移ったのであろう。

しかしながら、いまや北海国のある青州は黄巾《こうきん》の巣《す》がいたるところにあり、劇県も黄巾軍に攻め取られたと伝えられている。そこへゆけ、ということは、

「戦って死ね」

と、いわれたにひとしい。武人ではない孔融は、おのれに戦歴のないことを披瀝《ひれき》して、辞退すればすむ話であった。ところが恐縮もせずに、

「うけたまわりました」

と、明言したので、孔融に親しい者は仰天して、ゆけば死にますよ、とひきとめた。が、その手を払った孔融は、

「巣林一枝《そうりんいっし》といいますから……」

と、いい、出発した。巣林一枝とは、『荘子《そうじ》』のなかにあることばで、鳥は林のなかに巣をつくるといっても、よくみれば、一本の枝につくるにすぎない。北海国はさわがしい林のようなものだが、そのもとは小さなものであろう、それさえ潰《つぶ》せ

ば国に平穏がもどる。孔融はそうみた。

だが、この赴任に勇気を感じた者はひとりもいない。むしろ無謀とみた。だいいち、孔融は出発時に、董卓から一兵もさずからなかった。単身赴任《ふにん》といってよい。しかも赴任先は乱れに擾《みだ》れている。それでも孔融は、

——なんとかなる。

と、おもい、なんとかしなければならぬ、と、自分にいいきかせた。黄巾の集団は、もとは恤民《じゅつみん》の思想をもち、病人を回復させ、弱者をいたわった。そのため、おのずと宗教色を帯び、信者の数を急速に増大させた。黄巾にかぎらず、小勢力であるときは、謙虚である。ところが大勢力になると、組織が精気または妖気をもって成長しつづけ、他の組織との調和をおろそかにし、忌憚《きたん》を忘れ、ついには傲慢《ごうまん》になる。黄巾は、教祖でさえ制御しえないほどふくれあがり、各地で独自の活動をしはじめ、破壊と殺戮《さつりく》をくりかえすようになった。

民を救うべく生じた黄巾が、いまや民を虐《しいた》げているではないか。

そうおもう孔融は、おのれがどれほど微力であっても、民を救う機会を与えられたかぎり、全身全霊で使命をはたすべく、北海国にはいった。

「孔文挙《こうぶんきよ》さまがご到着になったぞ」

孔融は義俠《ぎきよう》の人として北海国にも名がつたわっていた。これほど全土が乱れてい

ると、ふつうの徳の高さでは人々の信望を得られない。いのちがけで人を助けたような傑人が慕われた。さいわいなことに孔融には、過去に死刑を恐れず義士をかくまったという美談がある。この話ひとつが、多くの人々を引き寄せる大きな力をもった。

この単身赴任の相に、またたくまに数百人の民が集まった。孔融はその者たちに武器を与え、

「孔子さまは、怪力乱神《かいりょくらんしん》を語られなかった。しかしながら、いまや黄巾の賊は怪力乱神そのものといってよい。われは孔子さまの裔孫《えいそん》であっても、黄巾の怪異、武力、乱暴、妖神に、手をこまぬいているわけにはいかぬ。みなは共同して、悪鬼《あっき》が吹かす烈風をしのぐのだ」

と、強く訓告し、国内の県へ檄《げき》を飛ばした。これは予想以上の効果があり、黄巾の猛威に萎縮《いしゅく》していた兵が起《た》って、孔融のもとに趨走《すうそう》してきた。数百が数千になるのは、十日もかからず、さらに万をこえる兵が孔融の麾下《きか》に集合した。

だが、孔融に近侍するようになった吏人《りじん》のひとりは、浮かぬ顔で、

「相は黄巾の賊帥《ぞくすい》である張饒《ちょうじょう》をご存じでしょうか。かれの下には、二十万もの兵がいるのです。いまその大兵《たいへい》は冀《き》州へ行っていますが、かならずもどってきます。わが国の兵が五万に達しても、どうして黄巾の大軍と戦えるのでしょうか」

と、いった。孔融は一笑し、

「われは孫子《そんし》の兵法書を読んだことはない。だが多少のことは、わかっている。つまり孫子は勝つべき戦いに勝ち、負けるべき戦いをしない。われは孫子をあがめているわけではないので、そのような戦いかたの極意は知らぬ。われが信じているのは、戦うべきときには、ひとりでも戦うということであり、勝敗などは二の次である」

と、高らかにいった。それをきいて吏人はあきれたが、じつは心の深いところで感動した。こういう人がいなければ、高級官吏はみな附和雷同《ふわらいどう》になってしまう。孔融が、ひとりでも戦う、といったのなら、自分は、ふたりでも戦う、といおう。

こう意《おも》う官民が増えて、百人でも千人でも戦うという兵が、帰還した二十万の黄巾軍とぶつかってくだけ散った。

だが、孔融と近侍の吏人たちは死ななかった。南へ奔《はし》りながら、

「朱虚《しゅきょ》県は健在です」

という情報を得ると、その県に飛び込んだ。ちなみに朱虚県の南にはひとつの県もなく、あるのは琅邪《ろうや》国との境である。さらにいえば、のちに蜀《しょく》の国の丞相《じょうしょう》となる諸葛亮《しょかつりょう》は、琅邪国陽都《ようと》県の生まれであり、このころ十歳くらいなので、まだ陽都県にいたかもしれない。

それはさておき、孔融が朱虚県にはいったことで、この県に人が集まりはじめた。孔融の人気の高さが、この県に国都のにぎわいをもたらした。人口はみるみる増えて、四、五万人となった。すると商人も移ってきて、市場は活況を呈するようになった。そうなるとおのずと官衙《かんが》に銭がはいる。

「よし、学校を建てよう」

戦乱のさなかに儒学を奨励《しょうれい》して学校を建てるといった教育的快挙をなしたのは、孔融が最初で、それにつづく者は、南陽《なんよう》郡と南《なん》郡を獲得して独立する劉表《りゅうひょう》である。学者と文化人が大挙して劉表の国へ移住するわけは、それである。ついでにいえば、劉表の国を併呑《へいどん》する呉《ご》は、王となる孫権《そんけん》が読書好きであっても、基本的に儒学をさほど好まず、外来の仏教を珍重《ちんちょう》したことなどから、文化国家にはなりえなかった。このころの仏教は、まだ本質がさだかではなく、呪術《じゅじゅつ》的、老子《ろうし》的である。

「この国には、賢良《けんりょう》な者がいるではないか」

さっそく孔融は、鄭玄《じょうげん》、彭璆《ほうきゅう》、邴原《へいげん》などを推挙した。鄭玄など党人《とうじん》と名指しされた者たちはつらい逃避生活をおくらなければならなかったが、かれらが晴れて帰郷できたのは、黄巾の乱のおかげといってよい。

「このように天下が大揺れに揺れているときに、党人の探索、逮捕でもありますまい」

さすがの宦官《かんがん》も、下からのぼってくるこういう声をおさえきれず、皇帝の聴許《ちようきよ》にさからわなかった。もともと党人は、ゆたかな知識をもち、すぐれた見識ももっていて、官民の尊敬をあつめている名士であり、世論もかれらに同情的である。ここで党人を許しておかないと、黄巾の乱に刺戟《しげき》されて多数の庶民も王朝の敵にまわる。そういう政策的配慮を、宦官も喫緊《きつきん》になさねばならないという危機感をもったのであろう。

孔融はとくに鄭玄に敬意を表し、鄭玄が来訪すると知るや、あわてたため履《くつ》をしっかりとはけず、ひきずりながら門に出迎えた。このときの鄭玄は、六十をとうにすぎた老学者であったが、眼光に衰えはなく、その炯々《けいけい》たるまなざしに孔融は射竦《いすく》められた。

対談のあと、門外に去る影を拝した孔融は、

「至福のときであった」

と、昂奮《こうふん》をかくさなかった。この感動がなみなみならぬものであったあかしに、このあと孔融は高密《こうみつ》県をえらび、そこに、

「鄭公郷《じようこうきよう》」

を、つくった。これは数千人の弟子をもつ鄭玄のためだけの郷である。孔融がおこなった最高の顕彰《けんしよう》であろう。これは特異な施策《しさく》であったが、孔融が北海国を文化

国、教育国につくりかえようとしたことはたしかである。

——善政とは、善人を優遇し、悪人を懲《こ》らしめればよいだけのことだ。

これが孔融の政治理念であったとすれば、単純すぎる、と嗤笑《ししょう》したくもなるが、じつは単純すぎることが複雑すぎることを超《こ》えてゆく奇蹟的な力をもつ場合がある。

世の偉人のすべてが、

「そんな愚かなことを——」

とか、

「無謀だ」

と、ののしられ、さげすまれる行為を基盤として飛躍的に成長し、成功をおさめたことを忘れてはなるまい。発想の次元がちがうのである。

孔融の北海国は、短期間ではあるが、栄えた。

かれは名士だけではなく庶民のなかで善行をつづけた者、人助けをした者などをつぎつぎに表彰した。あるとき、属吏が、

「となりの東萊《とうらい》郡の黄《こう》県に、太史慈《たいしじ》という者がいます。この者は郡の奏曹史《そうそうし》という吏人でしたが、州との確執《かくしつ》において郡を有利にみちびく働きをしました。郡の太守をはじめ吏人たちはみな、かれに感謝しましたが、州では刺史《しし》をはじめ官吏はみな、かれを憎悪しました。太史慈は後難《こうなん》を恐れて郡府を去りました。この者の評判は高

いのですが、となりの郡の者ですし、どうしましょうか」

と、孔融の指示を仰いだ。

「いまや、東萊に賢人を顕彰するゆとりがあろうか。われがそれをするしかあるまい。なんじは黄県へ往き、太史慈に会って、賞をさずけてくるがよい」

そう命じられた吏人ははるばる海に近い黄県へ往った。が、太史慈はおらず、老母だけがいた。

「われは北海相の使者です」

と、告げた吏人は、とまどう老母にわけを話して、賞を与えた。復命した使者からの報告をうけた孔融は、

「老母がひとりでは心細かろう。また生活に困窮をきたす。なんじはときどき黄県へゆき、太史慈にかわって老母を支えよ」

と、いいつけた。

「うけたまわりました」

吏人は感動して、孔融を仰ぎ視《み》た。

「ところで太史慈は、どこへ逃げたのか」

「遼東《りょうとう》ということです」

「あっ、船か――」

青州の東萊郡から幽《ゆう》州の遼東郡まで、陸路をつかえば気の遠くなるような道のりであるが、船を利用すれば、となりの郡へゆくほど近い。両郡は往復の航路をもっている。

「遼東太守は公孫度《こうそんど》であったな」

「さようです。おなじ遼東出身の徐栄《じょえい》将軍の推挙で赴任したときいております。一見、遼東はよく治《おさ》まっているので、青州から遼東へ移住する者が増えましたが、その実《じつ》、公孫度が恐怖政治をおこなっている、という者もいます」

「ふむ……、となれば、太史慈は東萊をなつかしみ、帰郷する日も遠いさきのことではない」

孔融はそういったものの、太史慈への関心はすぐにうすらいだ。

とにかく孔融は動乱のさなかに軍備の拡充をわきにおいて、善政をこころがけ、教育に情熱をそそぎこんだ。このけわしい現実から遊離したような政治は、うす暗い世に灯《とも》った華燭《かしょく》のようであった。

だが、この華やかな火を消そうとする者が押し寄せてきた。

黄巾の徒《と》が侵略してきたのである。

「乱暴は赦《ゆる》さぬ」

すばやく孔融は出撃し、賊兵を逐《お》いつつ、北上をかさね、都昌《としょう》県に到った。そこに駐屯していると、またたくまに賊兵は増え、気がつくとみわたすかぎり黄巾の兵にとりかこまれていた。

黄巾の兵に誘いだされたといえなくはない。

「この賊師は、管亥《かんがい》という者です」

「なかなかしたたかな者である」

賊師を称《ほ》めるゆとりをみせた孔融であるが、敵の包囲陣を破る妙策をもっているわけではない。ただし、

――われはここで死ぬのか……。

という悲観の色はみせない。なんとかなるであろう、と悠々と構えている。こういうときに、

「太史慈という者が謁見《えっけん》を願っていますが、いかがなさいますか」

と、吏人がうかがいにきた。

「それは、何者であるか」

「東萊の黄県が出身地だそうです。あなたさまにご恩返しがしたいため、駆けつけたと申しております」

「おう、いま憶《おも》いだした。あの老母の子であろう。遼東から帰ってきたのだな。よい、つれてまいれ」

のちのことを想《おも》えば、孔融の名より太史慈のそれのほうが大きくなったかもしれない。だがここでは、孔融は一国の首相であり、太史慈はほとんど無名の平民である。

太史慈は強靭《きょうじん》な心身をもっていたが、みかけは平凡である。だが洞察眼のある孔融は、すぐに、

——血のめぐりのよさそうな男だ。

と、みぬき、気にいった。

頓首《とんしゅ》した太史慈は、やや首を揚げ、

「老母にひとかたならぬご恩をたまわりました。ご報恩《ほうおん》のために、出撃し、あなたさまのために路を拓《ひら》きたく存じます。兵をお借りできましょうや」

と、いった。

——勇気もある。

ますます太史慈を気にいったが、千や二千の兵で包囲陣を破れるとはおもわなかったので、孔融はそれをゆるさなかった。

「さて、どうするか……」

数日後、孔融は近侍の吏人を随《したが》えて門楼《もんろう》にのぼった。

「ずいぶん賊兵が増えたものだ」

　黄巾の旗が大海の波のようにみえる。都昌の城はまさに孤島であった。しばらく天空を睨《にら》んでいた孔融は、突然、

「みずから漕《こ》ぎだせぬなら、助け船が要《い》る」

と、いった。

「はあ……」

　左右の吏人は口をあけたものの、応答ができなかった。孔融がいった助け船とは、当然、官軍のことである。だが、青州のどこに義侠心をもった将と軍がいるというのか。

「平原《へいげん》に劉備《りゅうび》がいる。かれに頼もう」

「なんと――」

　吏人はさらに口を大きくあけた。平原県は都昌からおよそ七百里のかなたにある。たとえ使者がこの重厚な包囲陣の外にでたとしても、平原県にたどりつくのは容易ではない。さらにむずかしいのは、劉備を説得することである。

　――そもそも劉備が、義侠心のある良将なのか。

　吏人は首をかしげた。

　だが孔融は多くの吏人をつかって民声を摭《ひろ》い、民望を掬《すく》わせてきた。その作業をつづけることが、情報蒐集能力を高めたといえる。

幽州涿《たく》県の出身である劉備は、黄巾の賊を討って名を挙《あ》げた。その後、官途に就《つ》いたものの、官を放棄し、放浪してから、友人の公孫瓚《こうそんさん》の厚意により、官途に復帰した。平原県の令《れい》（代行）となったあと、平原国の相となったのである。

劉備は人への好悪《こうお》が激しいようだが、それだけに義侠心は篤《あつ》い。孔融はそうみた。

「平原まで使いをする者はおらぬか」

門楼からおりた孔融は、さっそく属吏に問うた。たれも応《こた》えない。

「みなは坐して死する道をえらぶのか」

この叱声《しっせい》にも似た孔融の声はむなしく堂内にひびいただけである。

吏人ではない太史慈はそのとき堂内にはおらず、すこしあとに、事情を知って、

「それがしを平原県へゆかせてください」

と、願いでた。わずかに口をゆがめた孔融は、

「なんじの壮志《そうし》は、称めたいが、みなは不可能であるといっている。むりをするな」

と、さとした。

「みなが不可能だと申したことに、わたしが同調すれば、なんのためにここにきたのか、わからなくなります。わたしはあなたさまのお役に立ちたいのです。どうか、ゆかせてください。お迷いになっている場合ではありません」

毅魄《きはく》のこもった声であった。その声に打たれたように孔融はうなずいた。智慧《ちえ》と勇気にみちた太史慈は、このむずかしい使いを、すらすらとやってのけた。

おどろいたのは劉備である。

「孔北海どのは、この広い世界に、わたしがいることを知っておられたのか」

孔融は天下一流の人物である。その人に頼られたことに感激した劉備は、すぐさま太史慈に三千の兵を属《つ》けて帰した。

劉備軍の出現に驚惑した黄巾軍はほとんど戦いもせずに逃げ散った。

孔融は窮地を脱した。

それから六年のあいだに、孔融は劉備の推挙によって青州刺史にのぼった。かれの六年間の治化《ちか》について史書は多くを語らないが、その多難な国と州をよく治めたといえるのではないか。

その間に、天下は曹操《そうそう》と袁紹《えんしょう》の覇権争いとなった。

だが孔融はどちらの勢力にも与《くみ》しなかった。

――しょせん虎狼《ころう》の戦いだ。

どちらが勝っても漢の皇室に牙《きば》をむき爪《つめ》をたてるであろう。そう想った孔融は中立をつらぬこうとした。しかし中立を保持するには、敵にまさる防衛力をもっていなければならない。たしかに孔融は徳の力で青州を鎮静させたが、外敵にたいする武力的な備えをしなかった。その弱点を、袁紹に衝《つ》かれた。

袁紹の意《い》を承けて、子の袁譚《えんたん》が青州を攻撃した。

建安《けんあん》元年（一九六年）の春から夏にかけて、攻防がくりかえされた。青州兵は弱兵ではない。たやすく屈せず、頑強《がんきょう》に抗戦をつづけた。孔融はいちども陣頭に立たなかったが、兵たちはこの学者肌の刺史のために奮闘したのである。ついに、

――戦士の余《あま》すところはわずかに数百人。（『後漢書』）

と、なっても、孔融は脇息《きょうそく》によりかかって読書をし、近侍の者と談笑していた。矢は室内までながれてきた。ようやく書物を閉じた孔融はおもむろに腰をあげ、

「でるか――」

と、左右にいった。

この風景は戦乱の世にあっては多分に奇異《きい》ではあるが、城兵よりさきに逃げださなかったことと、最後まで書物をはなさなかったことなどは、孔融の信念の容《かたち》をあらわしていたであろう。

――弓矢と戈矛《かぼう》などは、滅びのもとである。

袁譚にはそれがわからぬ、とひそかに嗤笑して、孔融は青州を去った。

この建安という元号は、二十五年までつづくが、ほとんど曹操の時代であるといってよい。元年の七月に、献《けん》帝の車駕《しゃが》が洛陽に到着し、出迎えのために曹操が入朝

した。それによって献帝は長安における長い苦難から脱した。ただし、董卓のために焼かれた洛陽は荒れはてていたため、とても住める状態ではなく、東南へ徙《うつ》って許《きょ》県を首都とした。なお許はのちに許昌《きょしょう》と改称される。

許において王朝が再開されると、孔融は献帝に徴召《ちょうしょう》された。いきなり将作大匠《しょうさくだいしょう》に任ぜられ、ついで少府《しょうふ》に転じた。だが、孔融はいたって不機嫌である。

——曹操め、楊彪《ようひょう》どのに、ぬれ衣《ぎぬ》をきせて、殺そうとしたな。

楊彪は献帝の長安行幸《ぎょうこう》に随行したあと、さまざまな毒牙をはねのけて、この幼帝を守りぬいた。それほどの勲功があるにもかかわらず、曹操は太尉《たいい》の楊彪を嫌い、

「太尉はひそかに袁術《えんじゅつ》に通じ、袁術を天子に立て、帝を廃そうとたくらんでおります」

と、献帝に讒言《ざんげん》をおこなった。曹操に擁佑《ようゆう》されたかたちの献帝は、この讒言を信じたわけではないが、

「さようか……」

と、認めざるをえず、やむなく楊彪を獄にくだした。大逆《たいぎゃく》の罪は、死刑にあたる。それを知った孔融は、曹操は楊彪どのを誤解している、と叫んで起ち、まっすぐに曹操のもとへいった。

「楊公は四世にわたって清らかな徳があり、海内《かいだい》の人々に仰ぎ瞻《み》られております。

たしかに袁術は天子を自称するほど不遜《ふそん》ですが、その者の姻戚《いんせき》であるというだけで、罪を楊公にかぶせるのは、世間をあざむく仕儀《しぎ》ではありませんか」

曹操は横をむいた。

「これは、国家の意である」

この冷ややかさに孔融は嚇《かっ》としたが、怒りを表にださず説得をつづけた。

「いま天下の公卿《こうけい》以下、百官があなたを瞻仰《せんぎょう》しているのは、あなたが聰明であり仁智をもって漢朝を輔相《ほしょう》し、正直《せいちょく》さを枉道《おうどう》の上に置いて、朝廷に安泰をもたらしているからです。いま無実の者を横殺《おうさつ》すれば、海内の人々はそれを聞いて、あなたから心を離してしまうでしょう。わたしは魯《ろ》国に生まれたとるにたらぬ男子です。そんなわたしのことばに傾聴してくださらなければ、明日、すぐにでも衣《い》を払って去り、二度と入朝しないつもりです」

ここで楊彪を救わなければ、目をかけてくれた楊賜《ようし》に顔むけができない。そういう必死さをこめた説諭《せつゆ》であり嘆願であったが、みかたをかえれば、これは婉曲《えんきょく》な恫《どう》喝《かっ》であった。特別な名声を得ている孔融にみかぎられた王朝となっては、その威も、その徳も、低下してしまう。まだ袁紹との争いに結着がついていない段階で、評判をおとすのは曹操にとって不利である。

――しかたがない……。

　曹操は罪状の審理《しんり》のやりなおしを命じて、楊彪を釈放した。建安四年に、曹操は楊彪を太常《たいじょう》に任命したが、かれにたいする不信感を払拭《ふっしょく》したわけではなく、それから六年後に罷《ひ》免《めん》した。楊彪は曹操の感情の所在がわからぬほど魯鈍《ろどん》ではないので、なぜ自分はこれほど嫌われなければならないのか、ととまどううちに、職務への情熱が衰えた。

　——これはもはや曹操の王朝ではないか。

　献帝につくしても、つくしがいがない。そう実感したため、罷免されたあと、二度と出仕しなかった。曹操の臣下にならず、献帝の臣下として終わりたい。楊彪の意地であろう。

　楊彪との共闘意識をもっていた孔融も、曹操の威権が献帝のそれをしのぎつつある現実を直視して、

「簒奪《さんだつ》は悪事ですぞ」

と、いわんばかりに、曹操を批判するようになった。かくれて悪口をいわないのが、いかにも孔融らしいといえるが、そのうるささが曹操の憎悪の対象とされた。

　——これほどじゃまな男もいない。

　そのように曹操からみなされた孔融は、いちど免職《めんしょく》となったが、一年余りして、太中大夫《たいちゅうたいふ》に任ぜられた。閑職である。

孔融はかつての李膺《りよう》をまねたわけではあるまいが、士を好み、喜んで後進の指導にあたった。そのため孔融邸への来訪者は多く、かれが閑職にしりぞいたあとは、日ごとに来賓の数が増えて、門内はかれらで満ちた。

孔融はつねにこういった。

「堂上に坐る客がいつもいっぱいで、樽《たる》のなかの酒が空《から》にならなければ、われに憂いはない」

孔融の名はますます高くなった。

だがこれは、曹操を批判する声が大きくなったにひとしい。曹操の政権がむかうべき方向に立ちふさがる巨《おお》きな障害が孔融の存在であった。

——どうしてもその障害は、廃滅《はいめつ》しておかねばならぬ。

ついに曹操は罪の捏造《ねつぞう》ということをおこなった。大逆罪であれば、孔融を死刑にすることができる。

建安十三年に、すみやかに上奏がおこなわれ、この上奏が献帝に受理されるや、孔融は獄に下された。楊彪の受難とおなじ光景がここにはある。しかし孔融のために弁護をおこない助命にかけつける者はいなかった。

棄市《きし》されることになった。棄市は公開処刑であり、みせしめの死刑である。獄中の孔融は、

——十六歳で死んでいたかもしれぬわれが、五十六歳まで生きたわ。長生きをさせてもらった。

と、泰然としていた。

処刑後、ひとりの男が遺骸に近寄り、しゃがんで、それを撫《な》でた。この男は孔融の親友で、脂習《ししゅう》といった。

「文挙はわれを捨てて死んでしまった。われはこれからどうして生きていけようか」

この嘆きは、曹操を怒らせた。

脂習も投獄されたが、のちに釈放された。

皮肉なことに、曹操のあとをついで皇帝となった曹丕《そうひ》は、孔融の詩文を好み、つねに感嘆した。孔融が書いたものを献上した者には、金帛《きんぱく》をさずけて賞した。曹丕は脂習の行為についても知っており、

「かの者には節義がある」

と、称め、中散大夫《ちゅうさんたいふ》の官を加えたという。

皇《こう》甫《ほ》嵩《すう》

父の皇甫節《こうほせつ》は若い皇甫嵩《こうほすう》にこういった。

「よいか、『詩』を学べ。『詩』を知らなければ、すぐれた発言ができない。と孔子はおっしゃった。『詩』はすべての表現の基礎にあるべきものなのだ」

「はい」

この未成年は父にさからわない。父がいった『詩』は、儒者が教科書として用いる特定の詩集である。古代歌謡集といいかえてもよい。春秋時代の貴族は、そのなかにある詩句をつかって、さかんに諷意《ふうい》をおこなった。そのため『詩』を知らなければ、相手の意思や志望などを察することができず、貴族としては失格といってよい。とくに外交を担当する貴族は、『詩』に精通していなければ、微妙な交渉ができないどころか、それ以前に、さげすまれて交渉相手にされないという不名誉な事態にさらされた。

後漢《ごかん》の時代は、貴族社会ではないが、人格の基礎に『詩』をすえておけば、いかなる境遇になっても、恥をかくことはなく、人として芳香《ほうこう》を放つ。それが皇甫節の信念であり、子を教育する上での基本方針であった。

少年の皇甫嵩は、おもしろいとも、おもしろくないともいわず、『詩』を学んだ。

父に従順なこの少年が、成年に近づくころ、

「光武帝《こうぶ》は『書《しょ》』を学ばれた。そろそろなんじも『書』を学ばねばならぬ」

と、皇甫節はいった。『書』も、孔子が教科書として用いた古記録で、内容は古代の帝王の言動である。ちなみに、『書』は漢代から『尚書《しょうしょ》』ともよばれ、はるかのちに『書経《しょきょう》』とよばれることになる。

この時代、官民が争うように読んだのは『春秋左氏伝《しゅんじゅうさしでん》』であるが、この書物は天子の威権が傾頽《けいたい》しつつあるさまが書かれており、人の精神を造形する上で有益《ゆうえき》ではない、と皇甫節はみた。かれは、世知《せち》にたける子、を欲しているわけではなかった。

皇甫嵩はまたしても、はい、と答え、かなりむずかしい『書』を読みはじめた。べつにかれは父にさからわない孝子を演じようとしたわけではない。『詩』と『書』が父の精神の中核をつくり、『詩』と『書』の世界を尊び信じつづけたことが、官途をゆがませなかった、とみて、父を尊敬した。父は雁門《がんもん》郡の太守《たいしゅ》までのぼった。

雁門郡は并《へい》州の北部にある郡のひとつで、この郡は鮮卑《せんぴ》の強大な勢力圏に接しているので、かれらの南下を阻止すべく、長城が築かれている。戦いとなれば、騎兵

が主となるので、

――騎射ができなければ、はずかしい。

と、おもった皇甫嵩は、父の許しを得て、馬術と弓術を習った。寥々《りょうりょう》たる北辺の大地という環境が、かれの騎射の技術を急速に高めた。いや、環境だけではない。かれの体内には武人の血がながれていて、その血が武技の向上をうながしたといえる。

曾祖父の皇甫棱《こうほりょう》は度遼《どりょう》将軍であった。祖父の皇甫旗《こうほき》も右扶風《ゆうふふう》の都尉《とい》であったから、皇甫家は武官の家といってさしつかえない。家は、涼州《りょう》安定《あんてい》郡の朝那《ちょうな》県にある。そういう武張った家に生まれながら、父の皇甫節は武から目をそらし、文《ぶん》を重視した。父祖の生きかたを批判したわけではあるまいが、おのれに文官色を強くだそうとした。

「武器は、やむをえず執《と》るものであり、孔子も武について語られなかった」

と、皇甫節は子に強くいいきかせたが、子として父の官途の歩きかたをみると、

――叔父と競《きそ》いたくなかったからではないか。

と、皇甫嵩は推量したことがある。

叔父とは、父の弟の皇甫規《こうほき》である。じつをいえば、皇甫嵩のひそかなあこがれは、この叔父にある。

皇甫嵩が十代のなかばにさしかかったころ、安定郡が、西方の羌族《きょう》すなわち西《せい》羌《きょう》の寇略《こうりゃく》をうけ、郡全体が包囲されたような状態になった。征西《せいせい》将軍に率いられた官軍は、西羌の兵に歯がたたず、敗退してしまった。そのまえに、無位無冠であった皇甫規は上書をおこない、官軍の敗北を予想してみせた。

――わが郡に兵法を知る者がいる。

安定郡の太守はさっそく皇甫規を辟《まね》き、その知力と胆力を推察して、郡の功曹《こうそう》に任命した。そのあと、すぐに、

「どうすれば、西羌に勝てるのか」

と、諮《はか》った。

「征西将軍を撃破した西羌には、驕《おご》りがあり、防備をおろそかにしておりましょう。それがしに甲士八百をおあずけください。敵陣を斬りくずし、西羌を退却させてみせましょう」

官軍が大兵《たいへい》をもってしても勝てぬ敵に、たった八百人という隊で立ちむかって勝てようか。太守は胸裡《きょうり》で苦《にが》く笑ったものの、

「やめておけ」

とは、いわなかった。この八百人が全滅しても、郡としては抗戦をおこなったと

いうあかしにはなり、なにもしなかったという朝廷の弾劾《だんがい》からまぬかれることができる。太守みずからの保身のためにも、

「よし、やってみよ」

と、こころよく許可して、決死隊を送りだした。

皇甫規には、大言壮語《たいげんそうご》の癖《へき》があったが、ここでは西羌の陣の急所がわかっていたというしかない。熟知している郡内の道をひそかにすすんで、敵陣に突入し、数人を斬り殺した。それだけで西羌の兵はおどろき、いっせいに退いたのである。それはまるで魔術のようであり、奇蹟のようでもあるが、おそらく皇甫規には確乎《かっこ》たる勝算があり、兵法の理にそって兵をすすめたにちがいない。

とにかく、この勲功は中央まできこえ、皇甫規は太守の推挙によって上計掾《じょうけいえん》に任ぜられた。ちなみに上計とは、郡国の計吏《けいり》で、上京して会計報告をおこなう者をいう。掾は、属官である。上計は、外交的任務も兼ねているので、重要な吏人《りじん》であるといってよい。

それはそれとして、おのれの勇気と智慧《ちえ》で運命を伐《き》り拓《ひら》いた皇甫規の生きかたは、少年の皇甫嵩に衝撃を与えた。実家の長男に生まれなかった者たちは、当然、家を継げないので、長兄に隷属《れいぞく》しないのなら、独自に道を拓くしかない。それを皇甫規はみごとにやってのけたのである。輿望《よぼう》は兄をしのいだといってよい。

世間の称賛を浴びた弟を、兄は妬心《としん》で視《み》ることをやめ、やはり独自の道を選んだということかもしれない。

——そこが父の偉さか。

皇甫嵩は子としての気づかいをもち、世間に同調して叔父に拍手をおくることをひかえた。父への尊敬を忘れなかったというべきであろう。

「よくできた子だ」

どこからみても皇甫嵩は孝子であった。それゆえ成人となった皇甫嵩は、孝廉《こうれん》だけではなく茂才《もさい》(旧《もと》の秀才《しゅうさい》)にも推挙されて、中央政府にはいった。まず郎中《ろうちゅう》となって叙任《じょにん》を待つのが常道である。

やがて、

「霸陵《はりょう》県の令に任ずる」

という声をかけられた。赴任の第一歩を踏みだした。郎中がいきなり軍政にかかわることはなく、かならず最初は行政手腕をためされる。

任地で大過なく職務をこなした皇甫嵩は、つぎに、

「臨汾《りんふん》県へ遷《うつ》るべし」

と、異動を命じられた。やはり県令としての赴任である。

さきの任地であった霸陵は、長安《ちょうあん》の東に位置していた。渭水《いすい》の南岸域にあったと

いってもよい。渭水は小さな川ではないが、それよりはるかに長大な河水《かすい》にながれこむ地点が、渭水の終点である。その合流点より北へさかのぼった河水支流の汾水《ふんすい》西岸にあるのが臨汾である。

「ははあ、秦《しん》から晋《しん》への遷徙《せんし》か」

と、笑った皇甫嵩の脳裡には、春秋時代の地図がひろがっている。

かれは物語性のつよい『春秋左氏伝』にはさほど興味を示さず、司馬遷《しばせん》の『史記《しき》』を好んだ。臨汾は、春秋時代の国名であるが、『史記』によって春秋時代を視ている。秦と晋は、春秋時代よりあとの戦国時代では、魏《ぎ》の国の一邑《ゆう》になっている。そのことは、『春秋左氏伝』ではわからない。かれは巨視《きょし》的な視界のつくりかたを『書』と『史記』から学んだ。それが後天《こうてん》的にかれの個性をつくったといえよう。

やがて父の訃報《ふほう》に接した。

官界にいる者は、父母の死を知れば、すみやかに官を辞するのが通例になっている。皇甫嵩も冠《かん》を挂《か》けて職場を去った。

故郷の安定郡朝那県で、三年の喪《も》に服した。

喪が明けたあとも朝那県にとどまって三十代のなかばをむかえた皇甫嵩のもとに、叔父の皇甫規が威風をなびかせてきた。

桓《かん》帝の延熹《えんき》四年（一六一年）の冬である。ちなみにこの年に、皇甫規は五十八歳である。

「嵩よ、この旗をみよ」

皇甫規はいきなり棒をつきだした。棒のさきから垂《た》れた牛の尾のふさが揺れた。

瞠目《どうもく》した皇甫嵩はおもわず高く叫んだ。

「あっ、それは、もしや、節《せつ》ですか」

「そうよ、天子から賜《たまわ》った」

皇甫規が自慢するのも当然であろう。節は特別な旗である。皇帝じきじきの命令を帯びた使者しか持てない旗で、この旗をもっているかぎり、ゆくさきざきで独自に法をつかさどり、専断権と任命権を保有しつづけることができる。くだいていえば、節を持つ者は自分のおもい通りになんでもできる。

このたび皇甫規は関西《かんせい》(函谷関《かんこくかん》より西)の兵を統率して、西方の羌族を討伐することになった。

「なんじも、こい」

と、皇甫規は有無《うむ》をいわせぬ口調でいった。が、皇甫嵩は抗弁《こうべん》した。

「孔子は、軍旅の事は学んでおらぬ、と仰《おお》せになりました。わたしも兵事を学ぶつもりはありません」

「寝惚《ねぼ》けたことをいうな。なんじが騎射にすぐれていることを知らぬわれではない。

実戦での騎射を体験してこそ、兵を指麾《しき》し、民を守る将となる。儒者をきどっている時代ではないのだぞ。なんじが孔子をひきあいにだすのであれば、われもいおう。孔子は賊にとりかこまれても、平然と礼楽を弟子に授けていた。学問をやめたくないのなら、書物をもって、われについてこい」

皇甫規は兄の皇甫節にはない軽俠《けいきょう》をもっていたが、じつは文事《ぶんじ》の道でも兄にまさっていた。『詩』と『易《えき》』に精通し、ときの権力者の梁冀《りょうき》に憎まれて官職を離れていたとき、郷里で三百ほどの弟子をとって教授していたことがある。

「わかりました」

皇甫嵩はしぶしぶ腰をあげたが、兵事を学ぶつもりはないどころか、学びたくてたまらなかった。おのれのそういう性情を恐れたがゆえに、従軍をことわろうとしたのである。

ところで、羌族は中華の吏民から差別され、蔑視《べっし》される民族になりはてたが、太古には中原《ちゅうげん》を往来する遊牧民族であり、その族の動静と存在形態は、史上最初の王朝といわれる夏《か》王朝とかさなりあう。いわば中華の中心的民族であったかもしれないのである。

だが、この民族にとって最大の敵が出現した。殷《いん》民族である。この民族がどこからきたのかは、いまだに謎であるが、とにかく殷民族というたいそう頭のよい民族の伸張によって、羌族は殺戮《さつりく》され、中原から逐《お》われた。その後、殷民族の脅威にさらされながら、四辺で存続した。その東陬《とうすう》の族から、すぐれた指導者である太公望《たいこうぼう》がでて、西方の雄長《ゆうちょう》というべき周民族と結びついたことで、殷王朝を倒すという復讎《ふくしゅう》的革命に成功した。

周王朝が成立したあと、功を賞されるかたちで、羌族は各地に建国することをゆるされた。それらの国々のなかで最大の国は、太公望の子孫が君主となった斉《せい》である。むろん羌族はほかにも大小の国を建てたが、定住を嫌った族もある。ところが春秋時代を経て、戦国時代の中期までに、それらの国々はことごとく滅び、羌族はもとの遊牧民族にもどって西方をさすらうようになった。天下統一をはたした秦の君臣は、羌族との戦いにあけくれてきたという苦いおもいがあるので、けっして羌族をゆるさなかった。名目上、秦王朝を継いだ漢の劉邦《りゅうほう》は、やはり羌族を優遇する政策をとらなかった。そのため累代の漢の皇帝は、羌族を活用する工夫はせず、いちおう羌族をかかえこむかたちで西方の経営をおこなったものの、ときには家畜を養っているにひとしい冷眼をむけることもあった。王朝のその目つきと愛情のない手つきに、羌族は、

――われらは家畜でも奴隷《どれい》でもないぞ。

と、恚《いか》り、堪えがたくなると、怒気を爆発させるような大規模な叛乱を起こした。

それにたいして王朝は、慰撫《いぶ》というおもいやりのある手段をとらないのが常套《じょうとう》であり、かならず武力でかれらをおさえこみ黙らせることにした。ただしそのために遠征は莫大な軍資をついやすことになり、国庫がかたむくほどであったが、朝廷の首脳は考えを改めなかった。要するに、

——野《や》の犬や馬に、おとなしくせよ、と語りかけてもむだだ。

と、頭からみくだしていた。

大軍をあずかった皇甫規は、羌族を弾圧しつづけることに疑問をもち、かれらが立ちゆくすべはないかと考えぬでもなかった。ただし州や郡の行政官でもない遠征将軍が、そういう考えをもったことは、かつてなかったといってよい。

——民族戦争とは、相手がことごとく死滅するまで戦いつづけなければならないのか。

民族抗争の主題は、すでに中国では古代からあったと想《おも》うべきだが、羌族も人であるというみかたを皇甫規がしていたのであれば、この時代、かれは奇人の類にいれられてしまう。とにかくかれは、たがいの戦死者をなるべくすくなくしたいというおもいをいだいて、軍を西方へすすめた。

皇甫嵩は書物をもたず、叔父の私臣として従った。

羌族のなかで渠帥《きょすい》といわれているのが、零吾羌《れいご》と先零羌《せんれい》である。この二大勢力が

連合して関中《かんちゅう》を寇略したため、

——手のほどこしようがない。

というのが朝廷の見解であり、どれほど皇甫規が西方にくわしくても、その鎮討《ちんとう》はむりであろう、とたいして期待しなかった。

ところが、皇甫規の名は、羌族のあいだでは神秘的な威力を発揮した。

「官軍の将帥《しょうすい》は皇甫《こうほ》威明《いめい》だ」

威明は、皇甫規のあざなである。

その名をきいただけで、羌族は腰がひけた。かつて八百という寡兵《かへい》で羌族の強大な陣を斬り崩した勇者を、

——あれほどの者が、羌族にいるか。

と、羌族のあいだで感嘆の声が挙《あ》がった。いま官軍を率いている皇甫規は老将といってよいかもしれないが、それでもその勇気と知略を畏《おそ》れる者は多かった。

まず皇甫規は零吾羌を討ち、八百の兵を斬った。八百人しか斬らなかったといいかえたほうがよい。

これだけで羌族は崩れ、退却した。

先零羌のなかの諸種（族）は、

「相手が皇甫威明となれば、戦いたくない」

と、長たちが語りあい、降伏することにした。なんと、その数は、十数万人である。

――叔父は一撃しただけで、十数万の敵兵を降《くだ》した。

その事実を目撃した皇甫嵩は、呆然《ぼうぜん》となった。これぞ武徳というしかない。要するに、敵に慕《した》われるほどの将にならなければ、本物の勇将ではないということであった。

――なにからなにまで、父はこの叔父にかなわない。

父の子としては、多少のくやしさをおぼえたが、父を尊ぶにはこの叔父を自分が超《こ》えなければならないという烈しい志望をいだいたのは、この従軍中であった。

ところで、地名の呼称において、西を右、東を左とするならいがある。皇甫規の官軍は、翌年、隴右《ろうゆう》に進出したが、それは隴山の西と想ってよく、隴西《ろうせい》と書き換えてもよいが、じつは涼州の郡のなかに隴西郡があるので、隴右を隴西とすると、郡名とまちがわれ、広さも限定されてしまうため、隴右のままのほうがよいであろう。

そこでの行軍は困難をきわめた。

道路が隔絶《かくぜつ》していた。

全軍の兵が工作兵にならなければ、まえにすすめなかった。

さらに悪いことに、軍中に疫病《えきびょう》が蔓延《まんえん》した。十人のうち、三、四人が死ぬという惨状のなかで、皇甫規は藁葺《わらぶ》きの兵舎にはいっては兵を見舞った。叔父のあとについて兵舎をめぐった皇甫嵩は、しばしば顔をそむけたくなるような光景を目撃した。

——これも遠征の実態なのだ。

それにしても、病で倒れた兵をわが子のようにいたわる叔父の浩《ひろ》い愛情はどうであろう。皇甫嵩はいやおうなく感動した。三軍の兵もおなじように感激し、この軍の結束はいっそうかたいものとなった。

ここまで抗戦をつづけてきた東羌《とうきょう》は、官軍の実情を偵察して、

「皇甫威明の恩恤《おんじゅつ》にふるい立った官兵に勝てるはずがない」

と、判断し、降伏の使者を皇甫規のもとへ送った。これにより、涼州の交通は回復したのである。

州境まで軍を引いた皇甫規は、これまで悪政をおこない、羌族を虐待してきた刺《し》史《し》、郡守、都尉などの罪を調べあげて上奏し、かれらを処罰させた。それを知った羌族は喜び、沈氐《しんてい》羌は十数万人も皇甫規のもとにきて降伏した。

——ほんとうの勝利とは、これをいう。

皇甫嵩は心から叔父を敬仰《けいぎょう》した。孔子の弟子の顔淵《がんえん》は、師について、仰げば仰ぐほどいよいよ高い、と歎《たん》じたが、皇甫嵩の心情はそれに比《ちか》かった。

とにかく皇甫嵩はこの辛《つら》い遠征で、軍のまとめかた、進退のさせかたのほか、多

くのことを叔父から学んだ。

皇甫嵩《こうほすう》は郷里で静かに齢《とし》をかさねた。

官途にみむきもしなかったのは、

——いまの政治には、正しい道がない。

と、おもったからであろう。この考えかたとかれの行蔵《こうぞう》は、いかにも儒教的である。

「道を枉《ま》げて他国の人に仕えるくらいなら、なにも父母の邦《くに》を去る必要はない」

と、いったのは、孔子ではなく、孔子が生まれた魯《ろ》の国の賢大夫《けんたいふ》であった柳下恵《りゅうかけい》である。その邦という文字を郷里に換《か》えれば、皇甫嵩の心情にあてはまるであろう。皇甫嵩が郷里からでないで、静黙《せいもく》していること自体が、宦官《かんがん》の悪政を容認している桓《かん》帝への批判であったかもしれない。

だが、叔父の皇甫規《こうほき》は、正義感がつよいだけに、爛《ただ》れて悪臭を放っているような王朝に正路《せいろ》をとりもどそうと苦闘した。宦官に歩み寄らなかったため、誣告《ぶこく》されて、処罰された。しかし獄死することはなく、その徳望ゆえに官界に復帰し、北方鎮定の大将というべき度遼《どりょう》将軍を拝命し、実績をあげたあと、内政の枢要《すうよう》である尚書《しょうしょ》にのぼりつめた。文武に活躍したといってよい。

そういう叔父を遠くから眺めていた皇甫嵩は、

――叔父は叔父、われはわれだ。

と、冷《さ》めていた。このまま郷里で朽《く》ちるつもりはなかったが、おのれが起《た》つ機はまだ熟していないと感じていた。かれは天命を意識した。五十にして天命を知るのは、孔子だけではない。そんな気がしていた。

この隠棲《いんせい》同然の皇甫嵩の名が、天下に知られるはずはなかったが、朝廷の一部の権臣《けんしん》には知られていた。

それら権臣のひとりが陳蕃《ちんばん》である。

汝南《じょなん》郡出身の陳蕃は、自分にも他人にも厳しく、厳格そのものの人であり、その清徳《せいとく》をたたえる人は多いが、

「ゆとりがなさすぎて、つきあいにくい」

と、敬遠する人もいないことはない。

かれの事績において特出すべきことは、宦官をのさばらせた桓帝を、諫《いさ》めつづけたことである。主君を諫める臣のことを、

「争臣《そうしん》」

と、いうが、陳蕃はまさにそれである。ただしこの努力がいかに虚しかったかは、

桓帝の時代が惛《くら》さのまま終わったことでわかる。

　かねがね野《や》の賢人を辟《まね》きたいと考えていた陳蕃は、

「皇甫規の甥《おい》は、逸材《いつざい》らしい」

というううわさを耳にすると、すぐに皇甫嵩の県令のころの業績をしらべ、辟きたい、とおもった。だが、宦官たちに、

「陳蕃はよからぬ者をむやみに辟こうとしている。それは罪ではあるまいか」

と、指摘されたことがあったので、辟召《へきしょう》をひかえた。

おりから、桓帝が崩御《ほうぎょ》した。

幼帝を立てたこの朝廷は、竇《とう》皇太后が垂簾《すいれん》の政治をおこなうことになり、政柄《せいへい》を陳蕃にあずけた。

――いまこそ。

すぐに陳蕃は皇甫嵩のもとへ辟召の使者を遣《や》った。だが皇甫嵩は首をたてにふらなかった。

「どうかおひきとりください」

そういって皇甫嵩が使者をかえしたので、弟と子は色めき、

「いまや太傅《たいふ》の陳蕃は帝政を一手に引き受け、宦官どもを駆逐《くちく》して政道に清芬《せいふん》をよみがえらせようとしているではありませんか。どうしてそれをお佐《たす》けにゆかれない

のですか」

と、なじるように進言した。が、皇甫嵩は、

「まだ起つときではない」

と、いい、泰然としていた。

十日も経《た》たぬうちに、別の使者がきた。

門のほとりで応接した皇甫嵩の弟と子は、立ち騒ぎ、喜色を浮かべて趨《はし》り、

「竇氏の御使者です」

と、奥に告げた。

ふたりが喜悦したのも、むりはない。竇氏とは、大将軍の竇武《とうぶ》のことであり、いまを時《とき》めく竇皇太后の父であり、あらたな皇帝を立てた実力者である。しかもかれは、反宦官派の領袖《りょうしゅう》であり、朝廷の粛正《しゅくせい》をもくろむ陳蕃の後援者でもある。皇甫嵩が竇武の佐弐《さじ》ともなれば、みじかいあいだに栄達することはまちがいない。

——こんどは、お断りにならぬであろう。

ふたりは皇甫嵩の顔色をうかがっていたが、

「おひきとり願うしかない」

ということばをきいて、愕然《がくぜん》とした。これほどの好機をあえて失う皇甫嵩の真情とは、どういうものなのか。ふたりは失望し、半時後に、むなしくかえる使者を見

送った。ため息をつきながら、顔を見合わせたふたりは、皇甫嵩に問うことをあきらめた。

「まだ起つときではない」

と、いうにちがいないからである。

――では、いつ起つのか。

ふたりはひそかにくやしがった。やがてきこえてきた竇武と陳蕃の評判はすこぶるよかった。朝廷に生気がよみがえった。宦官が一掃されるのは、時間の問題であろう。

夏がすぎ、秋が深まって、晩秋となった。冬の到来をおもわせる北風が強く吹く日に、市場にでかけていた弟が、うわさをきいて仰天した。あわてて帰ってくると、皇甫嵩の子を烈しくつかまえて、

「こんなことが、あってよいのだろうか」

と、青い息を吐いた。

首都の洛陽《らくよう》で戦いがあり、宦官の曹節《そうせつ》らが、竇武や陳蕃らの一派を打倒したというのである。

「えっ、大将軍と太傅が、宦官ごときに、負けたのですか」

皇甫嵩の子は、信じられないといわんばかりに瞠目《どうもく》した。そうではないか。最強

の軍を掌握できるのは大将軍であり、宦官には軍を動かす権限はない。

「どうも、まちがいはないらしい。大将軍と太傅に加担した者たちは、みな殺しにされたようだ。宦官の悪智慧《わるぢえ》にはかなわない」

「そうですか……、おそらく宦官は、幼帝を脅迫して、詔命《しょうめい》をださせたのでしょう。それしか考えられない」

皇甫嵩の子が想像した通りの事実があった。そういったかれは長大息《ちょうたいそく》したあと、

「父は神智《しんち》をもっています。辟召に応じていたら、いまごろ殺されています」

と、つぶやいた。

「そうよなあ」

ふたりは寒々と肩をすぼめた。ふたりの想念に暗雲が垂《た》れ籠《こ》めた。政治に希望のあかりを灯《とも》した顕爵《けんしゃく》のふたりが斃《たお》れたとなれば、朝廷は宦官の制御下におかれ、さらに昏《くら》さが増す。そうなれば、宦官を忌憚《きたん》せずに皇甫嵩を辟召する者などは、あらわれようがない。

——父は、野に埋没《まいぼっ》するだけか……。

父の偉さがわかっているつもりの子としては、やるせなかった。ちなみに皇甫嵩の子を、

「堅寿《けんじゅ》」

と、いうが、弟の名はわからない。この弟は、あるいは従弟《じゅうてい》かもしれないが、長寿の人ではなく、

「酈《れき》」

という子を遺《のこ》して亡《な》くなる。

とにかく新皇帝すなわち霊《れい》帝と竇武、陳蕃の政治に期待していた天下の人々は、いっせいに失望し、

「もうこの王朝はだめだ」

と、みかぎった者が多かった。のちの驚天動地《きょうてんどうち》の大乱の遠因はここにあったといっても過言ではない。

寒く暗い冬となった。

新春を迎えて半月がすぎたころ、外出先から帰った堅寿が、自宅の門にさしかかったとき、はなやかな蓋《かさ》を立てたうるしぬりの馬車が、副車《ふくしゃ》を従えて近づいてくるのをみた。馬車の美しさに驚嘆した堅寿は、足をとめ、

――どこへゆくのだろう。

と、門のほとりで見守った。すると、その馬車は目のまえで停止した。車中の人物はいかめしく堅寿をみおろして、

「勅使《ちょくし》である。皇甫嵩は在宅か」

と、高らかにいった。

仰天した堅寿は足をもつれさせながら奥に趨り込んだ。目をあげた皇甫嵩は、

「ご勅使のご到着か。着替えて、お目にかかる」

と、いい、はじめて礼装で使者に会った。着座した使者は、皇甫嵩の容儀に満足したらしく、眉宇《びう》にやわらかさをだして、

「なんじ嵩を、天子が徴召《ちょうしょう》なさる。すみやかに上洛して、公車門《こうしゃ》に到るべし」

と、いった。

「ご叡旨《えいし》、かたじけなくおうけしました」

即断であった。皇甫嵩にとって、この徴召は、皇帝の悲鳴にきこえた。あらたに帝位に即《つ》いた霊帝には、朝廷を改革しようとする意思があり、竇武と陳蕃の政治を認め、宦官にたよるのはやめようとする秘めた意《おも》いがあったにちがいない。そうでなければ、霊帝が皇甫嵩の名を知るよしもない。ところが、そういう意望はまたたくまに砕《くだ》かれた。霊帝の悲痛な声は、朝廷の人事によって表されるしかない。

――嵩よ、われを助けよ。

あるいは天が、いまの皇帝を助けよ、といった。皇甫嵩はそういう声をきいて、起ったのである。

「大慶――」

と、みじかくいった使者は、急にくだけた口調で、

「馬車を残しておく。それをお使いなされよ」

と、いって、すみやかに去った。

「公車徴だ」

堅寿は家の中を趨りまわって喜んだ。皇帝に召された者は、洛陽城の公車門に馬車をつけることになっているので、公車徴といわれる。名誉なことである。

皇甫嵩はすぐに発《た》った。

安定《あんてい》郡から洛陽のある河南尹《かなんいん》へ往くには、右扶風《ゆうふふう》、左馮翊《さひようよく》、京兆尹《けいちよういん》、弘農《こうのう》郡という四郡を経なければならないので、かなりの道のりである。馬車をつかうにしても、おなじ馬のまま目的地まで走りつづけることはできない。ゆえにつねに副馬《ふくば》を併走させるが、それでも馬の疲労がはげしければ、駅亭《えきてい》で馬を交換してもらわざるをえない。しかしながら、駅亭は、旅行する官吏《かんり》の休息所であり、まだ官吏になっていない者が、たとえ公車徴である証《あかし》をみせても、そういう便宜《べんぎ》をはらってもらえたか、どうか。一般人の旅行がそれほどむずかしかったということでもある。

それはそれとして、ぶじに洛陽城の公車門に到着した皇甫嵩は、ただちに議郎《ぎろう》に任ぜられた。議郎は皇帝の顧問《こもん》といってよい。このあつかいに霊帝のひそかな意思が感じられる。むろん、皇帝にみいだされたとおもっている皇甫嵩が感動しないは

ずはなく、

——この天子のためなら、水火《すいか》も辞《じ》せず。

と、肚《はら》をすえたであろう。

だが、さほど月日を置かず、北地《ほくち》太守へ転出した。地方の長官へ遷《うつ》るというのは、朝廷人事の慣例である。

北地郡は、安定郡の東隣の郡で、その中部はまったくといってよいほど県や聚落がない。人は南部と北部に集中して住んでいる。はっきりいえば、農産に適しておらず、豊かさのない郡である。ちなみに郡府は北部の富平《ふへい》県にあって、河水《かすい》に臨《のぞ》んでいる。

太守としてのかれの在任期間はさだかではない。

霊帝が即位した年からかぞえて、十五年後にあたる光和《こうわ》六年（一八三年）には、皇甫嵩は中央政府にいた。

ところで、北地太守の職を十数年もつとめるはずがないことをおもえば、それからこの年まで、皇甫嵩はどこにいたのであろうか。帰郷したようではないので、たぶん官界にいつづけたのである。かれが私淑《ししゆく》していた叔父の皇甫規は、光和六年より九年まえの熹平《きへい》三年（一七四年）に亡くなっている。その葬儀にかかわって、官を辞したということもなさそうなので、史書が皇甫嵩の職歴をていねいに追わなかったことが解《げ》せない。

とにかく、翌年の光和七年の春に、蜂の巣をつついたような黄巾《こうきん》の大乱が勃発《ぼっぱつ》する。

朝廷が烈しく震揺《しんよう》した。

罪もない名士を朝廷の敵とみなした党錮《とうこ》も、反政府感情をあおる黄巾の賊徒に利用されやすい。そう感じた皇甫嵩は、すかさず、

「どうか党錮の禁《きん》を解いていただきたい」

と、献言《けんげん》した。

ほかにも、おなじように党錮解禁を訴えた臣がいた。

これらの声につきあげられた霊帝は、この非常事態をのがれたいとおもっていたため、甘い観測を棄《す》てたがゆえに、党錮が厳しすぎておもわぬ敵をつくったことに気づき、さほどためらわず、

「党錮の禁を解く」

と、宣明《せんめい》した。

この処置によって、多少は賢良な臣が朝廷にもどってきた。が、党錮自体が宦官の敵対勢力だけを殄滅《てんめつ》するというばかばかしい法令なので、その実施によって、真に王朝を支えてゆく頭脳が消えた。この王朝は、自分の手で自分の首を締めたにひ

としいことをおこなった。いまさら手をゆるめても、遅《おそ》きに失《しっ》したといわざるをえない。

さきに、天下を失望させたのは、陳蕃と竇武の死であると書いた。党錮は、それに追いうちをかけるような懲罰《ちょうばつ》である。両者は、皇帝の威を藉《か》りて断行した宦官の悪業である。皇帝の私臣というべき宦官は、つねに公私を混同しており、政治が、私事ではなく公事であるという単純なことさえわかっていなかった。

――いまの皇帝も、宦官どもに、とりこまれてしまったか。

そういう失望が皇甫嵩にないこともなかったが、この皇帝は先代の桓帝とはちがう、という擁護《ようご》的な感情もはたらいていた。かれは霊帝の批判者にはならなかった。

大がかりな黄巾蜂起がきこえるなかで、首都防衛の構想が立てられ、それをすみやかに実現するために、つぎつぎに兵を指麾《しき》する将帥《しょうすい》が決められた。

ついで黄巾軍を攻撃する遠征軍の企図《きと》がだされた。黄巾の本拠を攻めるのは当然であるが、首都から遠くない潁川《えいせん》郡の黄巾軍が猖獗《しょうけつ》をきわめているので、それを鎮圧することを喫緊《きっきん》とした。

皇甫嵩は自分の名が呼ばれたので、まさか、と仰首《ぎょうしゅ》した。

――われは官軍をあずかって、いちども遠征したことがない。

心の声はそういうものであったが、辞退はしなかった。いつかこういうときがくる、と予想した自分が過去にあった。

「朱儁《しゅしゅん》を右中郎将《ゆうちゅうろうしょう》に任じ、皇甫嵩を左中郎将に任ずる」

詔命がくだった。

朱儁とはべつに一軍をさずけられた皇甫嵩は、われを推薦《すいせん》した者はたれなのか、と考えてみた。こういう人選で、皇帝がみずから意思をむきだしにすることはない。すると三公九卿《けい》のたれかが皇甫嵩を推《お》し、皇帝がそれを認定したことになる。

――人の目とは、あなどれないものだ。

兵を率いたことがない皇甫嵩に、旗鼓《きこ》の才《さい》がある、と洞察した目があるかぎり、この朝廷は棄てたものではない。あるいは、もしや、天意がはたらいたのか。それならなおさら、この遠征は辞退できなかったし、かならず成功しなければならない。

かねて天命について考えてきた皇甫嵩は、

――これも、それか。

と、おもい、戎衣《じゅうい》を着た。

洛陽をでるまえに、連動して鎮圧にあたることになった朱儁という将について、すこし調べた。

――母親おもいの孝子で、義侠心《ぎきょうしん》に富む熱血漢か。

嫌いな型の武人ではない。朱儁はすでに南方の戦場を往来して武勲を樹《た》てていた。

慎重かつ大胆な兵略家でもある。それなら安心だ、とおもった皇甫嵩は朱儁のもとにゆき、

「なにぶん戦場を踏むのははじめてなので、よろしく」

と、腰と辞を低くした。かつて叔父に従って西羌《せいきょう》と戦った経験があることを、おくびにもださなかった。このときの朱儁の反応は、

「戦場に新旧はありません。敵がちがえば、そのつど、あらたに戦場を踏むとおもうべきです」

という、気のきいたものであった。

――ああ、この人は、失敗しないであろう。

そう確信した皇甫嵩は、朱儁の軍のあとについてゆくかたちで潁川郡にはいった。この郡で黄巾の徒を統率しているのは波才《はさい》という将で、かれの兵術はしたたかであった。侵入してきた朱儁軍を強烈に一蹴《いっしゅう》した。用心をおこたっていたわけではない朱儁軍が、あっけなく敗退したことでも、波才軍の勁強《けいきょう》さがなみなみならぬことがわかる。

朱儁軍が潰走《かいそう》したことで、うしろにいた皇甫嵩軍がまえにでて、波才軍の攻撃をうけることになった。皇甫嵩は軍を駐屯させた長社《ちょうしゃ》県で黄巾兵に包囲されてしまった。

——われの初陣《ういじん》は、いきなりこの苦境か。

城壁にのぼって、敵の広大な包囲陣をながめた皇甫嵩は、天を仰いで嘆息した。

戦場において叔父の皇甫規《こうほき》は兵をわが子のようにいつくしんだ。

いや、はるかな昔、戦国時代に、百戦百勝の名将であった呉起《ごき》がおなじようなことをした。ということは、叔父が呉起のまねをしたといったほうが正しい。そのことを、読書家である皇甫嵩《こうほすう》は知っていた。

軍を一家族とみなし、将が家長《かちょう》となれば、その軍は強い。戦場で兵を指麾《しき》したことがなくても、皇甫嵩は歴史書から得た知識をもとに、与えられた兵を団結させようとしてきた。だが、こういうひそかな努力が実を結んだかどうかわからぬうちに、いきなりひどい劣勢に立たされた。

——さて、どうするか。

ながい間、盛夏《せいか》の風に吹かれながら、城壁に立って敵陣を瞰《み》ていた皇甫嵩の脳裡《のうり》にひらめきが生じた。

司馬遷《しばせん》の『史記』のなかに「田単《でんたん》列伝」がある。北方の燕《えん》軍に全土を制圧されかけた斉《せい》の賢将であった田単も重厚な包囲陣に圧迫されて、窮地に立たされたが、奇策をもって敵陣を大破した。

——それだな。

城壁をおりた皇甫嵩はさっそく軍吏《ぐんり》を呼んだ。

「戦いかたには正道と奇道がある。兵の衆《おお》い寡《すく》ないは関係ない。いま賊兵は草原に布陣して営所を作っている。風が吹けば、火を放ちやすい。夜陰《やいん》にまぎれて、火を放ち、敵陣を焼けば、賊兵は大いに驚乱するであろう。われが出撃して敵を撃つので、四面から同時にでて攻めれば、田単のような功を樹《た》てられよう」

田単がおこなったのは火攻《かこう》である。それも前代未聞《ぜんだいみもん》の火攻であった。城内に多くの牛がいることに目をつけた田単は、千頭の牛を集めると、角《つの》に刃物をくりつけ、脂《あぶら》にひたした葦《あし》の束《たば》をしっぽにつけると点火した。それらの牛を敵陣に突進させたのである。

長社県《ちょうしゃ》に牛はいないが、城兵を敵陣の裏側まで潜行させ、風上から火を放てば、草原に燃えひろがり、敵兵を混乱させることができる。その混乱を衝けば、かならず勝機をつかめよう。

そう信じた皇甫嵩の戦術をあとおしするように、この夜、風が強くなった。

——これを天祐《てんゆう》というのかな。

そうおもいつつ、潜行させる兵士を集め、かれらを軽装にした。全員に葦をたばねた炬《きょ》（たいまつ）をもたせ、城壁を昇降させて城外にだした。

――あとは、待つしかない。

城門のほとりで待機した皇甫嵩に不安はなかった。かれの想像の目には、火の海のなかで逃げまどう敵兵しか映《うつ》らなかった。この奇想がたとえ妄想《もうそう》であっても、この戦いかたしかないと信じる力が尋常でなければ、超人的な力となってあらわれる。

やがてかなたに火炎が立った。ほどなく草原の処々《しょしょ》が赤くなった。

城壁に立ってそれを確認した兵は、おう、と歓喜の声を揚げ、燎《りょう》（かがりび）を挙《あ》げて応《こた》えた。これが出撃の合図となった。

「でるぞ――」

城門を開かせた皇甫嵩は馬上で太鼓を打った。城兵が喊声《かんせい》とともに前進した。旗もちぎれそうな強風のなかを、皇甫嵩は太鼓を打ちながら馬をすすめた。それをみた兵は、くちぐちに、

「まれにみる勇将よ」

と、賛嘆した。皇甫嵩にすれば、特別な武勇をみせたわけではない。強風を天祐と信じたかぎり、負けるはずがないとおもい、兵とともにひたすら前進したにすぎない。賊兵が放った矢は、一矢も皇甫嵩にあたらず、かれらの矛戟《ぼうげき》の刃は、この神《かみ》憑《がか》った将にかすりもしなかった。

夜襲をうけた場合、立ち騒ぐと被害が大きくなる。それゆえ良将麾下《きか》の精兵は沈黙しつづける。ところが哀しいことに、黄巾《こうきん》の兵は昨日まで平民であったのに、今日、武器をもったようなもので、軍事訓練をうけたことなどない。多数は少数にまさるという原理にそって戦ってきただけである。応変というしなやかさをまったく備えていない。火に襲われ、官兵に攻められると、どう対処してよいかわからず、恐怖と不安にかられて逃げはじめた。その数が増大すれば、潰走《かいそう》となる。兵の数が多ければ多いほど、軍の崩壊が早まる場合がすくなくない。

ながれてくる煙のせいで、皇甫嵩はむせて、太鼓を打つのをやめたが、焼け落ちた兵舎をみて、

「勝ったぞ」

と、叫び、兵の歓声をききながらまた太鼓を打った。

皇甫嵩の勝利はあざやかすぎるほどであった。

直後に、曹操《そうそう》が援兵を率いて到着した。黄巾軍に圧倒されているようにみえた二将の力量をあやぶんだ朝廷が、長社県を救助するために簡抜《かんばつ》した将が、三十歳の曹操であった。

だが、勢いを得た皇甫嵩に曹操の援助は要《い》らない。

——黄巾の将兵の戦いかたは、わかった。

と、皇甫嵩はおもった。羌族《きょう》は、族としての団結は堅いが、黄巾軍はその点が弱い。烏合《うごう》の衆《しゅう》といってよい。勝ちそうだとおもえば、かさにかかってくる。負けそうだとおもえば、逃げ足は速い。それゆえ、最初に当たったときの押しが肝心なのである。朱儁《しゅしゅん》の兵は弱兵ではないのに、敵の数の多さにおびえて引いた。それがこの苦戦の原因である。

羌族はもともと反政府集団ではないので、利害を説《と》くことによって、その暴動を鎮静させることができる。だが、黄巾は宗教がかった革命集団なので、政府側の理は通じない。その点も、ちがう。黄巾の将を説得するのは、むりであり、むだである。

——さあ、追撃だ。

皇甫嵩は朱儁とともに進撃し、波才《はさい》軍を撃滅した。

「武勲はすべて朱儁のものでよい」

それが皇甫嵩の基本姿勢であった。どうやら皇甫嵩は、皇帝を助け、国家のために戦っているという意識を濃厚に持っており、勝利によっておのれがなにを得るか、などということをまったく考えなかったようである。

あるいは、

——馬上ほど居ごこちのよいところはない。

と、実感し、ほかになにも欲しなかった、とみることもできる。

潁川郡《えいせん》のほかに、汝南郡《じょなん》、陳国《ちん》などをほぼ平定した皇甫嵩は、その後、朱儁と別れて、軍を北上させ、河水《かすい》がながれる東郡《とう》にはいった。

このころになると、配下の兵は、

「われらが将軍には、武神が憑《つ》いている」

と、皇甫嵩を神格化した。それはそうであろう。長社以来、苦戦らしい苦戦をしたことがない。戦えば、あっけなく敵陣が崩れた。これは兵術の妙というものではない。皇甫嵩は内をかためたにすぎない。あえていえば、兵の気迫と団結力を育てたのである。そのための気のつかいかたは、叔父に学んだといえる。

東郡にいる黄巾の賊帥《ぞくすい》は、卜己《ぼくき》である。将としての質は波才より劣る。その軍を河水のほとりの倉亭《そうてい》で破った皇甫嵩は、卜己を捕獲し、七千余の敵兵を斬首した。

こうなると、常勝将軍である皇甫嵩の評価は高まるばかりで、ついに朝廷は、

「張角《ちょうかく》を討て」

という命令を皇甫嵩にくだした。

張角はいま天公《てんこう》将軍と称し、全土の黄巾軍を総統しているが、黄巾が宗教集団であったころの教祖である。その本拠は冀《き》州の鉅鹿《きょろく》であり、そこを最初に征伐しようとした盧植《ろしょく》は、張角を追いつめながら、宦官《かんがん》の讒言《ざんげん》によって職を解かれ、かわって

董卓《とうたく》が攻めたが、失敗した。

皇甫嵩はすこし顔をしかめた。

——董卓か……。

董卓は隴西《ろうせい》郡臨洮《りんとう》県出身の猛将である。おなじ涼《りょう》州の出身なので、その名はかなりまえからきいている。かれは羌族が暴れた際に、その鎮圧で驍名《ぎょうめい》を得たのち、并《へい》州刺史《しし》、河東《かとう》太守を歴任している。今年、東中郎将《とうちゅうろうしょう》に任ぜられて冀州に遠征をおこなったものの、敗退した。それによって罪に問われ、貶降《へんこう》させられた。

盧植とちがって、つねに羌族を相手にしてきた董卓は、黄巾との戦いかたを知らなかったとみることができる。

——あるいは……。

董卓は本気になって黄巾軍を攻めなかったのではないか。皇甫嵩は董卓の正体を知っているわけではないが、その戦いかたをふくめて、狡賢《ずるがしこ》いところがある、と感じた。

「さて、征《ゆ》くか」

皇甫嵩は軍とともに河水を越えた。ほぼまっすぐに北進すると広宗《こうそう》県に到る。そこに黄巾の大軍が邀撃《ようげき》の陣を布《し》いていた。将帥《しょうすい》は張角の弟の張梁《ちょうりょう》である。

「ははあ、人公《じんこう》将軍が相手か」

張角は中心となる将軍名に、天、地、人をつかった。

とにかく最初の当たりが勝敗を分けるとおもっている皇甫嵩は、大波のような大軍にひるまず押しつづけたが、押しきれなかった。

――なるほど、これまでの黄巾軍とはちがう。

相手は黄巾の中核の軍である。堅固さがほかの黄巾軍よりまさっている。

「よし、休もう」

皇甫嵩はすべての兵を休息させ、営塁の外にでるな、と命じた。すると、まる一日、停戦状態となった。黄巾軍も攻撃をやめて、休息した。

――敵陣にゆるみがある。

そうみた皇甫嵩は、夜中に兵を整えた。

鶏鳴《けいめい》をきくや、

「突進――」

と、皇甫嵩は号令をくだし、みずから馳《は》せた。敵のゆるみを衝いたつもりであったが、黄巾兵のなかでも強者がそろっている敵陣は、たやすく崩れなかった。またしても押しくらべとなった。この大規模な揉《も》みあいが夕方までつづいたのである。さきに疲れはてたのが黄巾軍であった。

――勝った。

と、知った官兵は、疲れを忘れて、躍動した。かれらは乱戦のなかで張梁を斬った。この戦いで挙げた首級が三万というのであるから、すさまじい勝利である。さらに、追撃されて死んだ賊兵が五万もいた。皇甫嵩は輜重車《しちょう》をみつけて焼き払った。炎上した車は、三万輛《りょう》である。捕獲した婦女子もすくなくない。黄巾兵は家族をともなって移動するのがつねである。

「さあ、つぎは張角の首だ」

皇甫嵩は高々と鞭《むち》をあげた。この大勝利にもかれの表情はゆるまず、鉅鹿県にむかって進撃を指示した。

「天公将軍がどこかに隠れているはずだ。捜しだせ」

前途に、もはや黄巾軍がいないという報告をうけた皇甫嵩は、張角が逃亡したにちがいない、とみた。

だが、捕虜を尋問していた軍吏が、

「張角はすでに病死した、といっている者がすくなからずいます」

と、告げにきた。

「死んでいると……」

まさかとおもった皇甫嵩のもとに、張角の墓をつきとめた、と報《しら》せにきた兵がいた。すぐに工作兵を率いて、その墓を掘りかえさせ、棺《ひつぎ》をあばいて屍《し》体《たい》を地上に置いた。

「これが張角か。捕虜のなかで、張角の顔がわかる者をつれてくるように」

皇甫嵩は腕を組んで天空をみあげた。張角の死が確実であれば、まもなくこの大乱は終熄《しゅうそく》する。

やがて、黄巾軍のなかで隊をあずかっていた者が連行されてきた。かれは屍体をみるやいなや、

「おいたわしい」

と、落涙した。

――まちがいない。

張角は黄巾兵にとって至尊の人であっても、国家にとっては憎むべき渠帥《きょすい》である。

「首を馘《き》って、京師《けいし》へ送れ」

と、皇甫嵩は左右にいいつけた。張角の死を確認してもらう方法はこれしかない。皇甫嵩は純粋に霊《れい》帝を喜ばせたかった。

そこに到着したのが鉅鹿太守の郭典《かくてん》である。かれの到着は少々遅かったといわざるをえない。それでも恥じいるようすはなく、

「これほどの大功がありましょうか。これで、残存の黄巾軍をお討ちになれば、垂《すい》名《めい》の将となりましょう」

と、皇甫嵩をことさら称《ほ》めた。

「ほう、郡内にまだ黄巾軍がいる……」

「下曲陽《かきょくよう》に、地公将軍と称している弟の張宝《ちょうほう》がいます」

「なるほど、三兄弟でしたな」

鉅鹿郡の支配者となった張角は、次弟の張宝に北を、末弟の張梁に南を守らせていたことになる。下曲陽は郡の北端に位置する要衝《ようしょう》である。郭典は、それがわかっていながら、掌握している兵力では歯が立たないと愁えて、皇甫嵩軍の到着を待っていたのであろう。こういうときに、

「あなたは勇気のない人だ」

などと、露骨に人を傷つけるようなことをけっしていわないのが皇甫嵩である。

「では、ともに攻めましょう」

このことばひとつで、郭典を救った。

郡兵と連合した皇甫嵩軍は、急速に北上をつづけて、下曲陽に到った。城の南にはてしなく黄巾軍の陣がひろがっている。なるほど一万の郡兵を引率していても、それをみれば、おそけをふるって引き返したくなったであろう。

敵の兵力が三十万に比《ちか》いと郭典に告げられていた皇甫嵩であるが、

――戦闘能力のある者は、その三分の一だ。

と、心中で断定していたのでおどろかなかった。

古今、大軍には策がないものだ、とみきわめているので、ほとんど用心することなく兵馬を前進させ、

「かかれ――」

と、皇甫嵩は命じた。この嫖《かる》さに、郭典は驚嘆した。猛獣の群れのなかに、馬か犬の小さな群れが突進してゆくようなものではないか。しかしながら、皇甫嵩軍は二万余という兵力ながら驚異的に勁《つよ》かった。猛獣のほうが、むかってくる群れの咆《ほう》哮《こう》におびえて居《い》竦《すく》まったようになり、日がかたむくまえにはっきりと優劣があきらかになった。郭典はなだれをうって逃げる黄巾兵をはじめてみた。感動で全身が熱くなったかれは、

「追えや、追え、追え」

と、のどが破れるほど絶叫して、郡兵に追撃させた。

二日後には、十万余の黄巾兵が屍《し》体《たい》となった。その屍体のなかに張宝の屍体もあった。

大勝利のあとに、

「京観《けいかん》」

を築くのが昔からのならいである。屍体を積み重ねて小さな山を作り、それを土

で固めたものが京観である。それをみた官兵は万歳《ばんざい》をとなえた。大乱の元凶である張氏三兄弟が死んだあかしが、その京観であり、これで黄巾軍との戦いがなくなるであろう、とそれは告げているようであった。

捷報《しょうほう》がとどけられた朝廷も、当然のことながら、沸《わ》き立った。

「これほどの慶事《けいじ》があろうか」

と、上下が喜びあい、霊帝は大赦《たいしゃ》をおこなうとともに、光和《こうわ》七年（一八四年）を中平《ちゅうへい》元年と改元した。これが十二月のことなので、中平元年はひと月もないということになった。

一躍、皇甫嵩は英雄となった。英雄といういいかたがふさわしくなければ、無敵将軍となった。巷間《こうかん》でも、人々は皇甫嵩をほめそやして、

天下大乱、市《いち》は墟《きょ》と為《な》り、
母は子を保《やしな》えず、妻は夫を失うも、
皇甫のおかげで、また安居《あんきょ》す。

と、歌った。配下の兵も、

「あれほど立派な将軍をみたことがない」

と、いちように敬仰《けいぎょう》した。宿営するたびに、皇甫嵩は兵営が造られるまで待ち、それから自分の舎《しゃ》にはいった。食事の際には、軍中の兵士が食べ終えてから、自分の食事をとった。賄賂《わいろ》をうけとった軍吏がいれば、その者に自分の銭や物を与えて、無言でさとした。

この絶大な人気をみた閻忠《えんちゅう》という者が、あえて皇甫嵩に近づき、

「いまの腐りきった王朝を倒し、あなたさまが天子になるべきです」

と、献言した。が、皇甫嵩はうなずかず、

「われが討伐したのは、昔の秦《しん》軍でも項羽《こうう》でもない。黄巾など、小悪党にすぎぬ。天下の人々はまだ漢の天子の恩徳を忘れてはおらず、天はそれにさからう者を祐《たす》けはせぬ。もしもわれが讒言に遭《あ》って追放されても、令名が残れば、死んでも不朽《ふきゅう》である」

と、いい、閻忠をしりぞけた。

往時、項羽と劉邦《りゅうほう》が天下を争っていたころ、蒯通《かいとう》という策士が、天下三分の計を、韓信《かんしん》に献じた。項羽と劉邦の両者に仕えたことがある韓信が、その計策を用いていれば、項羽、劉邦、韓信という三英傑による三国時代が到来したかもしれないといわれている。要するに、いまの王朝はかつての秦王朝のように民を虐《しいた》げているので、仁智の人というべき皇甫嵩が劉邦とおなじ位置に立てば、天下の民と豪族の支持を

得られる、と閻忠は勧進《かんしん》したのである。が、皇甫嵩は劉邦になる気はなかった。むしろかれがなりたかったのは、劉邦を佐《たす》けた曹参《そうさん》のように忠をつらぬいた輔相《ほしょう》であろう。

とにかく凱旋将軍となった皇甫嵩は、左車騎《さしゃき》将軍と冀州牧《ぼく》を兼務する高みに陞《のぼ》った。この時点で、国民の人気の点では、かつての叔父にまさったであろう。だが、王朝から離れて政権を独立させようとする野心がみじんもなかったことで、かえって皇甫嵩の歴史的印象が淡くなってしまうという逆説を、時代がもちはじめていたことは、かれにとって不幸であった。

それはそれとして、皇甫嵩の軍略の巧《うま》さがふたたび発揮されるときがきた。

中平五年である。

この年に西方がさわがしくなり、十一月に、涼州の賊帥である王国《おうこく》という者が、寇攘《こうじょう》の兵を挙《あ》げ、渭水《いすい》北岸の陳倉《ちんそう》を攻めて包囲した。すぐに朝廷は、

「皇甫嵩を鎮討にむかわせよう」

と、決定した。このとき、同時に、

「董卓と連携《れんけい》させるのがよい」

という声があり、その声が亨《とお》って、それぞれが二万の兵を率いて西方へむかった。

——董卓は、朱儁とはちがう。

注意をおこたってはならぬ人物である、というひそかな認識を皇甫嵩はもっていた。が、左右に意中を漏らしたことはない。董卓の配下は、当然のことながら、官兵ではあるが、董卓はかれらに銭や物を惜しげもなく与え、私恩を売り、私兵化している。ゆえにその軍は利害に敏感で、利があればすすみ、害があればしりぞく。国家のため、正義のために、危険を冒《おか》すようなことはしない。そこが皇甫嵩軍とはちがう。

董卓は早く陳倉に着こうと軍をいそがせた。が、皇甫嵩は、

「いそいではならぬ」

と、たしなめた。慍然《うんぜん》とした董卓は、

「なぜ、おいそぎにならぬのですか。いそいで救わなければ、城は陥落してしまいますぞ」

と、くってかかった。

ここでの皇甫嵩の説明は、少々哲学的である。

「たとえ百戦百勝したとしても、それは、戦うことなく相手を降伏させたことにおよばない。それゆえ、まず敵がどうしてもこちらに勝てない状態をつくり、敵にやすやすと勝てるまで待つのがよい」

そういったあと、

勝つべからざるは我《われ》に在《あ》り、
勝つべきは彼《かれ》に在り、
彼は守るに足《た》らず、
我は攻むるに余《あま》り有《あ》り。

と、いった。戦場にあっての名言とは、これであろう。

今回の出師《すいし》にかぎっていえば、戦いの主体性はあくまで官軍にあるのだから、敵にあわせる必要はない。むこうがこちらにどうしても勝てない状態をつくりだせるのは、こちらであり、それができれば、むこうはおのずと敗《やぶ》れる。戦力の点でも、むこうは不足しており、こちらは余裕がある。

兵力においてまさる軍がかならず勝つための法を、皇甫嵩はやや抽象的に説《と》いたのである。

さらに、董卓にむかって、

「陳倉は小さな城であるが、城の守りは堅固である。王国がどれほど強くても、その城を攻め落とすことはできない。したがって、われらはいたずらに兵を動かさず、完勝という功を取るのがよい。いったい君は、なにを救おうとしているのか」

と、皮肉をこめていった。

董卓は唇を嚙《か》んだまま黙ってしまった。

この日から、この救援軍は停止したまま、冬から春へ季節が変わるのを眺めていた。

その間に、皇甫嵩の子の堅寿《けんじゅ》は、董卓の営所に遊びにゆくようになった。それを知っても皇甫嵩は、

「やめなさい」

とは、いわなかった。堅寿は董卓と馬が合うらしく、

「董卓は配下をいたわり、しかも気前のよい将軍ですよ」

と、いうようになった。董卓を嫌っている甥《おい》の皇甫酈《こうほれき》は、ひそかに皇甫嵩のもとへゆき、

「堅寿がしばしば董卓と歓談しているのをご存じでしょうか。董卓には私心があり、けっして王朝のためにならぬ男のようにおもわれます。堅寿が董卓に毒されるまえに、外出を禁じてはいかがですか」

と、諫言《かんげん》をおこなった。が、皇甫嵩は、そうしよう、とはいわず、

「いろいろな人物を観《み》ておくのも学問のうちだ」

と、いい、堅寿にはなにもいわなかった。

王国が陳倉を包囲してから八十余日がすぎた。王国軍は攻めあぐね、仲春になって、ついに包囲を解いて、去った。

皇甫嵩はこの時を待っていたのである。すかさず起ったかれは、

「急追せよ」

と、属将たちに命じた。董卓は、気にいらぬ、といわんばかりに眉宇《びう》に険《けん》をあらわし、頬《ほお》をふくらませてから、

「追ってはなりますまい。兵法に、窮寇《きゅうこう》は追うなかれ、帰衆《きしゅう》は迫るなかれ、とあるではありませんか。いまわが軍が王国軍を追えば、帰衆に迫ることになり、窮寇を追うことになります。獣でさえ窮すれば猛然と戦い、蜂や蠆《さそり》も毒をもって猛反撃します。まして王国軍は大軍なのですぞ」

と、大口をあけて説いた。ちなみに窮寇は窮地にある敵、帰衆は引き揚げる軍をいう。

――笑止《しょうし》な……。

みかけによらず董卓は多少は兵法を学んだらしいが、その神髄《しんずい》を理解していない、と内心嗤《わら》った皇甫嵩は、

「それは、ちがう。いままで攻撃しなかったのは敵の鋭さを避けるためである。いまようやく攻撃するのは敵の衰えを待っていたからである。わが軍が撃つのは、疲

れた軍旅であり、それは帰衆にはあたらない。また王国軍は逃げているのであり、闘志はなく、整然たるわが軍が乱れた敵を撃つのであるから、それは窮寇を撃つことにあたらない」

と、あっさり董卓の意見をしりぞけると、猛追を自軍に指示した。この軍は董卓軍を置き去りにしてすすみ、連戦して、王国軍を大破した。その結果、一万余の斬首、という大功が樹立された。王国は逃走したもののけっきょく死んだ。

熙笑《きしょう》の声がひびくなかで、ひとり顔をゆがめた董卓は、

「皇甫嵩め――」

と、左右をおどろかすほどの声でののしった。よくも恥をかかしてくれたな、と怨み怒った。

朝廷は董卓の戦いぶりに不審《ふしん》をおぼえたのか、董卓を并州牧に任じて、私物化している兵を切り離し、その兵を信用のおける皇甫嵩に属《つ》けようとした。が、董卓はのらりくらりと抗弁をくりかえして、その詔命《しょうめい》に従わなかった。

――天子のご命令にさからうとは……。

憤然《ふんぜん》とした皇甫酈は、皇甫嵩のもとへゆき、

「あなたはいまや元帥《げんすい》なのですから、天子の命にさからう董卓を、お討ちになるべきです」

と、強く説いた。一考した皇甫嵩は、

「天子の命に従わぬのは罪であるが、かってに誅殺《ちゅうさつ》するのも罪である。事情を顕《あき》らかに上奏して、朝廷に裁いてもらうのがよい」

と、おだやかにいい、上書をおこなった。

「けしからぬ」

霊帝が董卓を責めたことはいうまでもない。

「よけいな上奏をおこなったのは、皇甫嵩か」

董卓はさらに怨怒《えんど》した。とにかく兵を離したくない董卓は、いいのがれて、兵を率いて河東郡へ移り駐屯した。

ほどなく霊帝が崩御《ほうぎょ》した。まだ三十代のなかばに達していないという年齢である。

この夭逝《ようせい》をきいて、もっとも烈しく落胆したのは皇甫嵩であったかもしれない。忠をささげたい皇帝が消えたのである。

この年の八月に、宮城の内外は戦場となり、大量の血がながれ、悪政の元凶といわれた宦官は殄戮《てんりく》されたが、政権を掌握したのは、粛清《しゅくせい》を敢行した袁紹《えんしょう》や袁術《えんじゅつ》ではなく、兵を率いて洛陽《らくよう》に急行してきた董卓であった。兵を離さなかったことが、かれにおもいがけない幸運をもたらしたといってよい。

王朝の実質的な運営者となった董卓は、袁紹、袁術などが東方と南方で形成した反勢力と距離が近いことを恐れ、翌年、霊帝の子である献帝《けん》を長安《ちょうあん》へ遷《うつ》し、自身はしばらく洛陽に残った。その際、旧怨《きゆうえん》をはらすべく、皇甫嵩を招いた。城門校尉《じようもんこうい》に任ずるといっておき、やってきた皇甫嵩を捕らえさせ、罪を衣《き》せて殺す肚《はら》であった。

このとき皇甫嵩は長安にいたか、あるいは洛陽と長安のあいだに軍を駐屯させていたか、はっきりしない。とにかく使いをうけたかれは、

「そうか」

と、ためらわず腰をあげた。

長史《ちょうし》の梁衍《りょうえん》が顔色を変えて諫止《かんし》した。

「将軍は、精兵三万を率いて、その軍に天子をお迎えし、命を奉ずるかたちで、董卓という逆賊を討つべきです。さすれば袁紹が東からきて董卓を挟撃《きょうげき》できます。それで董卓を捕らえることができましょう」

董卓の専横《せんおう》に圧《お》し潰《つぶ》されそうな献帝を救い、献帝から離れた位置にいる董卓を孤立させるにふさわしい該案《がいあん》とは、まさにこれであろう。皇甫嵩が兵を率いて董卓を討てば、その名声ゆえに、各地にちらばった諸将は歓声をあげ協賛するであろう。

だが、皇甫嵩はゆるやかに首を横にふった。

——洛陽にゆけば、われは殺されよう。

それがわからぬ皇甫嵩ではない。ということは、ここでかれは死を選んだ。あえ

ていえば、殉死《じゅんし》である。霊帝の時代がかれにとってすべてであった。

洛陽にはいった皇甫嵩は、すぐさま捕らえられ、投獄された。ほどなく死刑となる。

このとき、長安から洛陽へむかって、血の気を失ったまま走った者がいた。皇甫嵩の子の堅寿である。かれは酒宴を開こうとしていた董卓に面会するや、涙をながして父の無罪を訴え、大義を説いた。血を吐かんばかりの説述《せつじゅつ》である。それをきいていた列座の者たちはそろって感動し、

「皇甫嵩をお釈《ゆる》しになったらいかがですか」

と、董卓にいった。

無言のまま起った董卓は、堅寿の手を引いて、となりの席に坐らせた。これが堅寿の哀訴を容《い》れたという表現であった。

獄からだされた皇甫嵩は、議郎《ぎろう》に任ぜられて長安にもどされ、さらに御史中丞《ぎょしちゅうじょう》に昇った。

董卓が長安へ移ったとき、公卿《こうけい》百官に出迎えられた。頭をさげている皇甫嵩をみつけた董卓は手を抵《う》ちながら、

「義真《ぎしん》よ」

と、皇甫嵩のあざなを呼び、

「服したか、まだか」

と、問うた。顔をあげた皇甫嵩は笑い、

「今日のあなたを、昔のあなたからは想像できなかった」

と、いった。すると董卓は得意げに鼻で哂《わら》った。ただしこのときの皇甫嵩の笑いには、最高権力者となった董卓へ媚付《びふ》する感情はいささかもふくまれておらず、おのれの余生の虚しさをひびかせたにすぎなかったであろう。

初平《しょへい》三年（一九二年）、董卓が暗殺されたあと、車騎《しゃき》将軍となった皇甫嵩は太尉《たいい》まで昇ったが三年後に死んだ。病死である。臨終において皇甫嵩は天にいる霊帝から招かれたと感じ、苦痛はおぼえず、むしろやすらかであったろう。霊帝が亡くなったあとのさまざまな権力闘争は、かれにとって淡い乱世の模様にすぎなかったにちがいない。

荀《じゅん》彧《いく》

冬の光に背をむけて、父の荀緄《じゅんこん》が坐っていた。

その背はふるえているようであり、父は哭《な》いているようであった。近寄って声をかけるには、あまりに暗く異様な容《かたち》であり、七歳の荀彧《じゅんいく》は恐ろしいものをみたようにおびえた。

——たれかが死んだのだ。

とっさに想《おも》ったのは、そういうことであった。この血のめぐりのよい少年の想像はあたっていたが、たれが死んだのかはわからなかった。

この年というのは、霊帝《れいてい》の建寧《けんねい》二年（一六九年）で、多数の党人《とうじん》が獄死した。天下の人々の尊敬を集めていた李膺《りよう》も死んだ。ほかに死んだ者は百余名にのぼり、かれらの妻子は辺境に流罪となり、兄弟、親戚は連座して禁錮《きんこ》に処せられた。

その死者のなかに、父が親しかった従兄の荀昱《じゅんいく》がいたのである。さらに荀昱の弟の荀曇《じゅんたん》も終身禁錮となった。

荀彧は、党人がどういうもので、なぜかれらが弾圧されなければならないのか、この年にはわからなかったが、それから三年経《た》ったころに、従兄の荀悦《じゅんえつ》に教えられて、理解することができた。ちなみに荀悦は荀彧より、十五も年上である。官途につくことを望まない荀悦は、自家で静かに読書をし、著述《ちょじゅつ》をおこなっていた。貧しいせいで書物は多くない。ところが荀悦はいちど読んだ書物の内容をほとんど誦読《しょうどく》することができた。そういう従兄を、荀彧はひそかに尊敬した。

――宦官《かんがん》の妄想《もうそう》がつくりあげた政敵が党人か。

宦官たちは、将来、自分たちの権力を潰《つぶ》しにくるかもしれない顕臣《けんしん》、知識人、学生などを党人と呼び、あらかじめ殺し、無力にしてしまおうと陰険な圧力をかけたのである。

――宦官か……。

宮中の害毒といってよいその存在が、十歳の荀彧には、現実味を帯びてこない。しかも荀彧が住んでいるのは、潁川郡《えいせん》潁陰県《えいいん》で、首都の洛陽《らくよう》からはやや遠い。たとえ首都に悪風が吹いても、ここまではとどきにくい。

父は済南相《せいなんしょう》まで昇った。それゆえ、荀悦の家ほど貧しくはない。

ちなみに父の兄弟は七人おり、そろってできがよかったので、世間の人々から、

「八龍《りゅう》」

と、たたえられた。

荀倹《じゅんけん》
荀緄《じゅんせい》
荀靖《じゅんせい》
荀燾《じゅんとう》
荀汪《じゅんおう》
荀爽《じゅんそう》
荀粛《じゅんしゅく》
荀専《じゅんせん》

という八人が、それである。荀倹が荀悦の父である。八龍については、こういううわさがある。潁川郡の人々は、

「荀氏の八龍のなかで、慈明《じめい》が無双《むそう》である」

と、評したという。慈明はあざなで、荀爽のことである。おどろくべきことに、かれは十二歳で『春秋《しゅんじゅう》』と『論語《ろんご》』に精通したといわれる。荀彧が四歳のときに、荀爽は至孝《しこう》に推挙されて郎中《ろうちゅう》を拝命したものの、大胆にも上奏文をたてまつったあと、官を棄《す》てて帰郷した。そのあとすぐに党人の逮捕がおこなわれたため、かれは姿をくらませた。

「善言を天子に奏上すると、それが宦官批判とうけとられ、あまつさえ天子への叛逆にねじまげられる。なんと昏《くら》い時代ではないか」

と、荀悦はいった。荀悦は疾《やまい》と称してたれの辟きにも応《まね》じない。それ自体が無言の皇帝批判であると、ようやく荀彧にわかった。そのとき荀彧は二十歳になっていた。

加冠《かかん》を終えた荀彧は、文若《ぶんじゃく》というあざなをもった。

めっきり春らしくなって里内のあちこちに桃の花が咲いた。満開の花樹《かじゅ》にみむきもせず、せわしく足をうごかして、まっすぐ荀彧の家にやってきたのは、隣県というべき潁陽《えいよう》県に住む荀曇である。荀彧の顔をみた荀曇は、

「父上は、ご在宅か」

と、問い、荀彧がうなずくや、すばやく奥にあがりこんだ。

「そなたにしか頼めない。まもなく客人が里門の外にやってくる。が、わたしは出迎えない。わかるだろう。わたしが見慣れぬ者を里内に連れこめば、里門の番人にみとがめられて、すぐに通報されてしまう。その客人を里内にいれてくれれば、一泊させるのは、ほかの家がやる。そのあと、その客人を洛陽まで送りとどけてもらいたい。頼む、この通りだ」

荀曇は床《ゆか》にひたいをすりつけた。終身禁錮の身のつらさと窮屈さを荀緄に訴えた

といえる。

「急に、そういわれても……」

荀緄はけわしく眉《まゆ》を寄せ、難色を示した。が、この日の荀曇はしつこかった。荀緄に諾《だく》といわせるまで帰りそうもなかった。とうとう荀緄は横をむき、さらに背なかをむけた。荀曇がいう客人とは、おそらく官憲《かんけん》に手配されている危険人物か党人であろう。なるべく党人にかかわりをもたぬようにすごしてきた荀緄は、どれほど荀曇に哀願されても、首をたてにふる気はなかった。

隣室にいた荀彧は、ふたりの対話を盗み聞きするつもりはなかったものの、荀曇の必死の訴えに胸を打たれ、なんどか逡巡《しゅんじゅん》したあと、その室にはいるや、

「わたしがその客人を出迎えましょう。洛陽への送りとどけも、わたしがいたします」

と、きっぱりといい、父を唖然《あぜん》とさせた。両手を挙《あ》げて大いに喜悦《きえつ》したのは荀曇である。すぐに、

「けっして、なんじには迷惑をかけぬ」

と、荀緄にいい、むきなおって、荀彧の肩をうれしげになんども叩いた。

「早くゆかねば、里門が閉じられてしまうわい」

と、荀曇にせかされて家をでる荀彧に、渋面《じゅうめん》の父が小声ながらするどく、

「われによけいな気をつかうのは、やめよ」

と、意味深長なことをいった。

たしかに荀彧は父を気づかったといえる。荀氏の一門のなかで、荀緄だけが党人に同情せず、政治のゆがみをまったく批判せず、功利的であるとみられ、孤立しつつあった。今日の荀曇の頼みをことわれば、それこそ、この家は孤島と化してしまう。荀彧はそれを恐れた。父は狷介《けんかい》な人ではあるが、愛情のない人ではなく、実際、荀曇の兄にあたる荀昱の死を痛惜《つうせき》したほどであるから、その心の深奥《しんおう》はみかけとはずいぶんちがうはずである。人としての、また、父としての良さをわかっているつもりの荀彧は、老後の父を、族人とのつきあいのないさびしい人にしたくなかった。

門の外に首だけをだした荀曇は、

「里門から遠くないところに、その客人はいるはずだ。襄《じょう》さん、と呼んでみてくれ」

と、いった。

荀彧は早足になった。里門に番人はいなかった。これなら荀曇自身が出迎えに行ってもよかったが、用心するにこしたことはないということであろう。里門の外にでて、しばらくゆっくり歩くと、細流《さいりゅう》があり、そのほとりの桃の木の根もとに旅装の男が腰をおろしていた。

——この人だな。

荀彧は迷わず近づいて、

「裏さんですか」

と、問うた。目をあげて荀彧を凝視《ぎょうし》した男は、しばらく腰をあげなかったが、やがて、

「やっと、お迎えか。いかにもわれは裏だが、そなたは——」

と、いいつつ、おもむろに起《た》った。体格に雄大さがある。年齢は、どうみても荀彧より二十は上である。気圧《けお》されぎみの荀彧は、

「荀文若といいます。親戚の使いです」

と、細い声でいった。

「親戚か……。はは、荀氏は、八龍のほかに逸材がいたのに、世に知られていない」

男は歩きはじめた。すぐに荀彧は門をみた。門番がいる。荀彧は気おくれしないように、あえて遠くから門番に声をかけた。

「そろそろ、門を閉じますか」

「いや、いや、日没までには、まだ間がある。おや、その人は——」

初老の番人は荀彧のうしろの男をいぶかるようにながめた。

「稀書《きしょ》を捜してくれている人です。どうやら洛陽にゆかないと手にはいらないようなので、明朝、この人と小旅行をすることになりそうです」

「おや、おや、学問に熱心なことだ。気をつけてゆきなされ」

荀彧の人柄のよさが、男をかばったといえる。

荀緄の家で男の到着を待ちかねていた荀曇は、ふたりの影をみつけると、すぐに門前にでて、荀彧をねぎらうまもなく、男と連れだって去った。男を荀緄の家にいれなかったのは、里人の目を警戒し、荀緄に迷惑をかけまいとする気づかいであったにちがいない。

家のなかにもどった荀彧は、父のようすをうかがった。が、ぞんがいけわしいけはいをみせず、

「あぶない橋には近づかず、まして渡ろうとするのは愚かなことだが、なんじもいちどくらいは運だめしをしておかねば大成せぬ。明朝は、早立ちとなる。馬と車体をよくみておけ」

と、いった。正体不明の男については、いっさい問わなかった。おそらく父は荀曇にもなにも問わず、男の正体を知らぬほうがよい、と決め、その態度をつらぬくつもりであろう。

――なんじもよけいなことを知るな。

父のいいたいことは、荀彧にはよくわかる。

翌日、まだ暗いうちに、男が荀曇とともに荀緄家に移ってきた。かれは門内にはいると廏舎《きゆうしや》を捜し、馬をみつけると、その馬にさわり、脚をさすったりして荀彧がでてくるのを待った。鶏鳴《けいめい》がきこえたときには、男は馬を車体につなぎ終えていた。

わずかに顔をみせた荀緄にむかって男は、

「ご子息をお借りする」

と、みじかくいい、馬車を門外にだした。

荀彧が男の手で車中に引きあげられると、荀緄は家のなかにもどり、ふたりを見送らなかった。門前にしばらく立っていたのは荀曇である。

里門はあいていた。番人はいなかった。

「馬のあつかいは、われのほうが巧《うま》そうだ」

この日、男は手綱を荀彧に渡さなかった。潁陰をでて北上し、河南尹《かなんいん》にはいって新鄭《しんてい》県を経由し、さらに北上してから方向をかえ、西行するのである。洛陽までほぼ二百里であると想えばよい。途中で、二泊した。宿泊した家はいずれもちょっとした名家にみえた。家主はいちように男を鄭重《ていちよう》にもてなした。奇妙なことにかれらは男を、襄さん、とは呼ばず、伯《はく》どの、と呼んだ。困惑ぎみの荀彧をみて笑った男は、

「われにはいろいろな名がある。南陽《なんよう》郡の襄郷《じょうきょう》県の生まれだから、襄という名もつかうが、あざなの一字が伯だから、伯とも呼んでもらっている」

と、教えた。

ふつう長男のあざなには伯が用いられる。それゆえこの男が長男であることはわかるが、正体を特定する手がかりにはならない。手がかりは、襄郷県の生まれ、ということだけである。仮名、変名を用いて、郡国を渡り歩いているらしいこの男が、党人のひとりであることはあきらかなのだが、党人にくわしくない荀彧は、襄郷県ときかされても、勘《かん》がはたらかなかった。

洛陽にはいるまえに、男は、

「都内では、疫病《えきびょう》がはやっているらしい。飲み水には注意することだ」

と、荀彧にいった。

馬車は大路をすすみ、高級な邸宅がならぶ区域にはいった。人通りはすくない。ひとつの邸宅の門前に馬車を停めた男は、すばやく下車すると、顔をだした門衛に耳うちをした。

門がひらいた。

手綱を執《と》っている荀彧に、男は手招きをした。馬車を門内にいれよ、ということであろう。しかし荀彧はうなずかず、

「わたしは帰ります」

と、すこし声を高めていった。

「そうか……。この家の主人にそなたを引き合わせたかったが、なかにはいりたくないか……、わかった。では、ちょっと待っておれ」

奥に趨《はし》りこんだ男は、主人に声をかけられるや、

「すまないが、もう読まなくなった古い書物を、われにくれ」

と、せがんだ。ほどなく渡された書物は、紙ではなく、木簡《もっかん》の巻き物である。それを車中の荀彧に与えた男は、

「稀書を持って帰らねば、門番に怪《あや》しまれよう」

と、いい、笑貌《しょうぼう》をむけたまま、

「われは多くの者の人相を観《み》てきたが、驚嘆するほどのものはなかった。が、そなたはちがう。王佐《おうさ》の相がある。いつかそなたは天子を輔佐《ほさ》することになろう」

と、はっきりいって荀彧をおどろかせた。

荀彧の馬車が視界から消えるまで門前に立っていた男は、あの者に王佐の相があるのにこの家の主人にそれがないのはなにゆえであろうか、とつぶやきつつ門内にもどった。

「やあ、伯求《はくきゅう》どの、あなたの東奔西走のおかげで、多くの党人が窮地を脱してい

る」

と、語りかけたこの家の主人こそ、

「袁紹《えんしょう》」

である。あざなを本初《ほんしょ》という。

祖父は司徒《しと》の袁湯《えんとう》であり、父は五官中郎将《ごかんちゅうろうしょう》の袁成《えんせい》である。ただし袁紹の実父は、司空《しくう》となった袁逢《えんほう》であろうといわれており、庶子《しょし》として生まれた袁紹は伯父の袁成の養嗣子《ようし》となったというのが、事実に比《ちか》いであろう。袁逢の嫡子として生まれた袁《えん》術《じゅつ》が、つねに袁紹に不快感をおぼえていたわけは、そこにある、と想わざるをえない。

――妾腹《しょうふく》のくせに。

袁術が袁紹にむける目には、つねに侮蔑《ぶべつ》がある。が、袁成家にはいった袁紹は、全身全霊でその家の嗣子になりきろうとした。袁術のけわしいまなざしをしりぞけるには、それしかなかった。そういう姿勢と態度が多くの人に好感を持たれ、袁術以上に俠気《きょうき》を発揮し、士を厚遇したことによって、名声をともなう器量をつくりあげた。袁紹のもとには多くの俠士《きょうし》が集まった。かれらのことを、

「奔走《ほんそう》の友《とも》」

と、いう。ひとたび大事が生ずれば、万難を排して駆けつける仲間である。

伯求と呼ばれた男、すなわち、

「何顒《かぎょう》」

も、そのひとりである。かれは若いころに洛陽に遊学し、太学《たいがく》にいるうちに有名になった。義俠《ぎきょう》の人、憂国の士といってよい何顒は、王朝の良輔《りょうほ》というべき陳蕃《ちんばん》や李膺が宦官の毒牙にかかって死ぬと、すばやく身をかくした。おもに汝南《じょなん》郡にひそんでいたが、ひそかに党人の逃亡をたすけるために奔走した。そういう義俠の行為にさりげなく手を貸したのが袁紹である。袁紹は何顒を敬慕しており、おのずとふたりは結びついたといえる。

「本初どの、途中でめずらしい男をみつけた。われの目にくるいがなければ、その者には王佐の才がある」

「ほう、王佐の才……」

あえて大仰《おおぎょう》におどろいてみせた袁紹は、

「あなたの目にくるいなどあろうか。その天下の輔弼《ほひつ》になりうる者は、どこのたれであろうか」

と、問うた。

「荀氏の八龍のひとり、荀緄の子で荀文若がそれだな。いまはまだ弱冠《じゃっかん》だが、十年も経たぬうちに頭角《とうかく》をあらわすであろうよ。憶《おぼ》えておかれよ」

荀彧の大才に気づいた最初の人が何顒であり、かれの発言をきいて、袁紹も荀彧の名を知った。ただし、この時点で、袁紹の名も世間的には知られていない。

一方、何顒の注意に従って飲み水に気をつけながらぶじに潁陰県に帰着した荀彧は、里門を通る際に、高々と古書を掲《かか》げ、

「稀書を入手しましたよ」

と、ことさら明るく番人に声をかけてから帰宅した。

「ただいま帰りました」

父への報告を粛々《しゆくしゆく》と終えた荀彧は、持ちかえった書物を紐解《ひもと》いてみた。書物自体は著者のわからない緯書《いしよ》すなわち占いの書だが、所有者の名におどろかされた。袁湯と袁成の名があるではないか。

——このふたりは、すでに亡《な》い。

すると、あの男が会いにいったのは、袁成の子、ということになる。大臣家が党人をかくまうようなことをするのか。あれこれ考えはじめた荀彧は、父に呼ばれた。

「どのようなご用でしょうか」

「これからいうことは、急に決めたことではない。かなりまえに決まっていたことを、なんじに語《つ》げなかったにすぎぬ。結婚のことだ」

「はあ……」

荀彧は冴《さ》えない返答をした。すでに父は他家と婚約を交わしていたのか。それはいっこうにかまわないが、なぜそのことをいままで黙っていたのだろうか。婚約は、秘匿《ひとく》すべきことではあるまい。

「それで、相手は――」

なぜか口の重くなった父の発言をうながすように荀彧は問うた。しばらく口をつぐんでいた父は、意《おも》いをすえなおしたような目つきをして、

「唐衡《とうこう》の女《むすめ》だ」

と、いった。荀彧は唖然とした。


唐衡《とうこう》は宦官《かんがん》である。

しかも皇帝の側近中の側近というべき中常侍《ちゆうじようじ》である。

ただし、である、というのは過去に時点を移した場合の表現で、この時点では、であった、と書くのが正しいであろう。

唐衡は中常侍になるまえから先代の皇帝である桓《かん》帝に絶大に信用された。ある日、廁室《ししつ》へゆく桓帝にひそかに呼ばれて、

「近侍する者のなかで、外戚《がいせき》をそねんでいる者はたれか」

と、問われた。桓帝のいった外戚とは、皇帝をないがしろにして専権をふるっていた梁冀《りょうき》のことである。その専横者を誅殺《ちゅうさつ》するための最初の密謀《みつぼう》がそれであった。唐衡はためらわず宦官たちの名を挙《あ》げ、謀殺にむけて、力を結集させた。梁冀の誅殺が完了したあと、唐衡は中常侍に昇り、汝陽《じょよう》侯に封《ほう》ぜられ、一万三千戸の食邑《しょくゆう》をさずけられた。以後の宦官たちの悪辣《あくらつ》ぶりは、梁冀の悪業をしのぐほどであり、唐衡については、

「民の富を奪う盗賊となんら変わらない」

とまで、世間でいわれた。

唐衡が庶民に憎まれていたことを知っている荀彧《じゅんいく》は、

「唐衡どのは、わたしが生まれたころに亡《な》くなったはずですが……」

と、いい、あえて首をかしげてみせた。奇妙な結婚話ではありませんか、と父に訴えてみたのである。

たしかに唐衡は荀彧が二歳の延熹《えんき》七年（一六四年）に死去した。それ以前に唐衡は荀緄《じゅんこん》と話し合って、両家が姻戚《いんせき》になることを決めたのであろうか。

「ふむ、それでも、約束は約束だ」

荀緄は少々苦《にが》いものを吐くようにいった。

生前の唐衡は自分の女《むすめ》を汝南《じょなん》の傅《ふ》公明《こうめい》という者に嫁《とつ》がせたいとおもったが、こと

わられたので、荀緄に声をかけ、

「おなじ潁川《えいせん》郡の出身ではないか」

　と、親しげにいい、婚約をおこなった。なるほど唐衡は潁川郡郾《えん》県の人なので、おなじ郡の出身者を婚家に選んだのは、いちおうすじが通る。しかしながらそれが荀彧が生まれた直後の話であるとすれば、唐衡の女も、一、二歳でなければ、話がゆがんでしまう。まさか成人男子の傅公明が嬰児《えいじ》を娶《めと》るはずはないので、ふたつの話が混同したのであろう。唐衡の女はひとりではなかったと想《おも》うべきである。ちなみに子を儲けることのできない宦官の家の子は、すべて養子と養女である。

「婚礼は、一年後だ」

　と、強くいった荀緄は、荀彧の拒否や抗弁などをゆるさないという目つきをした。

「わかりました」

　そう答えたものの、荀彧は心に深い傷を負った気分になった。宦官の女を妻にして大成した者など、きいたことがない。たしかに党人《とうじん》は王朝から排除され、宦官から敵愾心《てきがいしん》をむけられているが、民衆はかれらを尊敬して宦官たちを憎悪しているのである。その実情を知らないのは、天子ばかりである、といっても過言ではない。

　――結婚後、わたしは里人から白い目でみられよう。

　いや、里人だけではなく、天下の人々から信用されなくなる。

悄然《しょうぜん》と退室した荀彧は、ああ、と長大息《ちょうたいそく》したあと、

「それでもわたしには、王佐《おうさ》の席にのぼる日がくるのか」

と、つぶやいた。どうにもやるせないかれは、荀悦《じゅんえつ》の家へゆき、あがりこむと、

「明年、わたしは唐衡の女を娶ることになりました」

と、荀悦の背に暗い目をむけた。

桓帝の時代にどれほど唐衡が人々をしいたげて富を増やしたかを荀彧に教えたのは、荀悦なのである。

書き物をしていた荀悦は、さすがにおどろいたようで、筆を置き、くるりと膝《ひざ》をまわして、

「その婚約を、そなたは、今日まで知らなかったのか」

と、問うた。

「そうです……」

「すると——」

荀悦はしばらく考えた。やがて、

「そなたの父上は、そなたが成人になるのを待って、唐家のような宦官の家ではない、名士の家から娶る腹づもりであったのだ。だから昔の婚約についてそなたに語《つ》げずにきた。ところが、唐家もそなたが成人になるのを待っていた。往時の約束を

忘れておらず、おそらく最近、使いをよこしたのだ」

と、推量した。

荀彧はうつむいた。

――わたしがあの唐衡の婿《むこ》となる。

義父が山のように積みあげた悪徳の何分の一かを背負って生きてゆかねばならない。荀彧の一生は、義父にかわって罪をつぐないつづけてゆくというものになろう。

「父上を怨むな。そなたの将来を想っての婚約だ。そなたが宦官になるわけではあるまい。そなたに嫁いでくる女《むすめ》は、おそらく唐衡との血縁は薄い。まったく血のつながりはないのかもしれぬ。それでも宦官の女と陰口《かげぐち》をたたかれつづけてゆく。そなたしか守ってやる者はいない。それも仁《じん》のありかたのひとつだ」

「はい……」

うつむいたまま、そう答えた荀彧は、心の目で荀悦を視《み》て、

――この人は温《あたた》かい。

と、つくづく感じた。

しかし新婦が唐家の威勢をひけらかすような女であったら、どうしたものか。

そういう不安をかかえたまま、翌年の春を迎えた。

婚礼は里人をおどろかすほど華やかなものではなかった。むしろ、じみであった。

新婦は荀彧と同年齢であり、容姿に険《けん》はなかった。唐家の気のつかいかたが、この女に滲《し》みているという感じであった。

「気をつかいすぎると、疾《やまい》になる」

と、荀彧は新婦にいって落ち着かせてやりたくなった。

婚礼が終わったあと、荀緄は荀彧の耳もとで、

「これで唐衡との約束は果《は》たした。いつ離別してもかまわぬ」

と、おだやかならぬことをささやいた。

慍《むっ》とした荀彧は、はじめて父にさからいたくなった。今日妻となった女が、明日離別されたら、帰る実家はあるまい。夫としてのそういうしうちは、宦官の悪業よりむごいであろう。荀彧は新婦の異常なおとなしさに気づいている。そのおとなしさは、極端な恐れと不安を暗示している。

妻とふたりだけになった荀彧は、ふるえているような細い肩に手を置いた。

「そなたは今日から荀彧の妻であり、ほかのなにものでもなくなった。生まれた家も、養父の家も、念《おも》いから消して、ここが自分の家だと意《おも》いなさい。わたしがあなたを守りぬく。誹《そし》りの矢があなたにむかって放たれれば、わたしが受けよう。あなたに罪がないように、わたしにも罪はない。それでも悪口雑言《あっこうぞうごん》が投げつけられる。あな
庶民は上からしいたげられていると嘆きながら、実は、平気で他人をしいたげてい

る。世間とは、そういうものです。それをこわがらず、嘆かず、しっかりとわたしについてきてください」

　妻ははじめて首を揚げ、荀彧の目をまっすぐにみつめて、涙ぐみ、小さくうなずいた。

　里人は荀彧の妻が唐衡の女だと知ったが、あけすけに悪口をいわなかった。荀彧の篤実《とくじつ》さと人あたりのよさが、そうさせたといってよい。

　翌年、海内《かいだい》のいたるところが震揺《しんよう》した。

　黄巾《こうきん》の徒の蜂起《ほうき》である。

　潁川郡で起《た》った黄巾の賊帥《ぞくすい》を波才《はさい》といい、かれは統率力《とうそつりょく》にすぐれ、兵も勁強《けいきょう》であったので、郡内の諸県を落としはじめた。荀氏一門が住む潁陰《えいいん》県も黄巾の兵に囲まれたが、波才が郡府のある陽翟《ようてき》県を取ることを優先にしたので、黄巾軍の長い攻撃にさらされずにすんだ。北上した黄巾軍と戦ったのが、南下してきた朱儁《しゅしゅん》、皇甫嵩《こうほすう》の軍である。波才は両将軍の軍をいちどは破ったものの、長社県《ちょうしゃ》において皇甫嵩の火計《かけい》に遭《あ》って敗退した。

——よかった。

潁陰県のなかにある里もそれぞれ武装していたが、官軍の大勝をきいた里人たちは、武器を偃《ふ》せて喜びあった。

荀彧は潁川郡に鎮静《ちんせい》をもたらしてくれた二将軍の名のほかに、その二将軍を補助するかたちで武威を示した騎都尉《きとい》の曹操《そうそう》という名も知った。

——あの人は宦官の孫のはずだ。

それでもはつらつと活躍した武人に好感をもった。

めずらしく家から外にでた荀悦がうれしげに手招きをしている。それに気づいた荀彧が趨《はし》ってゆくと、荀悦は、

「党人の禁錮《きんこ》が除かれた。これで慈明《じめい》どのも帰ってこられる」

と、いった。まえに述べたように慈明は荀爽《じゅんそう》のあざなであり、ふたりにとっては叔父にあたる。

「あの……、今日まで黙っていましたが、二年まえに、党人とおもわれる人を洛陽《らくよう》まではこびました」

荀彧の胸につかえていたことである。

「ああ、知っている。叔父からきいた。そなたがはこんだのは、何伯求《かはくきゅう》だ。党人のなかでも大物だ。禁錮が解《と》かれたとなれば、すぐにでも中央から辟《まね》かれよう。慈明どのも、ひく手あまたであろう」

心がすこしさわがしくなった荀彧は、尊敬している荀悦をみつめた。

「あなたは――」

「われか……。われの名を知っている三公《こう》九卿《けい》はいないだろう。それに、いまの皇帝のもとでは官途に就《つ》かぬ」

荀悦が霊《れい》帝を嫌っていることは、まちがいなかった。

「文若《ぶんじゃく》よ、われのことは気にするな。そなたは、そなただ。この黄巾の乱が熄《や》めば、朝廷は冷静さをとりもどし、地方の賢人に目をむけるであろう。父親おもいのそなたが孝廉《こうれん》に挙げられることはまちがいない。そのときは、洛陽へゆき、官界に足を踏みいれるがよい。父上もそれをお望みであろう」

荀悦はどちらかといえば、好悪の強い、狷介《けんかい》な人であろうが、こと荀彧に関してはつねにやさしさをみせた。

かれが予想した通り、五年後に、荀彧は孝廉に推挙された。父の期待を背負った荀彧はすみやかに京師《けいし》にのぼった。

「やあ、よくきた」

荀彧は荀爽の明朗な声に迎えられた。荀爽は八人兄弟のなかで、その英気はぬきんでている。この人はかならず三公九卿の位に昇ってゆくであろう。そういう目で荀彧はこの叔父をまぶしげに視《み》た。

ただし目下、荀爽は大将軍府で何進《かしん》に仕えている。ちなみにこの時期、何進は袁紹《えんしょう》らと語らい、宦官の排斥《はいせき》のためにひそかに準備をすすめている。

「なんじは、半年ほど辛抱すれば、どこかの県の令か長に任命されよう。おう、そうだ、なんじのことを何伯求が称《ほ》めていたぞ」

その何顒《かぎょう》はいま司空《しくう》府にいる。

「なんのことですか」

荀彧ははにかんだ。

「なんじには王佐の才があるといっていた。何伯求がそこまで称めることは、めったにない。いまひとり、何伯求が称めた人物がいる」

「どなたですか」

「曹孟徳《そうもうとく》、祖父は宦官だ。昨年、新設された西園《せいえん》八校尉《こうい》（皇帝直属軍）のなかで上からかぞえて四番目の典軍《てんぐん》校尉となった者だ。たしかに曹孟徳は用兵にそつはないが、人望を集めているというわけではない。それでも何伯求は、つぎの時代を治める者はかれだ、とめずらしく大仰《おおぎょう》に称めた」

「名は知っています。潁川郡を鎮《しず》めた騎都尉です」

孟徳は、曹操のあざなである。

「われは次代の主導者はいまの大将軍であるとおもっている。この人の輿望《よぼう》は大きい。ただし、西園八校尉の最上位にいる蹇碩《けんせき》と仲が悪い。蹇碩は宦官だ。かれはたちの悪い中常侍らと共謀して、大将軍を黜遠《ちゅつえん》しようとしている。ゆえにかならず政争が生ずる。なんじは春秋に富んでおり、その種の渦中《かちゅう》にはいって、つまらぬ挫折《ざせつ》をあじわってはならぬ。任命されたら、さっさと任地へゆけ」

これが荀爽の誨言《かいげん》であった。

ながい間、宦官に苦汁《くじゅう》をなめさせられた党人たちは官界に復帰すると、反宦官の巨頭というべき何進を推戴《すいたい》して政争での勝利をめざしている。かつて宦官を一掃しようとした者たちはことごとく敗死している。それを知らぬはずがない荀爽の肚《はら》のすえかたに、荀彧はおどろかされた。

――叔父にくらべると、わたしはぬるい生きかたをしている。

だが、たとえぬるい生きかたをしていても、やがて生命を賭《と》してなすべきことがある、と叔父にいわれた気がした。

荀彧は任命される時を待った。

ところが、王朝に凶事が生じた。霊帝が四月に崩御《ほうぎょ》してしまったのである。それでも政治は停止しない。すぐさま皇子の劉辯《りゅうべん》が践祚《せんそ》した。十代という若い皇帝である。生母は何進の妹の何太后《か》である。その即位をさまたげて、劉辯の弟の劉協《りゅうきょう》を立てようとした蹇碩は、獄にくだされて死んだ。ひとまず何進が政争に勝ったといえるであろう。しかしながら何進にとって真の敵は、宦官全体であり、その巨大な力を殺《そ》ぐために、何進は何太后をなかば脅迫した。何太后の命令をひきださなければ、宦官を斥逐《せきちく》できないからである。そのこころみは効《こう》を奏《そう》し、ついに何進はほとんどの宦官を罷免して禁中から排除した。

それからほどなく、荀彧は亢父《ごうほ》県の令に任命された。なお、亢《こう》と発音したほうがよさそうなのに、この地名についてはゴウであるらしい。東方の県である。

叔父から、さっさと赴任すべし、といわれているので、荀彧は洛陽をふりかえることなく東へむかった。

途中で八月になった。

明るい気分の旅行である。

荀彧自身は、すべての宦官が不要である、とはおもっていない。かれらは皇帝と皇后の身のまわりにいてもさしつかえない。権力を掌握《しょうあく》させなければよいだけである。きこえてきたところでは、袁紹らは宦官をことごとく誅殺すべきであると何進にしきりに説《と》いたらしい。だが何進はその進言を容《い》れず、穏便《おんびん》な方法をえらび、宦官を宮廷からしりぞけた。

——それでよかったのではないか。

これから、朝廷は健全さをとりもどし、善政にむかって邁進《まいしん》する。荀彧は地方にいて、その善政を県民に知らしめる。良い時代がくるという予感にくるまれ、身も心も軽かった。しかし、なんとなく、吹く風に重さを感じて、秋の爽《さわ》やかさはどうしたのか、といぶかった。

旅程はなかばにさしかかった。

駅亭で休息をとっているさなかに、亭長があたりをうかがいつつ近寄ってきた。

「あなたさまは、新任の県令で、亢父にゆかれるのでしたな」

「さようです」

「京師で、大事がしゅったいしたようです」

「なにがあったのですか」

荀彧は眉《まゆ》をひそめた。

「大将軍が宦官に暗殺されたとのことです」

「まさか——」

荀彧は天を仰ぎたくなった。何進が殺されたとなれば、大将軍府にいた属吏だけではなく反宦官派の官僚すべてに害がおよぶ。宦官がおこなう処罰は容赦がない。叔父も獄につながれて誅殺されるであろう。こういうことがあるから、中央の府にいてはならぬ、と叔父はいいたかったにちがいない。

――わたしもかならず連座する。

そうなるまえに姿をくらませるのが最善の方法かもしれないが、ひきかえすのも逃げるのもいやだとおもった荀彧は、とにかく亢父まではゆくつもりで、あわただしく駅亭をでた。

――亢父に着いたとたん、わたしは捕縛《ほばく》されるかもしれない。

それでもよいと肚をすえなおして東行した。

うわさが飛来するのは、荀彧の足より速い。亢父に着くまえに、

「宮廷の内外で戦火が立った」

と、知った。どうやらその戦いというのは、宦官と袁氏一門との激闘であるらしい。亢父で荀彧を迎えた吏人《りじん》たちは、捕吏《ほり》にはならず、

「宦官はみな殺しにされました」

と、口をそろえて告げた。

――連座はまぬかれた。

荀彧はほっとしたものの、宮廷には干《たて》が浮くほど血がながれたと想い、暗澹《あんたん》とな

った。大量の流血の上にめざましい善政が立つとはおもわれない。

——これからどうなるのか。

息を凝《こ》らして中央政府における主権の推移を遠くから見守っていたのは、荀彧だけではない。この時期、海内のすべての刺史《しし》、郡守、県令は職務が手につかず、伝聞に気をとられていた。

宮中では大事件がつづいた。

袁氏一門が政権をにぎるまもなく、西から洛陽に乗り込んできた董卓《とうたく》が、劉辯を天位からひきずりおろして、その弟の劉協を擁立《ようりつ》し、ついで何太后を殺害した。何氏の威力を殺いだのである。暴政《ぼうせい》のはじまりでもある。

——これは、だめだ。

慨嘆《がいたん》した荀彧は、県令の職をなげうって、帰郷した。董卓の乱暴な専制がはじまったとなれば、亢父県にとどまっていても意義が生じない。董卓の息がかかった新任の県令がくるにきまっている。

荀彧が潁陰県の実家に帰着したとき、すでに年があらたまっていた。

ふしぎなことに、荀爽は董卓に優遇されており、

「司空の位まで昇った」

と、父からおしえられた。

——それなら荀氏一門は害をまぬかれることができる。

などと考えるほど、荀彧は楽観をもたなかった。天下は殺気立ち、騒然としている。董卓打倒を標榜《ひょうぼう》する有力者が各地で挙兵している。かれらが東方のどこかでまとまれば大軍となり、洛陽にむかってすすむであろう。潁川郡は西進する軍とそれを防ごうとする軍が衝突しやすい位置にある。戦いの規模は黄巾の乱のころとはくらべものにならないほど巨大となろう。すると荀氏一門が住む里などは一朝一夕に潰滅《かいめつ》する。そう予想した荀彧は、

「父上、おびただしい血がながれるのは、京師だけではありません」

と、深刻にいい、移住を考えるべきだと説《と》いた。

「なにをいうか。たやすく父祖の地を棄《す》てられようか」

荀緄は難色を示した。

二月に、韓融《かんゆう》が洛陽から潁川郡に逃げかえってきた。かれはすぐに一族の千余家を率いて、郡をすこしでたところにある密《みっ》県の西山《せい》にひそんだ。

韓融は郡内の有名人で、とくにかれの父の韓韶《かんしょう》の徳が高く、多くの人民を救済したので、死後に、李膺《りよう》、荀淑《じゅんしゅく》などが韓韶をたたえるために碑を立てた。韓融自身は父の官歴《かんれき》を超《こ》える太僕《たいぼく》まで昇った。だが、董卓の強引な長安遷都《ちょうあんせんと》をきらって、長安へはゆかず、ひそかに洛陽を脱出してきたのである。

韓氏一門のあわただしい逃避行動は、郡内の人々を動揺させた。

――それほどの大乱になるのか。

たしかに郡内はざわついてはいるが、これといった戦闘は生じていない。韓融は臆病《おくびょう》すぎるのではないか、と嗤《わら》う者さえいた。

家のなかで沈思《ちんし》していた荀彧は、

「ちょっと父老《ふろう》のところへ行ってきます」

と、父にことわり、県父老の宅へ行った。県父老は県民の代表で、朝廷から官職をさずけられてはいないが、県の行政に欠かすことのできない要人である。県民は県令の命令よりも県父老のいいつけのほうに従う体質をもっている。

「お話があります」

荀彧は県父老宅にあがりこんだ。

「韓氏一門が密県の山中に避難したことはご存じでしょう。しかしあの山中でも、きたるべき大乱をしのぎきれません。まして潁川郡は東西南北に道が走り、白刃をきらめかせた兵が縦横《じゅうおう》に往来するでしょう。県民の安全のために、早いうちの移住を呼びかけてくれませんか」

父老には、県父老と郷《きょう》父老がある。荀彧は郷父老の宅へもゆき、おなじように説いた。

「移住といっても、どこが安全かわからぬうちに呼びかけようがない」

　郷父老は困惑しただけである。

　――どこが安全だろうか。

　袁氏一門の実力者である袁紹は北へ逃げ、自尊心の旺盛な袁術《えんじゅつ》は南へ逃げた。袁術が私兵とともにとどまっているのは、荊《けい》州の南陽《なんよう》郡の北端に近いところであるらしい。潁川郡から河北は遠く、袁術の本拠のほうがはるかに近い。この時点で、董卓の凶暴な威勢に対抗できる軍事力をそなえ徳望をもっているのは袁紹と袁術しかいない、というのが世間の評判であり、荀彧もそう想っている。

　里にもどってきた荀彧は、長老にも面会して、

「県と郷の父老の観測は甘く、深刻さが足りません。県内に住む人々のいのちと財産が、おそらく明年には失われてしまうでしょう。われらはかならず戦渦《せんか》にまきこまれて、この里はほかの州郡からきた兵に蹂躙《じゅうりん》されてしまいます。年内に安住の地を求めるべきです。南陽郡へ移るというのはどうでしょうか。とにかく長老にすべての里人を引率してもらいたいのです」

　と、懇々《こんこん》と説いた。

　長老は渋面《じゅうめん》をつくり、

「それは、里内の人々と話し合ってからだ」

と、いい、数日後、里内の人々を集めて移住の是非《ぜひ》を討論させた。この討論会は夏までに二、三回おこなわれたが、移住に賛成する者はいなかった。

やがて荀氏一門に訃報《ふほう》がとどけられた。

幼帝に従って長安へ移った荀爽が病死したという。

——すると、わたしが一門を嚮導《きょうどう》しなければならなくなった。

荀彧は頭をかかえた。

潁川郡は豫《よ》州のなかの一郡である。豫州刺史を孔伷《こうちゅう》といい、かれは東方の諸将と連合し、袁紹を盟主として、反董卓の姿勢をみせている。そうであれば、董卓軍の諸隊が豫州を攻撃することは必至である。

「戦いがはじまってから逃げだしても遅いのです」

里人が自分の説諭《せつゆ》に耳を貸してくれなくなった荀彧は、荀悦に会ってはこぼすようになった。

「そなたは袁術を頼るのがよいというが、われは反対だ。袁術の勢力は不安定だ。いっそ頼るのなら、南陽郡をぬけて、南《なん》郡まで行ったほうがよい。南郡の南に江水《こうすい》がながれている。江水を渡れば、戦火に追いかけられることはあるまい」

荀悦は異見をもっていた。

——どこへ行ったらよいのか。

荊州の長沙《ちょうさ》から発した孫堅《そんけん》が北上をつづけ、荊州刺史の王叡《おうえい》と南陽郡太守の張咨《ちょうし》を殺して、袁術を迎えた。さらに、年があらたまると、孫堅は董卓の属将を撃破して、ついに洛陽にはいった。二月のことである。

——これで袁術が洛陽にもどり、近畿《きんき》の治安を回復してくれるだろう。

荀彧はそう想ったが、事態はそういう方向にむかわなかった。もともと袁紹を嫌っている袁術は、袁紹を盟主とする東方諸将の連合とは和親せず、南郡にはいった劉表《りゅうひょう》があらたに荊州刺史に任命され、しかも袁紹と誼《よしみ》を交わしたことを憎み、攻撃目標を南にさだめた。

いよいよ群雄割拠の様相である。

「みなさんは坐して死を待たれるのか」

夏の盛りに、里内の人々を集めた荀彧は、これが最後の説諭だという意いで、懸命に説いた。すでに天下の民は戦乱を避けて大移動をはじめていたが、潁川郡の人々は鈍感である。故郷を棄てたくないとおもわせるほど潁川郡は住みやすいところであるともいえる。

——いくら説いてもむだか。

自宅にもどった荀彧は、疲れはて、父に暗い目をむけて、

「あちこちで交通は遮断されており、盗賊の横行《おうこう》は熾《さか》んです。武装しないで移住す

るのは、むずかしくなりました。われら一門は、ひとりも先見《せんけん》の明《めい》をもたず、ここで滅んでゆくしかありません」

と、怨《えん》の色をだした。

「なんじは多くの人を助けようと努めてきた。その努力に、口添えひとつもしないわれは不明であったかもしれぬ。わが家だけでも、移住するのは、かまわぬが、遅すぎるか」

「遅すぎることはありません。が、ある程度大きな集団で移動しないと、賊の襲撃をしのげません」

「そうよな……」

荀緄の眉宇《びう》にも暗さがただよった。

しかしながら、人は生涯にいちどは天祐《てんゆう》に遭うものらしい。突然、潁川郡に河北、冀《き》州の騎兵隊がはいってきた。なんとかれらは郡内の人々に冀州への移住を呼びかけたのである。

——強力な護衛つきで、冀州へ移住できる。

荀彧はとびあがらんばかりに喜んだ。

感動した。

――この世に、これほど慈恵《じけい》の厚い人がいたのか。

潁陰《えいいん》県の城外にでて、遠来の騎兵隊をみた荀彧《じゅんいく》は、胸がふるえるほど

この郡民救助のための騎兵隊を派遣した人物は、

「韓馥《かんふく》」

と、いい、出身地は潁川《えいせん》郡長社《ちょうしゃ》県である。あざなを文節《ぶんせつ》という。かれは御史中《ぎょしちゅう》丞《じょう》の官職にいるとき、董卓《とうたく》に推挙されて、冀《き》州牧《ぼく》となった。董卓の人への好みはぞんがいはっきりしており、博識の文官を珍重した。なるほど韓馥には武張ったところはなく、そこはかとない典雅さがあった。赴任した冀州は河北の州のなかで、もっとも肥沃《ひよく》であり、人も多い。この州の統監者となった韓馥は、故郷のある潁川郡の危うさが手にとるようにわかり、

「いまのうちに、なるべく多くの人を助けておきたい」

と、意《おも》い、ついに州兵を潁川郡へつかわした。このような心づかいを実行した州牧は、韓馥を措《お》いてひとりもいない。

「冀州牧が安住の地へ招いてくれているではありませんか」

里内にもどった荀彧は各家の戸をたたき、説《と》いてまわったが、たれも腰をあげなかった。やむなく荀氏一門の説得にとりかかった。族人のなかには乱世とかかわりたくないという姿勢を示している人が多い。

「しかし、迫ってくる弓矢と矛戟《ぼうげき》に理屈を説いても、静寧《せいねい》をゆるしてくれませんよ」

と、荀彧は説きに説いた。すると荀悦《じゅんえつ》が、

「文若《ぶんじゃく》がこれほどいうのだ。かれのことばに従ってみようではないか」

と、口添えをした。ひごろ、ものしずかな荀悦のことばに、めずらしく力があった。これでようやく荀氏一門の腰があがり、移住を決断した。

他州の騎兵隊がながながと潁川郡に駐屯できるはずがない。郡内をひとまわりもしないうちに引き揚げることになったであろう。荀氏一門の諸家の支度はあわただしく、族人たちは老人や幼児の手をひき、里をふりかえるまもなく、県外にでた。

ちなみに、のちに潁川郡は董卓の属将によってふみにじられ、多くの死者がでた。荀氏一門は荀彧の勧説《かんせつ》を容《い》れたため、その悲惨な災害をまぬかれることができた。

騎兵隊は危険地帯を回避しつつ、移住者を誘導し、徐々に北上して、魏《ぎ》郡の鄴《ぎょう》県に到着した。いまやここに州府もある。

「新天地だ」

荀彧は河北の空気をおもいきり吸った。

ところが騎兵隊を迎えるはずの韓馥の影も形もなかった。すでに冀州牧は袁紹《えんしょう》に代わっていた。韓馥に復命する心づもりの騎兵隊長はとまどったであろう。韓馥に感謝の辞を献じようとした荀彧は、気組みをはずされた。

「ほう、潁川からの移住者が到着したのか。もしや、そのなかに荀文若がいないか。いたら、上賓《じょうひん》の礼で迎えよ」

属吏《ぞくり》にそう命じた袁紹は何顒《かぎょう》の予言を憶《おも》いだしていた。ところが、あとで側近から、

「荀文若の妻は、唐衡《とうこう》の女《むすめ》ですよ」

と、告げられると、すっかり荀彧への関心が冷めた。袁紹の宦官《かんがん》嫌いは徹底している。

荀彧が厚遇されたのは一日だけで、荀氏一門へはなんの手当もされなかった。一門の人々は未知の地で路頭に迷った。数日後、荀彧は荀悦の袖《そで》を引き、大樹の陰《かげ》に坐ると、

「おもしろくありません」

と、いい、顔をしかめた。

「そうか。われもおもしろくない」

「袁本初《えんほんしょ》は、韓文節《かんぶんせつ》どのを恫《おど》して、冀州を奪ったのです」

袁紹は仁恤《じんじゅつ》の上司を無情に放逐《ほうちく》したのである。

「まちがいないな。強盗の手口と変わりがない。事業の基《もとい》に奸黠《かんかつ》さがあると、けっ

して大成はせぬ。いつか袁本初は滅ぶであろうよ」

「同感です。いつか滅ぶ州にいることはありません。ここをでようとおもいます」

すこし荀彧は目をあげた。やるせない現実から脱出したい目つきである。

「ほう、ゆくあてがあるのか」

荀悦は膝《ひざ》もとの小枝をひろい、それで軽く膝頭を抵《う》った。また歩くことになりそうだが、自分の足はその旅行に堪《た》えられるか、と無言に問うたようであった。

「小耳にはさんだのですが、東郡太守《とう》が王肱《おうこう》から曹孟徳《そうもうとく》に代わったということです。曹孟徳に頼るべく、東郡へゆこうとおもいます」

東郡は兗《えん》州に属しているとはいえ、魏郡に隣接しており、遠くない。

荀悦は眉《まゆ》をひそめた。

「曹孟徳の父を知っているか。銭で三公の位を買った男だ。評判のよい家ではない。そなたは曹孟徳のなにを見込んでいるのか」

「わたしは曹孟徳のなにも知りません」

「あきれたな」

荀悦は手の小技を投げ棄《す》てた。

「以前、叔父の慈明《じめい》（荀爽《じゅんそう》）はわたしにこういいました。次代を治めるのは曹孟徳であると何伯求《かはくきゅう》が予言したと。わたしはそのことばを叔父の遺言としてきき、信じつづけてきたのです」

「ふうむ、何伯求がそんなことを慈明どのに語《つ》げていたのか……」

何伯求すなわち何顒は、荀爽が病死したあと、ほどなく董卓に捕らえられて獄につながれ、憂憤《ゆうふん》して死んだ。まさに憂国の士であった。何顒の予言はとくに有名で、むやみに人を称《ほ》めないことでもよく知られている。その何顒がさほど親しくはなかった曹操《そうそう》を称めたところに特別な意味と信憑性《しんぴょう》がある。

「もともと何伯求は袁本初の親友であり、奔走《ほんそう》の友と呼ばれていた。しかるに何伯求は袁本初が次代を定めるとはいわなかったのか。そこにおもしろさはある。よし、東郡へゆこう」

荀悦は腰をあげて天空を睨《にら》んだ。

――こんど失敗したら、わたしは一門の人々に死んで詫《わ》びねばなるまい。

どうかわれらを安住の地へ導いてください、と荀彧は心のなかで荀爽にむかって禱《いの》った。一時《いっとき》後に集合した一門の人々のまえで、荀彧は地にひたいをつけた。深謝する荀彧を非難する声を荒々しく揚げた者が、二、三人いたが、ほかの者たちは困惑を深めたように黙りこくった。この冀州が住みやすいと感じない者が多かったせいで、

「東郡のほうがましか」

と、つぶやく者が増えた。東郡は中央を河水《かすい》が縦断《じゅうだん》しているので、なかば河北、なかば河南の郡である。河水より南の気候に慣《な》れてきた者たちにとって、魏郡より東郡のほうに親しみを寄せてゆくのは当然であるといえた。

「とにかく魏郡をでたい」

そういう声が高まれば、ゆくさきは決定したようなものであった。かれらは重い足どりでまっすぐ東へ歩きはじめた。この時点では、曹操は袁紹の盟下にいるので、両郡は対立しておらず、郡境に警備兵はいない。かれらはたやすく郡境を越えた。

——曹孟徳は、東武陽《とうぶよう》にいる。

以前、東郡の郡府は濮陽《ぼくよう》にあったが、曹操はそこよりはるか東北の東武陽に本拠を定めた。

東武陽にはいった荀彧はすぐに官衙《かんが》へゆき、魏郡から移住してきたことを告げ、一門の名簿を提出した。曹操とその佐僚《さりょう》の反応を知るためである。半日も経《た》たないうちに、曹操の使者が荀彧のもとにきた。

「太守が貴殿を招いておられます」

脇でそれをきいていた荀悦は、

「袁本初は鈍感だが、曹孟徳は鋭敏だ。何伯求の予言は的中するかもしれぬ」

と、低い声でいって、機嫌よく小さく笑った。

四半時後に、荀彧は曹操のまえに坐っていた。

――こんなに小柄《こがら》な人であったのか。

と、荀彧は曹操を視《み》てひそかにおどろいたが、ゆえにこの人は大人物ではない、とはおもわなかった。春秋《しゅんじゅう》時代の斉《せい》の名宰相《めいさいしょう》であった晏嬰《あんえい》も、戦国《せんごく》時代に天下を主導した孟嘗君《もうしょうくん》（田文《でんぶん》）も、短軀《たんく》であったとつたえられる。

曹操も荀彧を観察して、荀氏一門には賢良な人物が多いときいているが、眼前にいるこの者はそのなかでも秀逸《しゅういつ》だ、と直感した。何顒に称められたことがある曹操は、ほかにも何顒が称めた者がいて、その氏名が荀文若であると知っていた。

――それが、この男か。

すぐれた風貌《ふうぼう》をもっているが、気どりはない。いちどは一門の人々を率いて袁紹のもとへ行ったらしいが、すぐに東郡へやってきたことも、佐僚の調査でわかっている。そこで、

「袁本初について、一言で表現してもらおう」

と、むずかしい題をだした。だが、荀彧は一考するまもなく、

「見栄《みえ》のかたまりです」

と、答えて、曹操を哄笑《こうしょう》させた。が、荀彧は笑わず、

「見栄は政治の一手段です。しかしながら袁本初のそれは、いかにもまずい。さき

に宦官をみな殺しにしましたが、殺された者たちのなかには、無実な者、善良な者、少年、老人などもいたのです。宦官を憎む者が多いとはいえ、袁本初の非情さに眉をひそめた者もいたのです。そのあたりの気くばりが足りません。また、袁本初は韓文節から冀州を奪いましたが、それをおだやかな譲渡《じょうと》に世間にみせるために、韓文節を尊崇《そんすう》する態度をとれば、その政治の美しさを天下の人々は拍手したでしょう。それができず、またしても非情さをみせただけの袁本初は、名門の凡人にすぎず、本質的に政治がわかっていない。ゆえに、凶《わる》い見栄の見本とみました。政治の基本は、多くの人々を喜ばせることです。袁本初は死ぬまでそれができますまい」

と、辛辣《しんらつ》に述べた。

「なんじは、袁本初に仕えなくてよかった。いつか、首を刎《は》ねられよう」

盟主を痛烈に批判されても、曹操は気色《きしょく》を変化させず、むしろ楽しげにさまざまな問いをつづけた。

――この人の措辞《そじ》には文学の薫《かお》りがある。

それに気づいた荀彧は、気がねを忘れ、ひさしぶりに饒舌《じょうぜつ》になった。しゃべりすぎたかもしれない、と後悔が生じたが、あとは曹操の理解力と許容量にまかせることにした。

対話を終えた曹操は、ほがらかさを増して、

「なんじはわが子房《しぼう》である」

と、あからさまに賛辞を与えた。曹操のその一言で、

——この人は天下平定をこころざしている。

と、荀彧にはわかった。何顒の予言のおそろしさを実感した。曹操がいった子房とは、漢王朝の創業期に、初代皇帝の劉邦《りゅうほう》を策戦面で輔《たす》けた天才軍師の張良《ちょうりょう》のあざなである。

曹操が荀彧の才能を認めたあかしに、すぐに荀彧を司馬《しば》とした。同時に、荀氏一門の住居を定めた。曹操の好意がここにもある。

「東郡にきてよかった」

と、喜ぶ族人の表情をみて、荀彧は心のなかで荀爽のみちびきに感謝した。歴史的にみて、海内《かいだい》で大移動がはじまり、流人が激増するのは、このころである。荀氏一門が定住地をみつけたのは、奇蹟的に早いといってよい。

荀彧が曹操に絶大に信用されることになる事件が起こったのは、それから三年後の興平《こうへい》元年（一九四年）である。ちなみにその年に荀彧は三十二歳である。

前年に、曹操の父の曹嵩《そうすう》が避難先で陶謙《とうけん》配下の徐《じょ》州兵に殺された。

——徐州全体がわが父の仇である。

と、大いに怒った曹操は、徐州攻伐を敢行した。秋に徐州の十余城を陥落させた

曹操軍は、攻勢のまま越年した。

――兗州は空《から》同然である。

この事実につけこもうとしたのが、陳宮《ちんきゅう》と張邈《ちょうばく》である。

陳宮は曹操を兗州牧に迎えるべく根まわしをした人物で、以来、その才略を曹操に認められ信頼されていた。張邈は陳留《ちんりゅう》太守であるが、袁紹に殺されそうになったところを、袁紹を諫止した曹操に救われた。しかし、いずれ袁紹の密命を承けた曹操が自分を殺しにくるのではないかという疑念にさいなまれはじめたとき、陳宮の誘いがあった。ただし陳宮の逆心にはわからないところがある。陳宮は曹操に冷遇されていたわけではない。陳宮の個人的志望の問題であろうか。曹操が予想とちがってあやつりにくい人物であることがわかり、おのれの意思を憑《の》せやすい人物を選びなおしたということであろう。

「兗州を奪うには、ひとひねりが必要です」

策謀家の陳宮は一案を呈した。呂布《りょふ》を利用するということである。呂布はのちに変節漢の印象が濃厚になるが、このころは勤皇の名士として尊敬されていた。なにしろ天子のために董卓を殺した。この一事を知らない人はない。その後、董卓配下の逆襲に遭《あ》って、長安《ちょうあん》を脱出した。

「まあ、うまく騙《だま》せるでしょう」

陳宮は張邈に策をさずけ、劉翊《りゅうよく》という者を使者に立てて、甄城《けんじょう》へゆかせた。この城を守っていたのが荀彧である。甄城は東郡と済陰《せいいん》郡との境にある城である。東武陽よりはるか南に位置し、どちらかといえば濮陽に近い。

すでに呂布は兗州にはいっている。そこで劉翊は、

「呂将軍がきたのは、曹君を助け、陶謙を攻撃するためです。すみやかに呂将軍に兵糧を供給していただきたい」

と、おごそかにいった。

この要請に荀彧が応《こた》えて城を開き、呂布を歓迎したら、甄城は一日で落ちたであろう。

――呂布が曹君を助けるはずがない。

荀彧はすぐに疑念をもった。

長安をでた呂布は南へ奔《はし》り、まず袁術《えんじゅつ》に依帰《いき》しようとした。ところが、

「あの男は二度も主君を裏切ったではないか」

と、袁術に嫌われ、拒絶されたため、北にむかい、袁紹のもとへ往った。しかし折り合いが悪く、袁紹に暗殺されそうになったため、河水に近い河内《かだい》にのがれた。

そういう孤立ぎみの呂布に目をつけて東郡に迎え入れた者がいる。

――陳宮が叛《そむ》いたのだ。

そう推測した荀彧は、すぐさま使者を追い返すと、城の守りを厳重に固めた。徐州から帰還した曹操は、支配地の諸城が、わずか三城を残してことごとく呂布の驍名《ぎょうめい》に平伏《ひれふ》した事実に驚愕したが、わずかではあるが反撃の足がかりを荀彧の機転によって保全されたことに胸をなでおろした。このとき、

——荀彧は張良というより蕭何《しょうか》だな。

と、おもったであろう。蕭何は戦場にはでず、劉邦のために後援の手を休めなかった賢臣で、天下平定後に、その功こそ第一である、と劉邦に絶賛された。

さて、曹操と呂布との戦いは五年間つづき、建安《けんあん》三年（一九八年）に、曹操はようやくこの難敵を倒した。陳宮をも誅殺《ちゅうさつ》したが、曹操はかれの遺族に手厚い保護をおこなった。陳宮がいなければ雄飛のための礎《いしずえ》に足をかけることができなかったという意いが、そうさせたのであろう。

これ以前に、難問がひとつあった。

長安を強行脱出した皇帝、すなわち献《けん》帝（劉協《りゅうきょう》）を、どうあつかったらよいか、という問題である。何《か》皇后が産んだ皇帝であれば、皇室を仰ぐ諸侯の心情に複雑さは生じなかったであろう。何皇后というよりその兄の何進《かしん》の存在が天下の輿望《よぼう》の中心であったからである。ところが献帝は何皇后の子ではなく、董卓が強引に擁立《ようりつ》した皇帝で、袁紹、袁術などは最初から献帝を無視した。曹操も食指がうごかず、火

中の栗《くり》を拾うようなものだ、とおもっていた。献帝を洛陽《らくよう》に帰還させた者どもも、功を誇ってうるさい。

――昔の更始《こうし》帝のように、賊に攻められて、消滅するだけであろう。

そうなってくれたほうがよい、と曹操はひそかに意った。しかし荀彧は、

「いま主が天子を奉戴《ほうたい》なさらなければ、天下の諸豪族は天子を食いものにして、世は乱れるばかりになります。主がのちに計略をめぐらせても、まにあわぬでしょう」

と、進言した。天子を擁護することは董卓の悪臭をひきずることにならないか、と危ぶんでいた曹操は、この荀彧の意見をきいて、考えを改め、決断した。諸侯がたれも手をださなかった皇室へ救いの手をさしのべ、献帝にまとわりついているやからを払いのけ、後漢王朝を修復するかたちで、献帝を奉戴した。この行動は、ほどなく、

「しまった」

と、袁紹をくやしがらせることとなった。

ただし皇室を扶助《ふじょ》した時点で、曹操は自身が皇帝となる志望を棄てた。献帝は十代のなかばをすこしすぎたという年齢にたいして、曹操は四十歳をすぎている。献帝がさきに崩御《ほうぎょ》することは考えにくい。

洛陽が荒廃していたので、許《きょ》（潁川郡東部の県）を帝都とした曹操は、王朝の組織づくりをあらためておこなった。

——幼帝のお傅《もり》をする者が要《い》る。

適任者は荀彧以外考えられなかった。

荀彧は侍中《じちゅう》を拝命し、尚書令《しょうしょれい》を代行した。おもてむきの詔令《しょうれい》は献帝からくだされるが、じつのところ、曹操の意向に準じた手続きをおこなうのが、荀彧であった。

かれは文官の推挙もおこなった。鍾繇《しょうよう》、陳羣《ちんぐん》、司馬懿《しばい》などが要職に浮上してきた。

さらに、従兄の荀悦がようやく官途に就《つ》いた。霊《れい》帝嫌いであった荀悦であるが、献帝には好意をもち、黄門侍郎《こうもんじろう》に昇ったあと、孔融《こうゆう》などとともに献帝の侍講《じこう》となり、朝夕《ちょうせき》、談論をおこなった。荀悦にとって幸福な時間であったにちがいない。

——この天子がどれほど賢明でも、向後、親政をおこなうことはあるまい。

荀悦はそう感じつつも、政治の真髄《しんずい》を著《あらわ》して、上奏した。これが献帝にたいする荀悦の誠意である。かれは荀彧とふたりだけになったとき、

「いまの天子がもう十年早く生まれていればなあ」

と、いい、嘆息した。荀彧は黙っていた。荀彧も献帝の英邁《えいまい》さに気づいてはいるが、

「そうですね」

と、いえる立場ではない。

天命は劉《りゅう》を氏姓とする皇室から去ろうとしている。荀悦はそれを承知で、荀彧にたいしてあえて嘆いてみせた。後漢王朝期に生まれた知識人の多くは、おなじ嘆きをもっていたと想ってよい。

荀悦は建安十四年（二〇九年）に六十二歳で死去する。かれも荀彧にひきあげられて、じみではあるが歴史の舞台にのぼったひとりである。荀彧が近くにいなければ、おそらく在家《ざいか》の哲人として生涯を竟《お》えていたであろう。

さて、官渡《かんと》の戦いにおいて、苦戦のすえ、袁紹を撃破した曹操は、荀悦が亡《な》くなる前年に、天下平定を目前にしていながら、南方の赤壁《せきへき》において、呉《ご》軍に大敗した。天下が三分されるきっかけになった戦いである。

赤壁で大敗するまで、広い視野をもつ荀彧の献策はことごとく的確であり、曹操はその献策を容れて、難局をつぎつぎに突破してきた。

――しかし解《げ》せぬこともある。

南方から還《かえ》ってきた曹操は荀彧に疑いの目をむけた。

だいぶまえのことになるが、曹操を誅殺せよ、という密詔《みつしょう》が、成長した献帝から車騎《しゃき》将軍の董承《とうしょう》にくだされたことがあった。それとは別に、曹操を暗殺せよ、という密命がたれかに与えられたようである。献帝の近くで暗い謀議がなされたことは、二度や三度ではあるまい。ところが、それらに関して荀彧からの報告はいっさいなかった。荀彧は献帝の監視者でもあるのに、陰険な密事にまったく気づかなかったのであろうか。

——いや、そんなはずはない。

荀彧は、曹操を亡き者にしよう、という計画をいくつか知っていながら、黙り通してきた。そうであるなら、荀彧が誠心をささげているのは、献帝へ、であって、曹操へ、ではない。

——とにかく、荀彧を皇帝から引き離さなければならない。

そう考えるようになった曹操は、

「主に魏国公の爵位《しゃくい》が賜与《しよ》されるべきである」

という声が重臣たちから揚がったことを知った。要するに、いま曹操は王朝の丞相《じょう しょう》であるが、これほどの大功があるのなら、国土をもつ公爵になってもかまわぬではないか、という話である。ただし、皇帝の子や皇室の連枝《れんし》は王や公となり、国をさずけられるが、臣下の身でそこまで優遇される者はいない。

「どうおもうか」

曹操はあえて荀彧に詢《と》うた。

——このかたは、魏公になりたいのだ。

そんなことがわからぬ荀彧ではないが、曹操の意望を忖度《そんたく》しない顔つきで、

「あなたさまは、もとをただせば、義兵を興《おこ》されて、漢朝を匡振《きょうしん》なさった。その勲功はあきらかですが、なお漢朝への忠貞《ちゅうてい》を守っておられる。君子は、人を愛するに、徳をもっておこなう。そのこと、宜《よろ》しからず」

と、答えた。

――ぬかしたな。

曹操は内心慍怒《うんど》した。以前の荀彧であれば、反対意見を述べる際に、かならず代案を用意していた。それはなりませぬが、こうしたらいかがですか、という配慮をした。が、ここでの荀彧は、別の道を示さぬ障害物になりはてている。

――そうか……、皇帝と荀彧はかばいあっている。

それなら、と一計を案じた曹操は、赤壁の戦いの年からかぞえて四年後の建安十七年（二一二年）に、呉の孫権《そんけん》を討伐する軍旅を催した。そのとき、献帝に上奏をおこなった。

「荀彧を天子の使者としておつかわしになり、軍を慰労《いろう》していただきたい」

故事にくわしい曹操の智慧《ちえ》といってよい。春秋時代に諸侯が合同で軍事をおこなった際、天子というべき周《しゅう》王はかならず諸侯会同の地へ使者を遣《や》った。

――こうでもしなければ、皇帝は荀彧をはなさぬであろう。

という曹操の計算である。

ひさしく従軍しなかった荀彧は、天子の命令を承けて、すぐに、

——曹操に呼びだされた。

と、さとった。おそらくこのまま天子のもとにはもどれぬであろう、とも予感した。

荀彧は献帝と曹操のあいだに立って、どれほど苦慮してきたことか。成長した献帝の虚しさ、悲しさ、怒りなどは痛いほどわかった。献帝の実体は、曹操の意向の伝達機関にすぎない。けわしい感情が高ずれば、曹操を消したくなるのは当然といえるが、それは成就《じょうじゅ》しないとみた。曹操が消滅すれば、王朝も瓦解《がかい》してしまう。また、献帝の陰謀を曹操に知ってもらいたくなかった。それを知れば、曹操は献帝を弑《しい》するかもしれない。それを実行すれば、曹操の徳望は地に墜《お》ちてしまう。荀彧は曹操のためにも沈黙しつづけてきたのである。

人にはわからぬ徳のことを、陰徳という。

荀彧はまさに陰徳の人である。陰徳をわかってくれるのは、天しかいない。

——それでよい。

荀彧は旅次《りょじ》、病となった。寿春《じゅしゅん》に到着したとき、病が篤《あつ》くなった。そこに、戦陣にいる曹操から食膳が饋《おく》られてきた。ひらいてみると、空《から》の器《うつわ》しかなかった。

――そういうことか……。

荀彧はためらわず毒を飲んで死んだ。

この空の器は、曹操の隠喩《いんゆ》をふくんだ命令にちがいないが、明確に解くのはむずかしい。ひねらずに考えれば、

「いままであなたを食べさせてきたが、もう食べさせない」

という曹操の絶縁の意思である。また空の器を王朝であるとみれば、あなたはそれをかかえて死ぬがよい、といったともとれる。

なにはともあれ荀彧は逝去《せいきょ》した。五十歳であった。

毒を仰ぐまえに荀彧は何顒を想ったであろう。

――あなたの予言は正しかった。

荀彧の死を知った献帝は痛惜《つうせき》した。

翌年、曹操は魏公となった。

解説

湯川　豊

宮城谷昌光氏は、全十二巻にもなる巨大な小説『三国志』を、楊震のことから始めている。楊震は高齢にして後漢の宰相までつとめた人物だが、四知という言葉で賄賂を拒否したことでも知られる。時代は二世紀の初め頃、高官への付け届けは慣習化されていたが、楊震は受け取らず、持ってきた知人に対し、あなたはこの賄賂について誰も知らないというが、「天も地も見ている、私もあなたも知っている」、誰も知らないことがあろうか、といい放った。これが「楊震の四知」である。

この挿話は、二つのことを語っている、と私には思われた。賄賂があたり前になっている、後漢王朝の頽廃期がすでに始まっているということ。そういう時代にも、傑出した人物が現われて、少しでも正しい政治を行なおうとしたこと。この二つである。

後漢は、劉秀（光武帝）が即位した西暦二五年に始まり、献帝が帝位を失なった二二〇年に王朝の幕を閉じた。とすると、二世紀の初めから退廃の下り坂にさしかかっていたとすれば、興隆期は百年、衰亡期も百年というわけだ。そして衰亡期にこそ、その姿を描いてみたい名臣が現われるというふうに宮城谷氏の視線が働いている。

私たちは「なるほどそうだ」と納得し、作家がこの本でとりあげた頽廃期の七人の名臣たちの人物像を追っていくしかない。そこには、歴史の本流では描き尽くされなかった人間の実像が、生きて呼吸しているに違いない。

作家はまたこんなふうにもいっている（「オール讀物」二〇一八年四月号、ブックトーク欄）。

「どの人物も非常に興味深いのですが、特に最初に登場する何進《かしん》に関しては気合いが入りました」と。母親の興氏の命がけのようなたくらみが功を奏し、奇蹟的にも妹が掖庭《えきてい》（後宮のような場所）に入り、さらに奇蹟的にもその妹が霊帝の寵愛を受けて男子を産んだ。何進は宮廷に辟されて郎中（宮殿警備の宿直）に任命された。それが熹平四年（一七五年）のことである。

ちなみにいえば、何進の家は肉屋である。父親が再婚して母親の興氏が女《むすめ》を産んだのだから、後に何皇后になったひとは異母妹にあたる。

郎中に任命された何進には何がしかの才覚があったのだろう、思いがけないほど順調に出世し、やがて侍中に、ついには大将軍にまでなった。折しも中平元年（一八四年）に黄巾の乱が始まり、何進は首都の防衛をまかされるのである。

何進はいわゆる外戚である。外戚が私欲のために権力を乱用するケースは後漢王朝でも何度か見られたが、何進にはそれがなかった。袁紹、劉表、王匡などが何進の辟召に素直に応じて中央の政府に入った。何進という一見は平凡にも見える人物の人気は思いのほか高かったのである。何進が身につけている謙譲さが人を惹きつけたのだ。自分には学問もないし、才気でこの地位についているわけではない。そういう思いが、人の話によく耳を傾ける姿勢を生んだ。

そして黄巾の乱の戦いで賊を平定するいっぽうで、宮廷に巣食う宦官の悪を正確に認知した。いつのまにか反宦官勢力の旗頭になって、同憂の官僚たちに圧倒的に支持された。

しかし、何進は結局のところ反宦官の戦いに敗れる。彼の献言によって新設された西園八校尉という霊帝直属の常備軍の頭領には蹇碩《けんせき》という宦官がつき、何進はその下の地位となった。すなわち霊帝は愚かな人間ではなかったにしろ、なお宦官への信頼のほうが大きかったのである。

霊帝の死後、何皇后は自分の子である辯を帝位につけるが、宦官一掃などということは思いもよらない。そういう状況のなかで、何進は張譲ら宦官たちの謀略によって暗殺される。中平六年（一八九年）の八月である。

何進という外戚としてはめずらしいほど誠実ひとすじの男の呟きが、この一篇から聞えてくるように私は思った。

《……おのれの教養のなさ、素姓の卑《いや》しさを自覚し、外戚の威をむやみにふりかざさず、属官の意見をよくきいた。ききすぎるがゆえに、決断が遅い、という欠点が生じたが、それでも信望を高めた。》

という一節からも、たしかに何進の呟きが聞えてくる。賢臣たちが、ふつうの人間である男を信じ、その男を清重《せいちょう》な武断派と見た。そのため何進は有力な才能を身のまわりに集め、改革を断行したが、結局は「窮鼠《きゅうそ》と化」した宦官の手にかかって死んだ。朝廷の頽廃が強く匂ってくるのである。

他の名臣たちについても一瞥してみよう。

盧植《ろしょく》は、学問の人。その点、何進と対極にあるような人物で、中央政府に入って活躍するのだが、それ以前の鄭玄《じょうげん》とのかかわり、また弟子となった馬融《ばゆう》の学者としてのありかたが描かれていて、興味津々たるものがあった。

後漢時代を通じても最高の学者とされる鄭玄とは、向うから近づいてきて知り合いとなり、話すうちに馬融という学者の門下に入ることに決心する。初め、「馬季長（融）は、腐儒ではないか」と否定していた男に学ぶ。いかにも、誰について学ぶか、思いまどっている若者の姿がここにあった。

そして例外的に門下に入れてもらった後、先生と直接話すことができるまでに十年はかかるといわれながら、案外と早くに先生と話すことになったのは、馬融が盧植のなかに大才を見たからであろう。

盧植は師に卒業を認めてもらった後は、自分の学塾をひらいた。第一次の党錮の禁（党人逮捕）はまぬがれたが、その後に霊帝から徴召された。宮中の図書館である「東観」に加わり、学者として過した。

その後、中央政府に失望し、郷里に帰って門をひらくが、このときあの劉備（十五歳）を教えてもいる。

黄巾の乱は各地でつづき、盧植は北中郎将（将軍）に任命されて、軍人として結構な働きを示した。隠棲して三年後、初平三年（一九二年）に死去したが、文人が学問の世界に安住していることができない時代の空気を、盧植の一生がよく伝えている。

皇甫《こうほ》嵩《すう》は、盧植とは対照的に根っからの武官である。曾祖父の皇甫棱《りょう》は度遼《どりょう》将軍だったというように、武官の家柄の生まれだ。ただし、父親の皇甫節は、武から目をそらし、文を重んじた。皇甫嵩は叔父の皇甫規にあこがれた。皇甫規は、帝国に圧迫をかけてくる西羌《せいきょう》に対し、わずか八百の兵をもってのぞみ、西羌を退ぞかせた。

皇甫嵩は叔父へのあこがれを抱いたまま、父に対しては孝子であり、後漢では「孝」という道義が人を判断する規準だったから、難なく中央政府に迎えられた。羌族との戦いで叔父の下について参戦し、武人のあり方を大いに学んだらしい。

そのあたり、この時代の官人のありかたを、「皇甫嵩」一篇はこと細かに、しかも分かりやすく描いていて興趣つきない。

皇甫嵩は、いったん引退して郷里にこもった。「いまの政治には、正しい道がない」という批判が胸中にあり、数々の辟召をすべて断りつづけた。そして霊帝の勅使がやってきて天子の徴召を伝えたとき、はじめてそれに応じ、再び中央政府に入った。

黄巾の大乱が勃発すると、霊帝に献言して「党錮の禁」を解いてもらい、いっぽう自ら左中郎将として官軍をひきい、敵の首魁・張角を追いつめてもいる。張角が病死したと知るや、その墓をあばいて首を切り、京師に送るなど、けっこう荒っぽい事績もある。

「百戦百勝しても、戦うことなく相手を降伏させたことにおよばない」という彼の言葉が紹介されているが、それを読んで私は兵法書『孫子』を書いた孫武のことを思いだした。もちろん孫武は数百年前の大先達ではあるけれど、動乱の時代を生きるすぐれた武将は、そのような思想に至るものなのかもしれない。皇甫嵩はそんなことまで考えさせてくれた。

荀彧《じゅんいく》は、さらに名門の出自といえるだろう。父の兄弟は七人いて、世間から「八龍」とたたえられた。父の荀緄《こん》は次男で、万事に慎重な男だったらしい。荀彧二十歳のとき、その父親のためらいを乗り超えて、何顒《かぎょう》という才子をかくまい、都に送り届ける挿話《エピソード》は、まさに荀彧の青春を感じさせる。何顒はこの青年について、「王佐の才がある」と予言する。

荀彧は、父がした約束によって宦官・唐衡《とうこう》の女《むすめ》（養女である）を妻にした。父は、結婚後は「いつ離別してもかまわぬ」などと無責任なことをいったが、荀彧は妻をかばいつづけた。そういう荀彧が、曹操に認められ、その相談相手になったのも、一種の奇縁であろうか。曹操は祖父が宦官であったが、宦官の蹇碩《けんせき》とは最後まで対立した。対立といえば、荀彧は後漢最後の皇帝・献帝をかばいつづけ、曹操が魏公になるのを反対した。そして曹操に強いられるかたちで、毒を仰いで死んだ。まさに「王佐」の人であった。

時代は進み、後漢が崩壊し、魏呉蜀の三国時代がすでに始まっているのである。

私がこの解説で、朱儁《しゅしゅん》・王允《おういん》・孔融《こうゆう》の三人をとりあげなかったのは、ひとえに紙数の関係からである。おもしろい、ということでいえば、孔子の裔孫である孔融などその最たるひと。政治的に野心家でもあり、また自信家でもあった。曹操と袁紹の覇権争いのどちらにも与《くみ》せず、曹操の批判者として生涯を終えた。王允の生き方を追跡していけば、党人と宦官の争いの実相を知ることになる。朱儁は、黄巾の乱で皇甫嵩、曹操と共に活躍するが、孝心が人格の中心にあり、後漢王朝が「孝」理念を何にもまして尊重した実情が見えてくる。

こうした多彩な名臣たちの肖像をあざやかに描ききってみせる作家の筆の力はどこからくるのだろう。一冊を読み了って、改めてそのことに思いを致さざるを得ないが、いうまでもなくこの問いは簡明な解答を得ることはできない。もし一つだけ強く抱いた感想を述べるとすれば、後漢王朝に出入りした人物たちは、宮城谷氏という作家のなかでひとりひとりが確実に生きている、ということである。生きて、呼吸している。千八百年以上も前の、異国の人物たちが、である。

それによって、『三国志名臣列伝　後漢篇』ができ、さらに魏篇、呉篇、蜀篇と続くとすれば、それらは宮城谷『三国志』十二巻と表裏一体となって、完璧な世界をつくりあげるに違いない。そして蛇言を弄すれば、それは名臣列伝の一冊を読み、名臣たちの姿を愛惜することと少しも矛盾しないはずだ。

（文芸評論家）

初出

何進　「オール讀物」平成二十八年一月号～三月号
朱儁　「オール讀物」平成二十八年四月号～六月号
王允　「オール讀物」平成二十八年七月号～九月号
盧植　「オール讀物」平成二十八年十二月号
孔融　「オール讀物」平成二十九年三月号
皇甫嵩　「オール讀物」平成二十九年六月号
荀彧　「オール讀物」平成二十九年九月号

単行本　平成三十年二月　文藝春秋刊

文春文庫

三国志《さんごくし》名臣列伝《めいしんれつでん》
後漢篇《ごかんへん》

定価はカバーに表示してあります

2020年12月10日　第1刷

著　者　宮城谷昌光《みやぎたにまさみつ》
発行者　花田朋子
発行所　株式会社 文藝春秋

東京都千代田区紀尾井町 3-23　〒102-8008
TEL 03・3265・1211㈹
文藝春秋ホームページ　http://www.bunshun.co.jp

落丁、乱丁本は、お手数ですが小社製作部宛お送り下さい。送料小社負担でお取替致します。

印刷製本・凸版印刷

Printed in Japan
ISBN978-4-16-791606-0

文春文庫　宮城谷昌光の本

（　）内は解説者。品切の節はご容赦下さい。

宮城谷昌光
天空の舟
小説・伊尹伝（上下）
中国古代王朝という、前人未踏の世界をロマンあふれる勁い文章で語り、広く読書界を震撼させた傑作。夏王朝、一介の料理人から身をおこした英傑伊尹の物語。（齋藤愼爾）
み-19-1

宮城谷昌光
中国古典の言行録
中国の歴史と文化に造詣の深い作家が、論語、詩経、孟子、老子、易経、韓非子などから人生の指針となる名言名句を選び抜き、平明な文章で詳細な解説をほどこした教養と実用の書。
み-19-7

宮城谷昌光
太公望
（全三冊）
遊牧の民の子として生まれながら、苦難の末に商王朝をほろぼした男・太公望。古代中国史の中で最も謎と伝説に彩られた人物の波瀾の生涯を、雄渾な筆で描きつくした感動の歴史叙事詩。
み-19-9

宮城谷昌光
沙中の回廊
（上下）
中国・春秋時代の晋。没落寸前の家に生まれた士会は武術と知力で名君・重耳に見いだされ、乱世で名を挙げていく。宰相にのぼりつめた天才兵法家の生涯を描いた長篇傑作歴史小説。
み-19-14

宮城谷昌光
管仲
（上下）
春秋時代の思想家・為政者として卓越し、理想の宰相と讃えられた管仲と、「管鮑の交わり」として名高い鮑叔の、互いに異なる性格と、ともに手をとり中原を駆けた生涯を描く。（湯川　豊）
み-19-16

宮城谷昌光
春秋名臣列伝
斉を強国に育てた管仲、初の成文法を創った鄭の子産、呉王を覇者にした伍子胥――。無数の国が勃興する時代、国勢の変化と王室の動乱に揉まれつつ、国をたすけた名臣二十人の生涯。
み-19-18

宮城谷昌光
戦国名臣列伝
越王句践に呉を滅ぼさせた范蠡。祖国を失い、燕王に仕えて連合軍を組織した楽毅。人質だった異人を秦の王に育てた呂不韋。合従連衡、権謀術数が渦巻く中、自由な発想に命をかけた十六人。
み-19-19

（　）内は解説者。品切の節はご容赦下さい。

宮城谷昌光
王家の風日

紂王のもと滅亡に向け傾きゆく商王朝を支え続けた宰相・箕子。彼と周の文王、太公望らの姿を通し、古代中国における権力の興亡と、人間の運命を描き切ったデビュー作。（平尾隆弘）

み-19-39

宮城谷昌光
劉邦（一）

地方官吏・劉邦は、始皇帝陵建設の夫役に向う途上、職をなげうち山に籠る。陳勝・呉広が叛乱を起こし、戦雲が世を覆う中、秦の圧政打倒のため挙兵を決意する。毎日芸術賞受賞。

み-19-40

宮城谷昌光
劉邦（二）

挙兵した劉邦は、沛公と称され、民衆の支持を得る。人事の天才である彼の許には、稀代の軍師張良はじめ名臣たちが続々と集結する。やがて劉邦たちの前に、項梁と項羽が現れる。

み-19-41

宮城谷昌光
劉邦（三）

項羽と協力して秦と戦った劉邦は、項羽の勇猛さと狷介な人間性を知る。楚王より関中平定の命を受けた劉邦は、ついに秦を降伏させる。そして鴻門の地で再び項羽と相見えるのだった。

み-19-42

宮城谷昌光
劉邦（四）

項羽により荒蕪の地、漢中の王に封じられた劉邦は、韓信を新たな臣下に得て、楚軍との間で激しい戦いを繰り返す。劉邦は幾度も窮地をはねのけ、ついに漢王朝を樹立する。（湯川　豊）

み-19-43

宮城谷昌光
孟夏の太陽

中国春秋時代の大国・晋の重臣、趙一族。太陽の如く苛烈な趙盾に始まるその盛衰を、透徹した視点をもって描いた初期の傑作の新装版。一国の指導者に必要な徳とは。（平尾隆弘）

み-19-44

酒見賢一
泣き虫弱虫諸葛孔明　第壱部

口喧嘩無敗を誇り、自分をいじめた相手には火計(放火)で恨みを晴らす、なんともイヤな子供だった諸葛孔明。新解釈にあふれ、無類に面白い酒見版「三国志」、待望の文庫化。（細谷正充）

さ-34-3

酒見賢一
泣き虫弱虫諸葛孔明　第弐部

酒見版「三国志」第2弾！　正史・演義を踏まえながら、スラップスティックなギャグをふんだんに織り込んだ異色作。第弐部は孔明出廬《しゅつろ》から長坂坡《ちょうはんは》の戦いまでが描かれます。（東　えりか）

さ-34-4

酒見賢一
泣き虫弱虫諸葛孔明　第参部

魏の曹操との「赤壁の戦い」を前に、呉と同盟を組まんとする劉備たち。だが、呉の指揮官周瑜は、孔明の宇宙的な変態的言動に殺意を抱いた。手に汗握る第参部！（市川淳一）

さ-34-6

酒見賢一
泣き虫弱虫諸葛孔明　第四部

赤壁の戦い後、劉備は湖南四郡に進出。だが、関羽、張飛が落命し、あの曹操が逝去。劉備本人も病床に。大立者が次々世を去る激動の巻。孔明、圧巻の「泣き」をご堪能あれ。（杜康　潤）

さ-34-7

酒見賢一
墨攻

古代中国、「墨守」という言葉を生んだ謎の集団・墨子教団。たった一人で大軍勢から小さな城を守った男を、静謐な筆致で描いた鬼才の初期傑作。（小谷真理）

さ-34-5

桜庭一樹
伏《ふせ》
贋作・里見八犬伝

娘で猟師の浜路は江戸に跋扈する人と犬の子孫「伏」を狩りに兄の元へやってきた。里見の家に端を発した長きに亘る因果の輪が今開く。（大河内一楼）

さ-50-6

佐藤賢一
ラ・ミッション
軍事顧問ブリュネ

幕府の軍事顧問だった仏軍人ブリュネは、日本人の士道に感じ入り、母国の方針に逆らって土方歳三らとともに戊辰戦争に身を投じる。「ラストサムライ」を描く感動大作。（本郷和人）

さ-51-3

文春文庫　最新刊

ミルク・アンド・ハニー　村山由佳
男は、私の心と身体を寂しくさせる—魂に響く傑作小説

大獄　西郷青嵐賦　葉室麟
安政の大獄で奄美大島に流された西郷。維新前夜の日々

三国志名臣列伝　後漢篇　宮城谷昌光
後漢末期。人心離れた斜陽の王朝を支えた男たちの雄姿

森へ行きましょう　川上弘美
一九六六年ひのえうま、同日生まれの留津とルツの運命

京都感傷旅行《センチメンタル・ジャーニー》　十津川警部シリーズ　西村京太郎
陰陽師は人を殺せるのか。京都の闇に十津川警部が挑む

三途の川のおらんだ書房　迷える亡者と極楽への本棚　野村美月
死者に人生最後・最高の一冊を。ビブリオファンタジー

あなたの隣にいる孤独　樋口有介
無戸籍児の玲菜が辿り着いた真実。心が震える青春小説

血と炎の京《みやこ》　私本・応仁の乱　朝松健
田中芳樹氏推薦。応仁の乱の地獄を描き出す歴史伝奇小説

芝公園六角堂跡　狂える藤澤清造の残影　西村賢太
落伍者には、落伍者の流儀がある。静かな鬼気孕む短篇集

マスク　スペイン風邪をめぐる小説集　菊池寛
マスク着用とうがいを徹底した文豪が遺した珠玉の物語

紙風船　新・秋山久蔵御用控（九）　藤井邦夫
一膳飯屋に立て籠った女の要求を不審に思った久蔵は…

徒然《つれづれ》ノ冬《ふゆ》　居眠り磐音（四十三）決定版　佐伯泰英
毒矢に射られ目を覚まさない霧子。必死の看病が続くが

湯島《ゆしま》ノ罠《わな》　居眠り磐音（四十四）決定版　佐伯泰英
磐音は読売屋を利用して、田沼に「闇読売」を仕掛ける

花影の花　大石内蔵助の妻　平岩弓枝
内蔵助の妻りく。その哀しくも、清く、勁い生涯を描く

街場の天皇論　内田樹
天皇制と立憲デモクラシーの共生とは。画期的天皇論！

オンナの奥義　無敵のオバサンになるための33の扉　阿川佐和子　大石静
還暦婚・アガワ&背徳愛・オオイシの赤裸々本音トーク！

女将《おかみ》は見た　温泉旅館の表と裏　山崎まゆみ
混浴は覗き放題が理想!?　女将と温泉旅館を丸裸にする！

一九七二　「はじまりのおわり」と「おわりのはじまり」〈学藝ライブラリー〉　坪内祐三
あさま山荘、列島改造論、ロマンポルノ…戦後史の分水嶺